荒崎一海

四神跳梁（しじんちょうりょう） 闇を斬る 三

実業之日本社

実業之日本社文庫

目次

四神跳梁　闇を斬る　三

第一章　挑戦

一

表の格子戸が音をたて、亀吉が叫んだ。

「旦那ッ」

鷹森真九郎は、居間の障子をあけて廊下を上り口にいそいだ。

亀吉は、御用聞き藤二郎の手先である。遠方から駆けてきたようだ。土間で腰をおって股引の両膝に手をつき、肩で息をしていた。

「いかがした」

「桜井の旦那が、すぐに、おいで、いただきてえそうで」

「場所はいずこだ」

「深川の、南六間堀町でやす」

途中で息をした亀吉が、肩をおおきく上下させてから腰をのばし、懐から手拭をだした。

「したくする。そこにかけて待っておれ」

「ありがとうございやす」

上り框に腰をおろしかけた亀吉が、あわてて格子戸をしめた。

妻の雪江が、居間で着替えと袴を用意して待っていた。

文化六年（一八〇九）の晩冬十二月朔日。朝五ツ（冬至時間、八時四十分）の鐘を聞いて小半刻（二十五分）もたっていない。

亀吉の表情からして、なにごとかが出来したことはたしかである。北町奉行所定町廻りの桜井琢馬が呼ぶからには、闇が関与しているに相違ない。

闇の刺客であった居合遣いを討ちはたしてから、ちょうどひと月がすぎた。

朔日は、真九郎の代稽古も雪江の手習いも休みである。ふたりで火鉢をかこみ、茶を喫しながらくつろいでいた。

安寧の日々が、またもや去ろうとしている。

真九郎は、鎌倉の大小を腰にさした。鞘の拵えが新しくなった鎌倉は、以前よりこころもち軽い。

　差料は、大小の揃いが三振りある。いずれも銘入りの業物で、真九郎は〝備前〟〝鎌倉〟〝大和〟と名づけていた。その地の刀工の作である。さらに、〝肥後〟と呼んでいる胴太貫が一振りある。刀身は、二尺五寸（約七五センチメートル）の肥後がもっとも長く、一寸（約三センチメートル）きざみで備前、鎌倉、大和の順だ。

　雪江の見送りをうけ、家をでた。

　真九郎は、霊岸島四日市町にある和泉屋の離れに住んでいる。和泉屋は、酒のほかに味噌と醤油をあつかう大店の問屋だ。

　名に相違して、駆けるさいの亀吉は韋駄天のごとく俊足である。年齢は二十二で、背丈は五尺三寸（約一五九センチメートル）。人なつっこいまるい眼が、卵形の顔に愛敬をそえている。

　斜めうしろで気が急いているようすの亀吉に、真九郎は左手を大小の鞘にそえて足を速めた。

　霊岸島は、大川（隅田川）河口にある。霊岸島新堀をはさんだ北どなりの三角島は、永久島で、通称が箱崎だ。

　大川よりにある豊海橋で、日本橋川につながる霊岸島新堀をわたった。新堀と大川とのかどに御船手番所があり、大川四橋のなかでもっとも長い百二十間(約二一六メートル)余の永代橋が架かっている。

師走の朝、東の空に陽射しはあるが、江戸湊から吹きつける晩冬の強い海風が容赦なく肌を刺す。

だが、小走りにちかいいそぎ足なので、潮の香をふくんだ寒風がむしろ心地よい。渡し船や荷を積んだ艀船、猪牙舟や屋根船などが、川面を往き来している。いっぱいに荷を積み、帆に風をはらんでいる艀船もある。

ゆるやかなまるみをおびた永代橋をわたった。

深川佐賀町の表通りを、大川上流へむかう。

掘割に架かる下之橋、中之橋とこえて、仙台堀の上之橋もあとにした。

三町(約三二七メートル)あまり行った小名木川の万年橋をこえる。

葛飾北斎が「富嶽三十六景」の一枚として、小名木川の川面からまるい万年橋のしたに遠望する富士を描いている。歌川広重の「名所江戸百景」にも、橋からの富士の絵がある。手桶の柄につるした亀があたかも富士を望んでいるかのごとき構図で描いてあるのは、〝鶴は千年亀は万年〟にかけた広重の洒落であろう。

万年橋の正面には、御三家の紀州和歌山藩五十五万五千石徳川家の拝領屋敷がある。

大川に背をむけ、紀州徳川家と小名木川とにはさまれた道をすすむ。

紀州家屋敷のかどを六間堀ぞいにまがったところで、背後に顔をむけた。

「亀吉、案内しろ」

「ごめんなすって」

亀吉がまえにでた。

六間堀は、竪川と小名木川とをむすんでいる。名は、川幅が六間（約一〇・八メートル）であることによる。

紀州家屋敷の塀をへだてて六間堀町がある。そして、通りをはさんで、天災や大火などの非常時にそなえた幕府御籾蔵がある。

六間堀町と御籾蔵とのかどに猿子橋がある。わたった右が遠江の国浜松藩六万石井上家の中屋敷で、左が南六間堀町だ。

のちの文化十四年（一八一七）、井上家にかわって浜松城主となるのが、天保の改革をおこなう水野忠邦である。

猿子橋を背にした通りをまっすぐに行き、亀吉が南六間堀町の裏通りにおれた。

左の数軒さきに、六尺棒（約一八〇センチメートル）をにぎった町奉行所の小者がふたりいる。

裏通りのそこかしこで、数人ずつかたまってひそひそ話をしている。

小者が戸口をかためているのは間口五間（約九メートル）の二階屋だ。店ではなく、住まいである。

亀吉が、懐からだした十手をしめして会釈をし、格子戸をあけた。

「旦那、どうぞへえっておくんなさい」

真九郎は土間にはいった。亀吉がつづき、格子戸をしめる。

桜井琢馬が、庭にめんした座敷から鴨居をくぐるようにして廊下に姿をみせた。

真九郎の身の丈は五尺九寸（約一七七センチメートル）余だが、琢馬はさらに大柄で六尺（約一八〇センチメートル）ちかい。歳は三十六。一重の切れ長な眼は、ときにおうじて柔和にも刃にもなる。

上り口にやってきた琢馬が、いくらか表情をやわらげる。

「なかは血だらけなんだ。草履のままでかまわねえよ。……亀、ご苦労だった。連中はそこいらをあたってる。おめえも、加勢してやんな」

「へい」

亀吉が、表にでて、格子戸をしめた。

廊下を行く琢馬のあとに、真九郎はついていった。

家はコの字型に建てられている。四間（約七・二メートル）ほどさきの南にめんした内庭からの明るさはあるが、家のまんなかに廊下があるせいで薄暗かった。二間（約三・六メートル）行った右に階（きざはし）がある。そこから壁が二間つづき、琢馬がでてきた座敷の障子が両隅によせられていた。

座敷にはいったとたんに、血のまじった饐（す）えたような臭（にお）いが鼻をついた。

正面に神棚が、そのまえに長火鉢がある。燃え残った炭に、灰がかけられていた。

家の奥にめんした左がわは、柱をはさんだ二間の押入だ。襖（ふすま）があけられているが、なかがあらされたようすはない。

通りがわは、まんなかの襖二枚が左右にひらかれ、乱れた寝具が見える。

琢馬が寝所にはいった。

乱雑にめくられた二枚の寝具で、男女（なんにょ）が殺されていた。

男は座頭（ざとう）であった。濁った瞳が上瞼（うわまぶた）になかば隠れ、剃髪（ていはつ）した頭部に鬱血の痕（あと）がある。顔は苦悶（くもん）にゆがみ、唇が切れ、口端（こうたん）に血の混じった唾がこびりついている。白い寝巻の心の臓あたりに、匕首（あいくち）がふかぶかと突き刺さっていた。

胸の疵（きず）は、血が滲んでいるていどだ。

寝床におかれた血だらけの俎板（まないた）に、突きたてられた庖丁（ほうちょう）と三本の指がある。左手が、小指から中指までなかった。

血は乾き、赤黒く変色している。壁と寝具と畳をそめ、付着した足袋をこすったらしき跡もあった。

年齢は、座頭が四十代なかば、女は二十四、五の中年増だ。

箱枕が畳にころがり、髪はつぶれ、乱れたほつれ毛が顔にかかっている。首に指の痕がある。

女は、寝巻も湯文字（腰巻）もはぎとられ、一糸まとわぬ姿で大の字によこたわっていた。

両のゆたかな胸乳にくすんだ紫色の歯形がいくつも残り、にじんだ血がこびりついた箇所もある。うすい陰毛のしたに、垂れた男の精がこびりついていた。

人は、ときとして獣になる。座頭の必死の表情といい、凍てつく厳冬の荒寥とした枯野よりも寒々とした光景だ。

真九郎は、眉間に皺をよせ、眼をそむけた。

嬲って害する。これをなした賊への怒りが、内奥で埋み火となる。

琢馬が言った。

「こっちへきてもらえねえか」

すみにあった角行灯をもって、琢馬が女の寝床の右をまわる。角行灯をおき、二枚の襖をはずしてよこの壁にたてかける。

一間（約一・八メートル）幅の押入上段の右はんぶん余を、階が斜めにふさいでいる。上段の左に、施錠のできる観音開きの箪笥がある。右にも、錠のかけられる小箪笥が二つあった。小箪笥のうえに、三組の錠と鍵がおかれている。

下の段はなにもない。

座頭も年増も、綿のつまった厚い蒲団を二枚重ねに敷いている。夜着（袖と衿のついた掛け布団）も、ふんだんに綿をつかった厚い仕立ての二枚重ねだ。

右がわを斜めにふさいでいる階が邪魔なので、たっぷりと綿をつかった高価な寝具を下段に収納していたように見えなくもない。じっさいにそうしていたのであろう。

琢馬が、押入の床を指さす。

「おめえさん、このしたに隠し所があるとにらんでるな」

「ええ」

「襖は、いまのところにはずしてあった。どうなってるかをたしかめるため、おいらがもとどおりにしたのよ。おもしれえしかけだぜ。見ててくんな」

琢馬が、箪笥に両手をあてて力をこめると、左の板壁が敷板ごとゆっくり動いて止まった。右の板壁とのあいだに一寸五分（約四・五センチメートル）ほどの隙間ができた。

右の板壁に、一文字の継ぎめがある。床板と右端下の桟が、継ぎめと板壁両端にある嵌込み型の閂を隠すようになっている。

琢馬が、押入のなかに腕を伸ばした。閂には、指一本かけられるだけの刳抜きがあった。

人差し指だけで閂がひかれた。

なめらかな滑りから予想はしていたが、板壁はぴくとも動かない。板壁の重さを閂でささえているわけではないのだ。

琢馬がてまえの閂もひいた。そして、上下の切れめ中央したにある刳抜きを、人差し指と中指とでしたに押した。

軋み音さえたてずに隙間ができた。

指を隙間にいれて、てのひらで押しさげる。

片膝をついた琢馬のよこに、真九郎は膝をおった。

琢馬が、板壁をさらに床板との中間あたりまでさげて、奥の溝を指さした。

「板壁と溝とのあいだに隙間があるだろう。こっちがわもそうなんだ。たわめた薄い銅板を何箇所も噛ませてあるんじゃねえかと思う。だから、おちねえし、力をいれなくとも動く」

「なるほど」

「いま、藤二郎を大工(でえく)のところに行かせてる。こいつの細工がどうなってるのか、いつ造ったのか、知ってる奴が何名(めえ)いるのか、そういったことをあたらせにな」

　琢馬が上体をかがめた。

「見てくんな」

　真九郎は、畳に手をついて見あげた。天板(てんばん)が張ってある。ふつうの普請(ふしん)であれば、押入の下段に天板など張らない。

　琢馬が、眼で問う。

　真九郎はうなずいた。

「上段床板うらのこすれ跡が隠せます」

「そういうことよ。天板ばかりじゃなく、壁も床も、押入にゃあもったいねえくれえにいい板をつかってる。居間の押入もおんなしよ」

「ぜいたくな造りだと思わせんとした。居間と寝所だけでしょうか」

「客間の押入もだ。まあ、せっかくの細工も無駄だったたってわけだがな」

　琢馬が、壁板が止まるまで、身をかがめながら押していった。そして、できた隙間に手をいれ、床を右にひいた。

「すまねえが、そっちの端を押してもらえねえか」

真九郎は、左端によった。

苦もなくというわけにはいかなかったが、床が音もなく滑っていく。真九郎は、両端と中央の桟に眼をやった。なめらかになるように下部がまるめてある。

中間に横木があった。そこからは、琢馬がひいた。

階したは造りつけの棚になっている。その下に、一尺（約三〇センチメートル）ほどを残して床がおさまった。

檜造り（ひのきづく）の床下にも、階したの棚にも、なにひとつとして残っていない。

「おめえさんも気づいただろうが、このしかけなら、眼が見えずともひとりで開け閉めできる」

「ええ、たしかに」

「千両箱を二十は隠しておける。いってえどれくれえあったのか。階したの棚には、大事（でえじ）な証文やなんかをしまっておいたんじゃねえかと思う。だが、小簞笥の金子（きんす）には手をつけてねえくせに、簞笥のなかをふくめて一枚も残ってねえんだ」

真九郎は、眉をひそめ、つぶやいた。

「証文をそっくりと……」

「ああ、面妖なことにな。これがどういうことなのか、おめえさんにも考えといてもらいてえんだ」

「承知しました」

「さっき、庭で床下を見たんだが、うめえこと目隠ししてわからねえようになってる」

琢馬が、うながして立ちあがる。

「もうひとつ。あれを見てもらいてえ」

琢馬が指さすさきに、真九郎は眼をやった。

居間との境の襖に、墨痕あざやかに〝青竜〟と大書された半紙が貼ってある。

真九郎はちかよった。

縦横におりめがあり、半紙は糊でぴったりと貼られている。達筆で、墨もながれていない。あらかじめ、糊ごと用意してきたのだ。

真九郎は、ふり返って訊いた。

「襲われたのは、ここだけでしょうか」

琢馬の眼が光る。

「それを見ただけでわかったたってわけかい」

「わたしの考えているとおりなら、お城の四方で一箇所ずつ……」

「ああ。報(しら)せをうけてまっすぐこっちにきたもんでな、くわしくは聞いてねえが、方角としてはその見当になる。奴らにかかわりがありそうなのは、おめえさんにも見てもらうようお奉行に言われてる」

　琢馬が顎をしゃくる。

「おいらも、そいつを見て奴らの仕業(しわざ)にちげえねえと思ったんで、きてもらったのよ」

東西南北は、青竜、白虎(びゃっこ)、朱雀(しゅじゃく)、玄武(げんぶ)の四神(しじん)であらわせる。そして、南六間堀町は、江戸城のほぼ東に位置する。

「残り三箇所にも張り紙があり、それが白虎、朱雀、玄武なら……」

「まず、まちげえあるめえよ。二階(けえ)で二十五、六くれえの町人がひとり、したで下男二名(めえ)と、十七、八くれえだと思うが、下女が殺(や)られてる。この中年増とおんなしで、何名(めえ)かでてごめにしてやがる」

　真九郎は眉をしかめた。

　琢馬が吐息をつく。

「女が、嬲りものにされ、殺される。こればっかりは、いくたびあつかってもやりきれねえぜ。やった野郎どもをぶち殺してやりたくなる」

真九郎はうなずいた。

雪江とふたりで国もとをたちのかざるをえなかったのも、やはり近郊の百姓娘たちを凌辱（りょうじょく）していた上士の一件を調べたのが遠因だった。伊予（いよ）の国今治（いまばり）藩三万五千石松平家で、真九郎は目付をしていた。

「それとな、年寄の下女がいねえ。もうすこしいろんなことがはっきりしたら、亀を行かせる。奴らがなにをたくらんでるのか、おめえさんの思案を聞きてえんだ」

「わかりました」

「朝っぱらからすまなかったな」

「お気づかいなく」

琢馬が上り口まで送ってきた。

真九郎は、南六間堀町をあとにした。

座頭の金貸しが襲われた。ほかの三箇所も、おそらくはそうであろう。朔日であることにも、意味があるような気がする。

朔日と十五日とは、大名の総登城日である。それを、〝月次（つきなみ）〟という。正月、二月、四月、七月、十二月は、月末（つきずえ）の二十八日にも登城する。元日から三日までは、〝年始御礼〟であり、二月と三月は朔日の登城がない。三月は、朔日のかわりに三日が五節句の

在府の諸大名が行列をととのえていっせいに登城するため、月次の日は朝からなにかとあわただしい。毎月のこととはいえ、あるいは、であるからこそ、思わぬ異変が出来しないともかぎらない。

町奉行所の注意も、おのずと大名行列へそそがれる。そこをつかれたのではないか。闇のしわざであるならば、おおいにありうる。

座頭の金貸しは評判が悪い。害されたのは、そのなかでもことさらに悪名高い者たちではあるまいか。だとすれば、町奉行所にとっては厄介な事態となる。

盲人を座頭と呼ぶのは、幕府が総称していたことによる。もともとは、盲人の官位である。上から検校、別当、勾当、座頭、市名、都があり、さらに七十三もの位階にわけられていた。

検校の呼称は『平家物語』を語った琵琶法師のころからある。幕府も追認したかたちの官位だが、中世いらいの当道（盲人仲間）の本所（本家）である京の久我家が手数料とひきかえに授与していた。都の初級が一分（四分で一両）で、検校までのぼるにはおよそ七百両余も要する。位階を順にではなくてとばして官位を得るには、さらに金子が入用なのはむろんであった。

鍼や按摩などの生業だけで、それほどの大金が稼げるはずもない。ために、京の職屋敷と関八州を支配する江戸の総録屋敷との積立て金をもとに、多くの座頭が金貸しをしていた。幕府は、それを名目上の官金とみなし、便宜と保護とをあたえた。

幕府の庇護をよいことに、取立ては容赦がなく、座頭たちは浅草御蔵前の札差をしのぐ暴利をむさぼった。

借り手が旗本や御家人であれば支配や上役に訴え、町人であれば町役人の名主や家主が返済の責任をおわされた。商人のなかにも、とどこおるおそれのない座頭金に融資して金利を稼ぐ者もいた。

安永年間（一七七二〜八一）に、座頭たちが吉原で豪遊をはじめた。さながら、はやりのごとき様相をていするほどであった。とくに、日本橋瀬戸物町の烏山検校が、松葉屋の遊女瀬川を千両で身請けし、世間の耳目をあつめた。

座頭たちの横暴に、幕府も重い腰をあげた。

安永七年（一七七八）、烏山検校は、他の七人の検校、ふたりの勾当とともに高利貸しの科で追放となり、全財産が闕所（没収）処分をうけた。もっとも多い名古屋検校が十万三千両、烏山検校が一万五千両、ほかの者も一万両から五千両の蓄財があった。このとき捕らえられたのは、三十五人にものぼる。

しかし、吉原でのはでな遊興こそ影をひそめたものの、座頭たちはそれで懲りたわけではなかった。

闇が、四神を名のり、大金をあつめにかかった。狙われたのは座頭金だ。それがなにを意味するのか。

なにゆえに四神なのかをふくめ、魂胆はいちようではあるまい。

小名木川にそって歩いてきた真九郎は、万年橋の頂上ではるか西のかなたに眼をやった。

白い雪をいただいた藤色の霊峰富士は、たおやかにして気高く、美しかった。陰惨な光景に重くよどんでいた内奥を、雪のきよらかさが漉してくれるかのようであった。

川面をわたる真冬の冷たい風が、吹きぬけていった。

むしょうに、雪江の顔を見て、声が聞きたくなった。

真九郎は次男である。婿養子の口でもないかぎり、一生を部屋住みで終える身であった。

剣と学問一筋に邁進していた真九郎が、はじめて恋慕の念をいだいたのが雪江だ。夫婦となって一年半、雪江への想いは、深まり、強まるいっぽうである。

真九郎は帰路をいそいだ。

二

翌々日、桜井琢馬から連絡があった。

晦日(みそか)の宵から朔日未明にかけて、四人の座頭宅が押込み強盗に襲われたのは噂(うわさ)になっていた。下女のとよにたしかめると、出入りの振売りたちや和泉屋裏通りの小店(こだな)の者たちも、その話でもちきりとのことだ。

とよは十七で、五十になる下男の平助(へいすけ)とは親子である。

一日おきにかよっている斜めまえの髪結床でも、主(あるじ)が座頭殺しの一件で水をむけてきた。朔日の朝、亀吉が大声で呼んだ。

口止めされているのでなにも話せぬのだと断ると、主も聞き耳をたてていたほかの者たちもひどく落胆した。

とよや髪結床のようすからして、張り紙のことはいまだ知られてはいない。だが、それもながくはあるまいと、真九郎は思う。

北町奉行所の隠密(おんみつ)廻りが、闇に命じられた居合遣いによって殺害された一件とはちがう。今回は、かならずや知れわたる。

夕七ツ（三時二十分）の鐘を聞いてほどなく、真九郎は迎えにきた亀吉とともに着流しの腰に大小をさして家をでた。

新川にそった四日市町の裏手は、大川にむかって浜町、塩町とつづいている。

藤二郎の住まいは、その塩町の裏通りにある二階屋だ。通りにめんした一階で、恋女房のきくに一膳飯屋の〝菊次〟をやらせている。

深川一の美貌を謳われた元辰巳芸者のきくと、にがみばしった男っぷりの藤二郎とは、似合いの夫婦である。藤二郎が三十八の男盛りで、きくとは十歳ちがいだ。

よこの路地を行くと、見世との境に格子戸がある。亀吉が格子戸をあけて脇へよった。

真九郎は、亀吉に笑顔でうなずき、土間にはいった。

障子が左右にひかれ、藤二郎が会釈した。

「鷹森さま、ご苦労さまにございやす」

琢馬が上座にいた。藤二郎が廊下ちかくの下座。真九郎はなかほどで路地を背にした。

客間のまんなかに素焼きの火鉢がある。

きくが女中ふたりとともに食膳をはこんできた。

食膳には、揚出し豆腐のあんかけと、切干し大根と栗の蒸し焼きとがそれぞれ小鉢に、小皿には蒟蒻の刺身と山葵がそえられ、醤油皿がある。

きくが、三人に酌をしてから廊下にでて、障子をしめた。

燗をした諸白（清酒）をはんぶんほど飲んだ琢馬が、杯を食膳におく。

「まずは、これまでにわかったことから話す」

江戸城の西で襲われたのは、麹町八丁目に住む検校。白虎の張り紙があった。南が増上寺にちかい浜松町二丁目の別当で、朱雀。北が加賀藩百二万五千石前田家上屋敷まえの本郷六丁目に住む検校で、玄武。

南六間堀町も検校である。二階で殺されたのは二十六歳の甥で、武家でいえば用人の役目をしていた。

四枚の張り紙は、同一人の筆にほぼまちがいない。ただ、一味の数だけが、七名から九名と一定しない。

命を奪われたのは、南六間堀町が六人、麹町が六人、浜松町が四人で、本郷が内弟子三人をふくむ八人。四箇所で二十四人。

あまりの多さに、真九郎は茫然となった。

一夜の押込み強盗でこれほどの多人数が殺されたのは、琢馬も聞いたことがないという。

隠し場所はそれぞれくふうがしてあったが、証文のたぐいがすべて持ち去られているのも、年若い下女たちがてごめにされたうえで殺されているのもおなじである。

南六間堀町は老下女だが、麹町と浜松町は老下男が消えている。

「……いずれも数年めえから奉公してる。こいつがどういうことか、わかるだろう」

「ええ、時機の到来を待たせていた。奉公人をすべて殺したのは、消えた下男下女の口入屋をわからなくするためだと思われます」

「おそらくはな。このことについてはまたあとで話してえんだが、おもしれえのは本郷よ」

琢馬の切れ長な眼がきらりと光り、片頰に皮肉な笑みがきざまれた。

「年寄の下男がふた月めえにぽっくりと死んじまった。雨に濡れて熱をだし、翌朝には冷たくなってたそうだ。で、二十日ほどめえに、二十三の中年増が一年間の妾奉公で住むようになった」

真九郎は眉根をよせた。

「まさか」

琢馬が顎をひく。

「今朝、本郷に行って、となり近所の者から人相を聞いた。居合遣いの一味だった中年増にまちげえねえ」

中年増の縹緻よしを向島の寮に囲っていた茶問屋の主が、追剝強盗にみせかけて殺されたのは初冬十月十日のことだ。

真九郎はつぶやいた。

「これでまちがいありません」

「ああ、闇のしわざよ。おめえさん、葵小僧ってのを知ってるかい」

「いいえ、ぞんじません」

寛政三年（一七九一）、葵小僧の一味が江戸を震えあがらせた。

火附盗賊改は、番方（武官）である先手組からでる。

町木戸をとざして出入りを封じ、両町奉行所はもとより、本役と加役の火附盗賊改のほかに、残り三十二組の先手組が総出で警戒にあたったにもかかわらず、葵小僧の一味は一夜に何軒もの押込みをはたらいていた。

葵小僧一味が捕まらなかったのは、武家のいでたちであったからだ。みずからは乗物（武家駕籠）にのり、槍持ちと挟箱持ち、さらには葵のご紋がはいった提灯を先頭にしていた。

それを怪しみ、誰何して捕縛したのが、火附盗賊改の長谷川平蔵である。

捕らえられてから十日もたたない仲夏五月三日に、葵小僧は獄門晒し首になった。一味は、押込みにはいった店で手当たりしだいに婦女をてごめにしていた。

押込みだけでなく凌辱の被害まで詮議するとなると、女たちを呼びださねばならない。平蔵は、女たちに迷惑がおよぶのを防ぐため、盗みのみにしぼり、数日で仕置伺いをだした。ただちに将軍の裁可をえて、異例の短期処断となったのだった。

平蔵が、一件書類を始末したため、名さえのこされていない。葵小僧というのも、のちの呼び名である。ただし、老中だった松平定信が、子孫のために書きのこした『宇下人言』のなかで、平蔵が捕らえたのが〝大松五郎〟だと記している。〝だいまつ〟と読むのか〝おおまつ〟と読むのかはともかく、おそらくは名字だと思われる。だとすれば、武家、もしくは名字を許された者ということになる。

公文書である一件書類を、平蔵が独断で破棄したとは思えない。老中首座である定信が承諾しての廃棄だったはずだ。

にもかかわらず、定信は、なにゆえ、あえて、その名を書き残したのか。

前後の文脈からして、名を記したのは唐突な印象さえうける。たかが賊の名を、記憶していたのなら、なぜ。書きのこしておいたのであれば、さらになぜ。

当然、そこにはなんらかの意図がある。あらたな史料でもでてこないかぎり歴史のかなただが、葵小僧の一件には意外な裏があったのかもしれない。

さらに、葵小僧の一件は、長谷川平蔵の運命をも決したように思える。たいへんな手柄である。だが、それは、平蔵が将軍家の家紋である葵のご紋をはばからなかったからだ。定信をはじめとする幕閣の面々は、平蔵を危険視したように思える。長谷川平蔵は、賄賂（わいろ）が横行した田沼（たぬま）時代の生き残りであり、人柄など、評判はかならずしもかんばしくない。それでも、いくつかのめざましい手柄にもかかわらず、出世とは縁がなく、生涯不遇であった。

「……奴ら、それをまねやがった。葵のご紋でこそねえがな。大八車に大名家御用達の札を立て、どうどうと木戸をとおってる。それも、四箇所ともそうだったからわかったんで、朔日だ、刻限になれば大名行列がお城へむかう。で、誰も怪しまなかったってわけよ。まったく、奴らの悪知恵には、いっそ呆（あき）れるぜ」

「やはりそうでしたか」

琢馬が眉間をよせる。

「おめえさん、そこまで読んでたのかい」

「そうではありません。朔日に意味があるのではないかと考えただけです」

「なるほどねえ」

琢馬が、杯を干してあらたに注いだ。

真九郎は、蒟蒻の刺身に山葵をのせ、醤油につけて食べた。そして、諸白で喉をうるおした。

「中年増は、おめえさん家を見張ってたときとも、茶問屋に囲われていたときとも、ちがう名をつかってる。年齢は二十三でおんなしだが、怪しいもんだぜ」

「ええ。これまでも似たようなことをしていたとすると……」

「そのとおりよ。さっきの下男下女だがな、死んだのをふくめて、無口だがこまめによく働いてたそうだ。おいらは、子や身よりのねえ者じゃねえかと思ってる」

真九郎は首肯した。

「わからないのは、なにゆえ悪事にかかわっているかです」

「ああ。評判からして、根っからの悪党とは思えねえ。謎はそこよ」

藤二郎が、上体をいくらか前屈みにした。

「桜井の旦那、弱みをにぎられてるってことじゃねえんですかい」

琢馬が、左手で顎をなでる。

「そうかもしれねえ。だがな、それだとながいことまじめに働いてるってのがわからなくなる。いやいやなら、まわりの者が気づいたはずだ」

わずかなまがあった。

「おっしゃるとおりで」

　藤二郎が、眉間をよせ、首をひねった。

　琢馬がほほえみ、藤二郎から顔をもどした。

「殺(や)られた四名(めえ)とも、情け容赦もなくとりたててたようだ。奴ら、思いきり評判のよくねえ座頭を狙いやがった。それとな、南六間堀町の細工は、やはり銅板を張ってたよ。あれから二日たつが、なにか思いついたことはあるかい」

「四神と証文については口止めがしてあるのですね」

「お奉行の達しでな」

「あれは、洩(も)れると思います」

「なぜだい」

「町奉行所の筋から聞こえてこなければ、座頭金を借りていた者たちに四神の名とともにつたえるべく、闇が噂をまくにちがいありません」

　琢馬が、にっと笑った。

「おめえさんもそうかい。いやな、お奉行もおいらも、おんなしことを考(かんげ)えてた。奴らの狙いはなんだと思う」

「闇そのものばかりでなく、符丁(ふちょう)をもちいているのも、町奉行所に知られてしまった。

四神を騙ったは、ひとつには混乱させんがため……」

「もうひとつは、おおっぴらに挑んできた。ちがうかい」

「そのように思えます」

「何年もめえから狙いをつけといて、いっせいにしかけてきた。売られた喧嘩だ、買ってやろうじゃねえか」

「闇のほうに、いささか分がありますす」

「まあな。証文がすべてなくなってることがわかると、借金してた連中は、表面はともかく、内心じゃあ四神さまさまと手を合わせるだろうよ。死骸を見てねえからな。それに、座頭はひでえ暴利をふんだくってたんだろうが、奉公人にゃあ罪科はねえ」

琢馬が、口端を皮肉にゆがめた。

真九郎も、思いはおなじであった。賊は、女たちを陵辱したうえで皆殺しにしている。許せる所行ではない。

「つぎは、四神の名と証文のことがあまねく知れわたったあたりがあやういと思います」

琢馬が眼をほそめた。

「またやるっていうのかい」

「おそらくは。それがための張り紙であったはずです。一度だけなら、噂をふりまくだけですみます」

「藤二郎」

「へい」

「いまのこと、手下(てか)にも伝(つて)えて用心させな。できれば、噂のでどこもだ。それとな、尻馬にのる奴がでねえともかぎらねえ。おいらも声をかけるが、おめえからも、商人たちに、これから雇う者は身元をよくよくたしかめ、戸締りもしっかりするよう言っといてくれ」

「承知しやした」

「それにしても、奴ら、どれくれえ荒稼ぎしやがったのか、想像もつかねえ」

　それからほどなく、塩町の裏通りから横道にでたところで、真九郎は藤二郎らをしたがえて北町奉行所にむかう琢馬と別れた。

　和泉屋は、新川ぞいの表通りにある。横道から間口が二十間（約三六メートル）、敷地の奥行が三十間（約五四メートル）で、霊岸島一の大店である。

　裏通りと脇道とのかどに、平屋の離れがある。建坪が五十坪弱、庭をふくめると八十坪ほどのひろさだ。主の宗右衛門(そうえもん)が、隠居用に建てた。命を狙われている宗右衛門を護(まも)

るため、乞われて離れに住むようになったのだった。闇とのかかわりも、そのときにできた。

格子戸をあけると、船頭の徳助（とくすけ）が待っていた。

神田（かんだ）川河口の柳（やなぎ）橋かいわいは、料理茶屋や船宿などがならぶ花柳（かりゅう）の町だ。その浅草がわの平右衛門町（へいえもんちょう）に、船宿〝川仙（かわせん）〟がある。香具師（やし）の元締である浅草の甚五郎（じんごろう）が、柳橋芸者だった女房のみつにやらせている。

徳助は、六尺（約一八〇センチメートル）余の巨漢である。鬼瓦のごとき面貌だが、笑うとぎょろめの目尻がおちる。声も甲高い。だから、めったに笑わず、口もきかない。それでよく船頭がつとまるものだと思ったが、極端な無口はかえって客筋に信用されているのかもしれなかった。

会釈をした徳助が、文（ふみ）をさしだした。

甚五郎からであった。

――できましたら、のちほどお越し願えませんでしょうか。ご承諾いただけるのでしたら、陽が沈んだじぶんに、徳助をお迎えに参上させます。

甚五郎とは何度か会っているが、たずねてきたのは二度だけだ。

真九郎は、文をおって懐にしまった。

「承知したとつたえてもらえぬか」

徳助が、顎をひき、表にでて格子戸をしめた。

廊下のかどから雪江があらわれ、膝をおった。

「あなた、さきほど和泉屋さんがきておりました。お報せじたきことがあるそうにござります」

真九郎は、廊下で平助を呼んだ。

寝所の刀掛けに大小をおき、火鉢のちかくにすわる。

平助が廊下で膝をおった。

「和泉屋さんに、お待ちしているとつたえてきてくれ」

「かしこまりました」

平助が障子をしめた。

住まいは、居間の脇道がわが寝所で、裏通りがわに十畳の客間、廊下をはさんだ奥に雪江が習い事につかっている六畳が二間ある。

あとは、厨(くりや)と、平助とといの四畳半がふた部屋、戸口の土間よこに三畳の控えの間があり、廊下のつきあたりが後架(こうか)(便所)と湯殿(ゆどの)(風呂場)だ。

平助が客間の火鉢に炭をいれてほどなく、庭さきを宗右衛門がやってきた。

耳をとぎすまして気配を感取する修行をつんだ。息をころしているか、忍び足でなければ、わかる。

真九郎は、腰をあげ、障子をあけた。

宗右衛門が、立ちどまり、かるく辞儀をした。

「お弟子たちのことにございます。できますれば、奥さまもごいっしょに」

真九郎は、肩越しにふりむいた。

雪江がうなずく。

客間で対座すると、にこやかな笑顔をうかべた宗右衛門が、膝に両手をおいてかるく低頭した。

「鷹森さま、奥さま、めでたきことがかさなってございます。福田屋のつねと、丸屋のなつの縁組がととのったそうにござります」

雪江が、顔をかがやかせた。

つねもなつも、十七歳。弟子ではふたりが最年長だ。福田屋は銀町の酒問屋で、丸屋は長崎町の素麵問屋である。いずれも、新川をはさんだとなり町だ。

真九郎は、雪江から宗右衛門に視線をもどした。

「それはめでたい」

「まことに。話はあったそうにござりますが、本決まりとなったと、あいついで使いがまいりました。福田屋さんは日取りなどもこれからだそうですが、丸屋さんは弥生（晩春三月）の吉日をえらんで祝言とのことにございます」

「丸屋のなつは、たしかひとり娘であったな」

「さようにございます。もう十年ほどになりましょうか、妹と末の嫡男とを流行病で喪いました」

「お気の毒に」

　雪江がつぶやいた。

　宗右衛門の表情を、翳りがよぎった。宗右衛門も、この夏に、おのれの命を狙った娘と倅を喪った。

「こればっかりは、いたしかたございません。丸屋さんは、手前より五つ下ですから、来年には四十九になります。早く孫が見たいのでございましょう」

　下女のとよも十七である。来年あたりには考えねばなるまいと、真九郎は思った。

　宗右衛門は、さらになにか話したそうであった。

　真九郎は、雪江に顔をむけた。

「茶をたのむ」

「はい」

雪江がでていった。

宗右衛門が笑顔を消す。

「鷹森さま、朔日の朝、藤二郎親分のところの亀吉が迎えにきて、おでかけになったとうかがいました。またもや、あの者どもでございましょうか」

「おそらくはまちがいあるまい。ただ、くれぐれも内聞にな」

「承知いたしておりまする。手前のせいで、このようなことにまきこんでしまい、申しわけなく思っております」

「和泉屋さん、気にせずともよい。桜井どのにたのまれてだ」

闇の探索は、老中や若年寄をはじめとする幕閣の同意をえた北町奉行の小田切土佐守直年にも依頼されている。土佐守との面談さえが幕府の秘事にかかわることであり、たとえ宗右衛門であっても話すわけにはいかない。

ほどなく、茶を喫した宗右衛門が庭を去っていった。

夕餉を終えて小半刻（三十五分）ほどたったころ、表の格子戸が開閉した。おとないをいれずに黙っているのは、川仙の徳助だけだ。

徳助は、浅草の甚五郎こと川仙の甚兵衛のひとり娘はるの送り迎えをしている。

鬼瓦のぎょろめで睨(にら)まれると、泣いている幼子(おさなご)でさえ、ひきつけをおこして泣きやむ。その徳助が、はるに褒(ほ)められた手習いの半紙を見せられて目尻をさげそうになる。が、見送りの雪江がいるので仏頂面をつくる。すると、はるがべそをかく。徳助は、あわてて笑みをうかべ、はるを褒める。

真九郎が、徳助の笑顔を見ることができ、声を聞いたことがあるのは、はるのおかげだ。

したくはできていた。真九郎は、大小を腰にさした。

「見送りはいらぬ。遅くはならぬと思うが、留守の用心をな」

「わかっております」

雪江はたくましくなってきているが、真九郎の心配性はなおしようがなかった。

真冬の澄んだ蒼穹(そうきゅう)には、三日月があり、星がまたたいていた。ぶら提灯をさげた徳助がさきになり、脇道にはいった。

和泉屋まえの桟橋に、屋根船が舫(もや)われていた。舳(みよし)両脇の柱にある〝川仙〟と書かれた掛提灯が、川面に灯(あか)りの帯を揺らしている。

真九郎は、障子をあけて座敷にはいった。角行灯(あんどん)がおかれていた。

屋根船が桟橋を離れる。

新川から大川にでたすぐ上流に、永代橋がある。そこから十町（約一・一キロメートル）あまり行くと新大橋があり、さらに十町たらずのところに両国橋がある。両国橋をすぎた西岸で、神田川が大川と合流する。両岸の二階屋からの灯りが、川面にゆれている。

徳助が、川仙の桟橋に屋根船をつけた。

川仙は、庭をひろくとった瀟洒な船宿である。塀はなく、桟橋からあがればそのまま庭だ。

甚五郎は、母屋とは渡り廊下でむすばれた十五畳の離れで待っていた。

「旦那、おはこびいただき、恐縮にぞんじやす。寒くなってめえりやした。一献さしあげたくぞんじやすが、お許し願えやすでしょうか」

「馳走になろう」

「すぐにご用意させやす」

甚五郎がでていき、やがて、女中ふたりに食膳をもたせて、女房のみつとともにもどってきた。

みつが酌をして去った。

甚五郎は四十二になる。色浅黒く、中肉中背だが、眉間に縦皺をきざんで睥睨すると、体軀がひとまわりふくらんだかのごとき印象をあたえる。

食膳には小鉢が二皿あった。

真九郎は、諸白をはんぶんほど飲み、杯をおいた。

女中たちがいるあいだは、肩をおとし、背をまるめぎみにして堅気の仁兵衛を装っていた甚五郎が、みずからの杯に注ぎたし、背筋をのばした。

「旦那、できますれば、お教え願えてえことがござんす」

「なにかな」

「朔日に押込みをしでかした奴らは、四神を騙ってたそうで。やられたんは、お城の東西南北でござんす。闇のしわざでござんしょうか」

「なにゆえ、わたしに訊くのかな」

「南六間堀町のちかくに神明宮がございやす。門前に、手の者が住んでおりやす。八丁堀の桜井って定町が、手先にお侍をひとり呼ばせたそうで。背恰好からして、旦那にまちげえございやせん」

真九郎は、甚五郎の眼を見つめた。

「理由を聞かせてもらえぬか」

「旦那、わっちは大勢の生活を考えねばなりやせん。お江戸が平穏であればこそ、盛り場や縁日に足をむけてくださるんで。物騒になり、人出がなくなりゃあ、香具師ばかりでなく、境内や盛り場で商いをしておる者たちは、おまんまの食いあげでござんす」

真九郎はうなずいた。

「なるほどな。あいわかった。桜井どのもわたしも、あの者どもがしわざではないかと考えておる」

「旦那は、あれで終わりだとお考えでしょうか」

「いや。一度に襲うかどうかはわからぬが、はじまりであろう」

「やはりそうでござんすかい。よく洩らしてくださいやした。ありがとうござんす」

真九郎は、杯に手をのばした。

眉間に皺をよせてなにやら思案していた甚五郎が、顔をあげた。

「旦那、これは、こねえだ東海道をくだってきた者から聞いたんでやすが、腕のたつ侍が何人かいなくなってるそうにござんす。関八州でも、そのようなことを耳にしておりやす。わっちが、闇のしわざじゃねえかって考えたのも、それがあったからにござんす」

「かたじけない。桜井どのには報せておこう」

「旦那のお好きなように」

甚五郎が、口端を皮肉にゆがめた。桜井琢馬を好ましく思っていない。

「それと、奴ら、お江戸じゃあおとなしくしておりやすが、上方はそうじゃねえようでござんす。何年もめえから、たのまれて殺しを請けおう者がおるようだと、街道筋や門前町の親分衆のあいだでひそかに囁かれていたそうで」

真九郎が知っていることとも一致する。隅田堤で討ちはたした佐和大助と高山信次郎が、京や大坂などで闇の命による辻斬をしていた。

闇には策士がいる。座頭金を狙ったのも、金子のためばかりではあるまい。ながいこと秘匿してきたのに、あえて名のり、挑まんとしている。そこにもなにか裏があると、真九郎は考えていた。

三

真九郎は、師である直心影流十二代目団野源之進義高の代稽古で、筑後の国柳河藩十万九千六百石立花家の江戸屋敷にかよっている。偶数日が上屋敷、奇数日が下屋敷の道場である。稽古をつけるのは、昼九ツ（正午）までだ。

上屋敷は神田川をわたった下谷御徒町だが、下屋敷は吉原にちかい浅草のはずれにある。しかし、帰りつくのは舟でかよっている下屋敷のほうがいくらか早かった。

五日、残って稽古をしていた弟子たちが帰ったあと、雪江とともに食膳をはこんできたとよがすわりなおした。

「旦那さま、朔日の押込みは四人の神さまを名のっていたと、今朝きた与助さんが話していました」

「与助とは」

「魚売りです」

「ほかにはなにか申してなかったか」

「はい。なんでも、お金だけではなくて、証文をすべて持ち去ったとか。そうとわかっていたらたんまり借金しておいたのによ、と冗談めかして言っておりました」

「神の名はどうだ」

「深川の南六間堀町が、せいなんとかで、一度では憶えきれないくらいややこしい名だそうです」

「そうか。よく話してくれた」

「お役にたちましたでしょうか」

「じゅうぶんにな。また、なにか耳にしたら聞かせてくれ」

「かしこまりました」

とよが、安堵の笑みをうかべ、辞儀をして去った。

中食のあと、真九郎は魚売りについて文をしたため、平助にもたせて菊次へ使いにやった。

藤二郎は桜井琢馬と見まわりちゅうだが、女房のきくがいる。いそぎ琢馬にとどけるよう言付けをたくした。残っている手先を走らせるはずだ。

昼八ツ（一時四十分）の鐘が鳴り、半刻（五十分）あまりがすぎたころに、おとないをいれる者があった。

戸口に行った平助が、廊下に膝をおった。

「旦那さま」

「かまわぬ」

平助が障子をあける。

「若いお侍さまが、お会いしたいとお見えになっております。お名をお訊きしたのですが、おっしゃってはくださいませんでした」

「そうか」

真九郎は、小脇差を寝所の刀掛けにおいて脇差をさし、戸口にむかった。

二十二、三の若い武士が土間に立っていた。
中背でひき締まった体軀をしている。

「鷹森真九郎どのにござりまするな」

「そこもとは」

「須藤三郎太(すどうさぶろうた)と申しまする」

反応をうかがっている。が、須藤という名に心あたりはない。

「やはりごぞんじないか。果し合いを所望したい」

涼しげな眼差が、なみなみならぬ覚悟を語っていた。

「理由(わけ)をお聞かせ願おうか」

「のちほど申しますゆえ、したくをしていただきたい」

「断ってもむだであろうな」

真九郎は、口調に諦念(ていねん)がにじむのを隠さなかった。

「むろん。それがために、わざわざ江戸まででてまいりました」

「やむをえぬ。しばし待たれよ」

真九郎は、居間にもどった。

雪江が、硬い表情で見あげる。

「あの者どもの一味ですか」

真九郎は首をふった。

「なんとも言えぬ。袴をだしてもらえぬか」

雪江が、唇をひきむすんでうなずき、寝所から袴をとってきた。

袴をはいて紐をむすぶ。

刀掛けには四振りある。真九郎は備前を手にした。

「あなた、ご武運を」

真九郎は、ほほえんだ。

「行ってくる」

三郎太は表で待っていた。

真九郎は、土間からでて、うしろ手に格子戸をしめた。

三郎太が、さきになって脇道へはいっていく。

背中を見せ、まるで警戒するようすがない。武士が果し合いをうけたからには、背中から斬りつけるような卑怯なまねはしないと信じきっている。

ある種のすがすがしさをおぼえ、真九郎は気鬱になった。

おなじ年齢のころ、真九郎もまた、なにも怖れず、人と正義とを信じていた。南国の陽射しのもと、三万五千石のちいさな城下で、この世の明るいめんばかりを見ていた。

いまは、おのが命よりだいじな雪江を喪うことを怖れ、人の心底に巣くう暗部にさらされて生きている。

和泉屋まえの表通りは、新川ぞいに白壁の土蔵がならんでいる。

三郎太が右におれた。

すぐさきに、大神宮がある。

近辺で人目をさけて昼日中に刀をまじえられるのは、大神宮か、霊岸橋のてまえにある栄稲荷くらいだ。

三郎太が、新川に背をむけ、鳥居をくぐった。

ちかくの陽溜りで、裏長屋の子らが無心に遊んでいる。子守の娘や、裏店の女房たちもいる。

女房たちが、まえを行く三郎太に眼をやったが怪しむそぶりはなかった。

ほどなく、子どもたちのざわめきが聞こえなくなった。

本殿をまわって裏へ行く。

林を縫う小径がある。

三郎太が、小径から離れた。

枯れ葉を踏みしめ、境内の奥にすすんでいく。葉のおちた巨木や老木を、真冬のやわらかな陽射しが温かくつつんでいる。

境内うらに接する浜町へのなかほどあたりで、真九郎は声をかけた。

「このあたりでよろしかろう」

三郎太が、立ちどまってふり返り、うなずいた。

懐から襷紐をだした三郎太に、真九郎は言った。

「なにゆえに為合わねばならぬかを、話してくださるはずでござった」

「兄が、博徒の用心棒などという士にあるまじき暮らしをなしておるは、風の便りで耳にしておりました。その兄が、貴殿に討たれたという。兄にたのまれていたがようやく商いでちかくまでくることができたのでと、報せにきた者がありました」

「その者の名は」

「ぞんじませぬ。三十四、五くらいの古着の担売りでした。貴殿に遺恨をいだくは筋違いであろうことは、承知しておりまする。だが、血を分けたたったひとりの兄が、わざわざつたえてくれとたのんだとのこと。貴殿の名も住まいもわかっていながら見すごしにしては、生涯悔いることになりまする」

昨年の仲春二月からわずか一年たらずのあいだに、命を奪った相手は三十三名。手疵に、弟をおわせ、あとで仲間に殺された二名をくわえると三十五名にもなる。そのなかに言付けをたくした者がいるとは思えない。それに、闇は古着の担売りを使っている。闇が策を弄したのだ。

三郎太は、兄が博徒の用心棒をしていただけだと信じているようだ。金子で雇われて闇討や辻斬をなしていたことを告げればどうなるか。果し合いはあきらめても、違う重荷を背おうことになり、かえって恨まないともかぎらない。

真九郎は、闇を憎んだ。

「いかが」

三郎太が問うた。

「貴公、身よりは」

「天涯孤独の身。ご懸念にはおよびませぬ」

「いたしかたござらぬ。承知つかまつった。したくをなされよ」

「かたじけない」

真九郎は、紐で襷をかけて股立をとり、草履をぬいだ。

三郎太が、抜刀して名のった。

「神道無念流、須藤三郎太」

「直心影流、鷹森真九郎」

真九郎は青眼にとった。

神道無念流の流祖は、福井兵右衛門嘉平である。新神陰一円流を学んだのち、諸国修行にでた。陰流の名からもわかるように、さかのぼれば直心影流とおなじく上泉伊勢守信綱にいたる。

多くの流祖伝説がそうだが、福井兵右衛門もまた、信州の飯綱権現での参籠ちゅうに、老爺があらわれて極意を授けたことになっている。無念の境地で神託をえたので、神道無念流と名づけたという。

八代将軍吉宗の享保年間（一七一六〜三六）に、兵右衛門は江戸へでて四谷で道場を開く。流名が世に知られるようになったのは、高弟であった戸賀崎熊太郎暉芳の代になってからだ。天明三年（一七八三）、十九歳の門人が父の仇を討って評判となった。

三郎太も青眼にとっている。修行と鍛錬のほどをうかがわせる構えであった。眼は澄み、衒いも怯えもない。おのれの技倆に賭けている。

すなおな構えである。真剣をまじえたことはあるまいと、真九郎は思った。

三郎太が摺り足で詰めてくる。

真九郎は、肩幅に両足をひらいた自然体で待った。

二間（約三・六メートル）になり、三郎太の足がとまる。

真九郎は、青眼にとったまま微動だにせず、三郎太の眼を見つめつづけた。左手で柄をにぎり、右手は添えるだけにする。撃つさいに両手を茶巾絞(ちゃきんしぼ)りにするのが、直心影流の刀術である。

三郎太の顔面が、額に汗がにじみ、しだいに上気していく。

「オリャーッ」

たまりかねたかのごとく、裂帛(れっぱく)の気合を放ってとびこんできた。

上段からの刀身を弾(はじ)き、真九郎は体(たい)をいれかえた。

駆け去った三郎太が、ふたたび二間余で青眼に構える。

真九郎は、青眼から得意の八相(はっそう)にもっていった。

三郎太の両眼に覚悟がやどる。決死の表情には、いさぎよいすがすがしさがある。

「トリャーッ」

まっ向上段に振りかぶって面を狙ってくる。死を賭(と)しての一撃だ。

真九郎は、左足を斜め前方におおきく踏みこんだ。

左腕を頭上に突きあげ、鎬(しのぎ)で受け流す。三郎太の刀が滑りおちていく。刀身が離れた瞬間、躰(からだ)をよせて三郎太の右手甲を左手で抑え、右手の備前を三郎太の頸(くび)にあてた。

「聞いてもらいたい」

　真九郎は、するどい声を発した。

「仔細は語れぬが、この二月からいくども命を狙われた。ふりかかる火の粉ゆえ、その者たちは斬った。そこもとの兄上は、たのまれたのやもしれぬ。ご姓名を知らなんだはそのため。兄上とも、貴公とも、もともと遺恨はない。逃げも隠れもせぬ。納得がいかぬのであれば、また挑んでくればよかろう。刀をひいてくれぬか」

　まがあった。

　三郎太の表情にためらいがうかび、やがて肩の力をぬいた。

「承知」

　真九郎は、油断することなく、一歩、二歩、三歩とひいていった。

　懐紙で刀身にぬぐいをかけた三郎太が、襷をほどいた。

　真九郎は、うなずき、おなじように刀を鞘にもどしてから、襷をはずし、股立をなおした。

　手拭で足袋の裏をはらって草履をはいた三郎太が、かたちをあらためた。

「ご高配に感謝いたしまする。ご無礼のだんはお許しくだされ。よき修行をさせていただきました。二度とお目にかかることはござりませぬ。これにて、失礼いたしまする」

一揖し、去っていった。

うしろ姿を見送りながら、真九郎は、闇が憎いと思ったのはまちがいだと気づいた。どこの何者とも知れぬ者を、憎みようがない。内奥にあるのは、卑劣な策を弄する闇への憤怒である。

境内うらから浜町の表通りにでて脇道にはいり、家にもどった。

格子戸をあけて声をかけると、雪江が小走りにやってきた。

「お帰りなさりませ」

安堵の笑みをうかべている。

「心配ばかりかけてすまぬ」

雪江が眼をうるませて首をふった。

真九郎はあわてた。

「たのむから泣かないでくれ。雪江に泣かれると、どうしたらよいのかわからぬのだ」

雪江が、長い睫毛をしばたたき、泣き笑いの表情でうなずいた。

廊下で平助を呼び、備前を寝所の刀掛けにおいて居間で袴をぬいだ。雪江が替えの足袋をだしてから、上り口でわたした足袋を厨にもっていった。

平助が廊下で膝をおった。

「旦那さま」

「たびたびですまぬが、菊次へまいり、おきくに、できうればのちほど桜井どのにお目にかかりたいとつたえてきてくれ」

「かしこまりました」

平助が障子をしめた。

ほどなく、雪江が茶をはこんできた。

真九郎は須藤三郎太のことを語った。

夕七ツ（三時二十分）の鐘が鳴ってしばらくして、亀吉が迎えにきた。真九郎は、着流しの腰に鎌倉をさしてでかけた。

客間で、琢馬と藤二郎が待っていた。真九郎が座につくと、きくがふたりの女中とともに三人の食膳をはこんできた。

酌をしたきくが、廊下にでて障子をしめた。

琢馬が言った。

「文をありがとよ。ほかになにか思いついたことでもあるのかい」

「そうではありません」

真九郎は、須藤三郎太がたずねてきてからのことをくわしく話した。

　琢馬が舌打ちをした。

「奴らのしわざにまちげえあるめえよ。それにしても、きたねえ策(て)をつかいやがる。その三郎太って若侍(わかざむれえ)が死なずにすんだんは、おめえさんだったからじゃねえか。まったく、胸くそが悪くなるぜ」

　琢馬が、諸白を注(つ)いで飲み、杯をおいた。

「言いてえのはそれだけじゃあるめえ」

　真九郎は首肯した。

「いささかおこがましいのですが……」

　琢馬が笑みをこぼした。

「おめえさんらしいや。……藤二郎、わかるかい」

「へい。てめえが闇になったつもりで考(かんげ)えればすむことで。いま、奴らにとってもっとも目障りなのは、鷹森さまでやす」

「そのとおりよ」

　琢馬が、顔をもどした。

「こいつぁ、おめえさんの読みどおりってことだな。奴ら、またしかけるつもりにちげえねえ」

「そのように思えます」

「あとで、お奉行にはご報告しとく」

食膳には、湯通しした鮒(ふな)の刺身皿と、白魚(しらうお)ともやし三つ葉との和物(あえもの)を盛った小鉢がある。

真九郎は、鮒の刺身を酢醤油で食べ、諸白で喉をうるおした。

琢馬が言った。

「おめえさんが文をくれた魚売りの件だがな、ほかからも似たような報せがあった。奴ら、まったく頭にくるぜ。今朝の魚河岸(うおがし)で、噂をばらまきやがった。気がついたら、そこいらじゅうで話されてたそうだ。いまごろは、お江戸で知らねえ者(もん)はいねえくれえにひろまってるだろうよ。闇にゃあ、何名(めえ)か知恵者がいるんじゃねえかと思うんだが、おめえさんはどうだい」

「わたしは一人(いちにん)のような気がします」

琢馬が眉をひそめた。

「どうしてそう思うのか教えてくれねえか」

「筋がとおっております。策をだすのが何人かいるにしろ、決めているのはひとりのように思えます」

まがあった。

「なるほどねえ、そうかもしれねえな。だとすると、おいらたちは、とんでもねえ悪党を相手にしてるってことになる」

藤二郎が身をのりだした。眉間に縦皺をきざんでいる。

「桜井の旦那」

「なんでえ」

「闇の奴ら、鷹森さまの腕前はとっくに知ってるはずでやす。なんで、そんな若侍をけしかけたんでやんしょう」

「ひとつにゃあ、勝負はやってみねえとわからねえ。名人上手であっても、けつまずいて不覚をとるってこともある。もうひとつは、おめえも言ってたように、奴らにとっちゃあ目障りだ。これからも、いろんな策で狙ってくるってことよ。この旦那はとっくに気づいてるはずだが、おめえもそのつもりでいてくれ」

「かしこまりやした」

藤二郎が気づかわしげな眼差しを送ってきた。

真九郎は、安心させるようにうなずいた。

おおむねは琢馬の言うとおりだろうが、いまひとつ考えられることがある。涼しげな眼をしていたあの若侍を刃にかけさせることによって苦しめんとした。闇がこちらの人となりをどこまで知っているかによるが、ありえなくはない。あるいは、それをもたしかめたかったのかもしれない。

しばらくして、真九郎は北町奉行所へむかう琢馬と別れた。

暮れゆく冬空を、鼠(ねずみ)色の厚い雲がおおっている。が、みょうになまぬるいそよ風が吹いていた。

翌朝は雪であった。

この冬、はじめての雪である。

真九郎は、暁七ツ半（五時五十分）ごろには床を離れる。それを待って、平助が雨戸をあける。

雪は積もるほどではなかった。

稽古着の腰に胴太貫をさして庭におりた。

直心影流の形の稽古のあと、古里の師である竹田作之丞(たけださくのじょう)があみだした弧乱(こらん)の剣にかかる。疾風にのって飛来する無数の落ち葉を断ち、枝からひらひらとおちてくる枯れ葉を八葉にする神速(しんそく)の太刀捌きだ。

城下外れの叢林(そうりん)で、師とともに弧乱の研鑽にはげんだ。

師が編みだした弧乱に、真九郎は遅速と緩急、硬軟を織りまぜることによって、独自の剣をめざさんとしている。霧月(むげつ)である。

切っ先がとどく範囲にゆったりと舞いおちてくる雪を、ことごとく払い、断つ。明六ツ（七時）の捨て鐘が鳴るまで、胴太貫をふるいつづけた。

四

七日は、日本橋長谷川町(はせがわちょう)に住む大工の留七(とめしち)一家が、四町（約四三六メートル）あまり大川によった松島町(まつしまちょう)に引っ越す。ちかくに幕府の銀座がある武家地にかこまれた町家である。

江戸にでてきてから和泉屋の離れに越してくるまでの半年あまり、真九郎と雪江は長谷川町の裏長屋に住んでいた。そのとき、留七の女房のたいにはひとかたならぬ世話になった。

たいは、家事全般にわたる雪江の師匠であった。最初のころは失敗もしたが、たいのおかげで雪江は料理がつくれるようになったのだった。

六日の雪は朝のあいだでやみ、日陰に残っているだけだ。

中食のあと、真九郎は、薦被り（こもかぶ）と呼ばれる諸白の四斗樽（しとだる）（約七二リットル、約七二キログラム）と鯛（たい）を和泉屋の大八車に積ませ、人足ふたりをつけて平助にとどけさせた。

八日も前日と同様に晴天だった。

冬の一刻は短い。それでも、下谷御徒町の上屋敷から霊岸島まで、真九郎の足で半刻（五十分）くらいだ。

昼九ツ（正午）に稽古を終えた真九郎は、昼九ツ半すぎに霊岸島新堀に架かる湊橋（みなと）をわたった。

新堀をはさんで、箱崎に北新堀町（きたしんぼりちょう）が、霊岸島に南新堀町がある。

南新堀町には、雪江のもとに娘をかよわせている商家が四軒ある。その一軒である河岸にめんした清水屋（しみず）の店さきを、町家の者たちが遠巻きにしていた。

雪江の弟子は、酒問屋が五軒ともっとも多く、つぎが三軒の瀬戸物問屋と素麺問屋である。清水屋は、素麺問屋だ。

真九郎は、四つかどから五軒めの清水屋にむかった。

清水屋から、髷（まげ）をよせて胸をはだけた町人がでてきた。

「てめえら、見せ物（もん）じゃねえんだ。とっとと消えな」

ならず者に睨（ね）めつけられ、町家の者たちがあわてて散った。

「いくじのねえ野郎どもだ」

頬に冷笑をきざみ、左手で裾をはらって店へ消えた。

なかから怒鳴り声が聞こえてくる。

「……てめえ、黒江町の熊造にけちをつけようってのかい。深川じゃあ、ちったあ知られた男伊達だ。先方から、縁起でもねえもんをとどけやがってとつっ返されちまった。この始末、どうつけてくれるんでえ」

「ですから、さきほどから申しあげておりますように、手前どもは信用第一です。このようにおれたお品をお包みするようなことは、けっしてございません」

「なんだとッ。じゃあ、てめえ、この熊造が嘘をついてるっててんのかッ」

真九郎は、土間へはいっていった。

正座した主の彦兵衛のまえに、素麺の木箱をはさんで膝をつきだした四十代なかばの小太りの男が腰かけている。ほかに、人相のよくないのが六人だ。

六人の地廻りがいっせいに顔をむけ、三十代なかばの険相が一歩まえにでた。

「お侍、見てのとおり取込みちゅうなんだ。あとでなおしてもらいてえ」

真九郎は、険相から彦兵衛に眼を転じた。

「清水屋さん、難儀しておるようだな」

すでに喜色をうかべている彦兵衛が、おおきくうなずいた。

「蠅(はえ)がたかるのは夏だけだと思うておったのだがな」

熊造が顔面を朱にそめた。

「蠅だとッ。侍(さんぴん)、てめえ、よくも黒江町の熊造を蠅だなどとぬかしやがったな」

「熊、熊とうるさい奴だ。蠅でわるければ、熊ではなく狸(たぬき)であろう」

奥にいる番頭や手代たちが失笑した。安心しきった彦兵衛までが、顔をうつむける。

「た、た、狸だとッ。もう勘弁ならねえ」

「表にでろ」

「そいつぁ、こっちのせりふだ。あとでほえ面(づら)かくなッ」

七人が表にとびだしていった。

真九郎は、左手にもっていた稽古着を包んだ風呂敷を上り框においた。

彦兵衛が案じ顔になった。

真九郎はほほえんだ。

「店さきを血で汚(けが)すようなことはせぬ」

表にでる。半弧をえがいた七人が、いずれも右手を懐にいれている。町家の者たちも遠巻きにしていた。

「やい、侍。よくも……」

「能書は無用にせい」

殺気を放つことなく腰の刀を鞘走らせる。反転、さらに反転。冬の陽射しに刀身をきらめかせて霧月を舞う。瞬きするまもあたえずに、七人の帯を断ち斬った。

熊造の左肩に、寝かせた刀身をあて、真九郎はいまだ修行がたりぬと思った。

六人めは、帯だけでなく、布子（木綿の綿入り）の生地まで裂き、なかの綿がのぞいている。

帯がおちたことで、ようやくなにがあったかに気づいたようだ。震えだしたり、口をあんぐりとあけている。

真九郎は、熊造を睨みすえた。

「狸、頭をのせたままでいたいのであれば、うごくなよ」

熊造が、がくがくとうなずく。

真九郎は、刀身をすべらせながら一歩すすみ、小声で訊いた。

「そのほう、浅草の甚五郎の手の者か」

「と、とんでもごぜえやせん」

「そうか。なら、帯ではなく髷を斬りとばすのであったな」

熊造が愕然（がくぜん）となった。

「お、お侍（さむれえ）、浅草の親分をごぞんじなんで」

「あとで使いをやり、深川黒江町の熊造と申す狸のことを訊いてみよう」

熊造が、顔面蒼白となり、崩れおちるように土下座した。

「浅草の親分にかかわりのあるおかただとはぞんじやせんでした。お侍（さむれえ）さま、なんでもいたしやす、どうか浅草の親分には黙っておくんなさい。お願（ねげ）えでございやす」

真九郎は、懐紙を一枚だして刀身にぬぐいをかけ、鞘にもどした。

「よかろう。ついてまいれ」

「へい」

肩肘張ってふんぞりかえっていた熊造が、長着のまえをあわせ、借りてきた猫のように肩をまるめてついてくる。

真九郎は、素麺の木箱を指さした。

「これはそのほうがもとめたものであろう。持ち帰るがよい」

「承知しやした」

熊造の豹変ぶりに、彦兵衛も手代たちも驚いている。

「清水屋についてのよからぬ評判を耳にしたら、黒江町に挨拶（あいさつ）にまいる」

「めっそうもございやせん。けっしてそのようなことは。ごめんなすって」

木箱に蓋をかぶせると、熊造は袱紗をむすびもせずに小脇にかかえ、逃げるように去っていった。

彦兵衛が畳に両手をついた。

「鷹森さま、ありがとうございます」

ふかぶかと頭をさげる。

彦兵衛は四十三で、雪江の弟子であるひとつ違いの娘ふたりのしたに嫡男がある。

真九郎は言った。

「もうそれくらいにしてくれぬか」

彦兵衛が、いま一度平伏してからなおった。

そこへ、亀吉を先頭に、政次とふたりの若い手先が駆けこんできた。

亀吉が嬉しげな声をあげた。

「やっぱり旦那だ」

政次がつづけた。

「旦那、いまそこを、みっともねえ恰好をした黒江町の熊造と子分六名が駆けていきやしたが……」

「うむ。言うて聞かせるよりも、そのほうが早いと思うてな」

政次が笑みをこぼした。

年齢は二十五で、身の丈は五尺四寸（約一六二センチメートル）。探索方にはうってつけのこれといった特徴のない面差しをしており、菊次にいる藤二郎の手先ではもっとも年嵩である。

「たしかにそのとおりで。惜しいことをしやした。もうちょい早けりゃ、あっしも旦那の剣を見ることができやした」

真九郎は苦笑した。

「旦那、あとの始末はあっしらに任せておくんなさい。……亀、旦那のお荷物をおもちしてお送りしな」

「合点だ」

亀吉が風呂敷包みを手にした。

真九郎は、湊橋のほうにひき返して家路をたどった。斜めうしろを、はずむような足取りで亀吉がついてくる。

迎えにでてきた雪江が、亀吉の姿に小首をかしげた。

雪江に挨拶をした亀吉が、とよに風呂敷包みをわたして帰った。

居間できがえながら、真九郎はなにがあったかを話した。

清水屋のために喜んだ雪江の柳眉がかすかに曇るのを、真九郎は見逃さなかった。一度、遊俠の輩に家を襲われている。それがために、熊造にあえて甚五郎の名をだしたのだった。

手の者であれば甚五郎に話せばすむし、そうでなければ熊造への脅しになる。しかし、熊造が、あれほど驚き、ひるむとは思いもしなかった。熊造がどれほどの者かにもよるが、甚五郎は考えていたよりもはるかに力があるのかもしれない。

今回はそのおそれがないであろうことを、真九郎は説明した。

昼八ツ半（二時三十分）ごろ、清水屋彦兵衛が菓子折をもって礼にきた。

夕刻には、藤二郎もきた。

九日の昼八ツ（一時四十分）の鐘が鳴ってほどなく、たねがたずねてきた。

たねがくると、真九郎はとなりの客間で書見台をだして貸本屋の漢籍をひもとく。

けたたましいほどによく喋るたねが、引越祝いの礼を述べたあとで、四神について話しはじめた。

真九郎は、書見をやめ、耳をかたむけた。

押込み強盗がお城の東西南北であり、その関連をふくめ、たねは四神の名をまちがえることなく言った。証文がすべて持ち去られたことも知っていた。町家の者たちの関心は、つぎはどこが襲われるかにある。座頭ばかりではなく、評判の悪い高利貸しの名がとりざたされているという。

日本橋長谷川町の裏長屋の者たちも、松島町の者たちも、どこがやられるかわかってりゃあ、いまのうちにしこたま借りておくのによ、と話しているとのことであった。

たねの関心は、もっぱら消えた証文にあった。

町家の者の多くがそうであろうと、真九郎は思った。

座頭が有り金を残らず奪われた。庶民にとっては浮世離れした額である。とてつもなさすぎて、思い描くことさえできない。しかし、四人の座頭に借金をしていた者は、知り人のなかにいるかもしれないのだ。

たねは、半刻（五十分）あまりで帰った。

見送った雪江が、客間の障子をあけてはいってきた。そして、膝をおると、問いたげな眼をむけた。

真九郎はうなずいた。

「聞いておった」

「おたねに悪気はないのです」

「わかっておるゆえ、案ずるな。押込み強盗そのものは、珍しいことではないからな」

「四箇所で、いったい幾名の命が……。なかには、おとよくらいの年頃の娘もいたでしように」

雪江がつぶやき、いたましげに首をふった。たねは、奉公人が全員殺害されたのも知っていた。

「あなた、おたねが申していたように、これからもつづくのでしょうか」

「おそらくはな。たねには邪気がない。思ったことを口にしておるだけだ。闇の狙いどおりであろう」

「では、それがために証文を」

「そうだと思う。だが、さらに裏があるような気がする」

武家の妻女らしく、雪江はあえて問うことはしなかった。申しぶんのない武家の妻女であったり、娘じみたりする。雪江の変化の機微（きび）を、真九郎はいまだにとらえきれずにいる。

「あなた、清水屋さんからいただいた羊羹（ようかん）がございます。茶とおもちいたしましょうか」

「そうだな。一切れでよい、もらおうか」

「はい」

雪江がしめた障子を見つめながら、真九郎はもどかしさをおぼえていた。

闇がなにをたくらんでいるのか。答えはすぐそこにある。それがわかっていながらつかめずにいる。

十五日がちかづくにつれて、町家を緊迫と昂奮がつつんでいった。日をおうごとに、通りでの立ち話が眼につくようになった。

大名の月次登城日に、またしても四神があらわれるのか。町家の者たちのひそかな期待と関心が、そこにあった。

まんまとしてやられたとあっては、公儀は面目を失する。十四日の夜は、両町奉行所はむろんのこと、火附盗賊改と先手組も総出で警戒にあたる。

四神があらわれたら亀吉を走らせるとの桜井琢馬の言付けを、藤二郎がつたえにきた。

真九郎は、雪江をさきに休ませ、袴をぬがずに暁九ツ（零時）の鐘が鳴るまでおきていた。時の鐘は、昼間はよくつたわるように、夜は遠くひかえめに聞こえる。

真九郎は、戸口をしめてきがえた。

翌朝は、暁七ツ（四時四十分）の鐘でいつものように眼がさめた。しばらくまどろみ、暁七ツ半（五時五十分）ごろには床を離れて、庭での朝稽古にかかった。筑波颪も吹かず、夜明けまえの静謐さのなかで、肥後をふるいつづけた。聞こえるのは、おのれが吐く白い息と、踏み砕く霜の音のみであった。

明六ツ（七時）の鐘が鳴り、やがて、澄みきった晩冬の青空を、朝陽が昇りはじめた。

四神はあらわれなかった。

一日、二日とすぎていった。

文化六年（一八〇九）の大晦日は二十九日である。その前日の二十八日が、この年最後の月次登城日だ。

日をへるにしたがい、町家の者の関心は、暮れの二十八日にむけられた。町家だけではない。立花家の道場でさえ、真九郎はいくたびか耳にした。

二十二日も、終日風がなかった。

下総の国のはるかかなたから昇った陽が、江戸湊をまたぎ、相模の国の山脈の彼方へいそぎ足で去っていった。

薙刀の稽古を終えた雪江に、真九郎は、このまま風が吹かぬようなら、あとで白魚漁を見にいこうと誘った。

雪江が、瞳をかがやかせてほほえんだ。

つぶらな瞳は薄い茶色で、陽射しのかげんによって水飴(みずあめ)色に見えることもあった。このごろになって、ようやくそれに気づいた真九郎は、おのれはつくづくの無粋者だと、心中でなげいたものだった。

「どうかなさいましたか」

雪江が首をかしげた。

「いや、なんでもない」

いつのまにか雪江の瞳を見つめていた。

夕餉のあとで、真九郎が湯を浴び、雪江がはいった。厨のかたづけをすませたとよがつぎで、最後が火の始末をする平助だ。

宵になっても、筑波からの訪問はなかった。

夜道であり、わざわざきがえるにはおよばない、と真九郎は思うのだが、それでも客間に追いやられ、待たされた。ようやくしたくを終えた雪江ととよをともない、家をでた。

雪江は藤色のお高祖頭巾(こそずきん)で髪から肩までを覆い、とよが小薙刀をもっている。

小薙刀は、四尺五寸（約一三五センチメートル）の杖(じょう)の長さしかなく、上下に楕円の木製筒を固定した西陣織の袋に収められている。西陣は桜地に紅葉(もみじ)を散らしたもので、

もつ。

刀剣袋には見えなかった。

真九郎は、腰に大和をさしていた。左手の弓張提灯を、背後にも灯りがとどくように

斜め一歩うしろを雪江が、さらにそのうしろをとよがついてくる。

大川にちかい豊海橋で霊岸島新堀をこえた。

右におれたすぐそこが、永代橋だ。

まるみをおびた永代橋にかかる。汐をふくんだ海からの風があるが、強くはない。真九郎は、ゆっくり歩いた。

永代橋は大川の河口ちかくにある。裾広がりの河口正面に石川島があり、そのむこうに漁民の住む佃島がある。

蒼穹に満天の星がきらめいているが、いまだ月はでていない。黒い海に、石川島と佃島が暗くよこたわり、後方の江戸湊には千石船の帆柱が影絵のごとく林立している。

島影の左右に、漁火を焚いたいくつもの舟がある。

白魚漁は、仲冬十一月から晩春三月までの夜間におこなう。海面ちかくの篝火によってくる白魚を網で掬って獲る。佃島の漁民は、それを将軍家の食膳用に毎朝献上する。

そのひきかえに、漁についての特権をえていた。

佃島の漁民たちは、慶長(けいちょう)十七年（一六一二）に家康の招きによって摂津(せっつ)の国西成郡(にしなりごおり)佃村(つくだむら)から移住してきた。当時の最先端であった上方漁法によって、ふくらみつつあった江戸の人口をまかなうだけの漁獲をえるためであった。

橋で立ちどまるのは禁じられている。町人の男女(なんにょ)が、海面を揺曳(ようえい)する漁火の美しさに眼をやりながら、ゆっくりと行きかっている。武士の姿も、散見される。

いったん深川までわたり、ひき返す。

おなじようにもどる者たちがいる。

師走も下旬の夜、江戸湊にちかい永代橋のうえは寒い。それでも、夢幻のごとき漁火は、心をなごませ、暖めてくれるものがあった。

橋の頂上あたりにさしかかると、前方から五名の浪人が傍若無人(ぼうじゃくぶじん)に闊歩(かっぽ)してきた。橋にいた者たちが、欄干によってやりすごす。

くつろいではいたが、真九郎はつゆほども油断していない。鏃(やじり)のごときならびですすんでくる五人は、あきらかにこちらをうかがっている。

真九郎は、立ちどまり、右手で背後のふたりに欄干へよるよう合図した。

永代橋の幅は三間（約五・四メートル）余。五人が、四間（約七・二メートル）ほどで歩みをとめた。

いずれも三十代で、すさんだ気配を放っている。

肩幅のある先頭の浪人が、眼をほそめる。

「我ら、これより深川に一献かたむけに行くところだが、男ばかりというのも味気ないものよ。そこのふたりを一夜借りうけたい」

真九郎は、怒気を発した。

「戯(ざ)れ言(ごと)もほどほどにしろ」

「女性(にょしょう)ばかりでなく、娘も端(はした)にしては上玉ではないか。独り占めすることはなかろう」

「それ以上の雑言(ぞうごん)は許さぬ」

肩幅が冷笑をうかべる。

「おもしろい。口にしたからには、腕にかけてもつれていく」

五人が左右にひらく。

「喧嘩(けんか)だッ、喧嘩だッ」

叫び声があがり、あたりにいた町人たちが蜘蛛(くも)の子を散らすように難をさけた。

「おとよ」

五人の動きに気をくばったまま、真九郎は左腕をうしろにやった。

「はい」

とよが弓張提灯をうけとる。

左手を鯉口にもっていく。

五人が抜刀。

大和を抜いて、八相にとる。ちらっと、雪江に眼をやる。小薙刀の鞘を袋にいれ、とよにわたすところだった。

「雪江、とよをたのむぞ」

「心得ました」

真九郎は、ゆっくりと息を吐き、雪江を辱められた怒りをおさえた。

肩幅とその右どなりとは、かなりの遣い手だ。青眼にとっているが、むぞうさなようでいて凄絶な構えである。ほかの三人も、真剣での命のやりとりに慣れている。

真九郎は、左端へ殺気を放つなり、右端のふたりへと駆けた。

背後に女ふたりをかかえている。真九郎がしかけてくるのは予想外のはずだ。反応が遅れる。それでも、右の敵が刀を振りかぶる。

とびこみざまに、疾風の太刀筋で胴を薙ぎ斬り、左から襲いきた刀身を弾きあげて逆胴を見舞う。

「ぐえっ」

「うぐっ」

左肩に剣風がくる。逆胴の勢いのままに右足を軸に躰をまわす。流れおちていった切っ先が反転する。

肩幅が、踏みこみ、袈裟に斬りあげてきた。

弧を描かせた大和をぶつける。

――キーン。

そのまま巻きあげ、八相にもっていく。

肩幅が、左手一本で柄をにぎったまま、跳びのいた。

雪江のもとにもどらんとした前方を、もうひとりの遣い手である中背がふさいだ。青眼にとり、隙がない。攻めではなく、受けの構えだ。

左端にいた残ったひとりが、雪江に迫る。

肩幅が背後にまわらんとしている。真九郎は、さっと右足をひき、切っ先をむけた。

中背に左肩をさらした霞の構えになる。

中背の切っ先がわずかに伸びた。護りから攻めへ転じる気だ。

「オリャーッ」

「もらったーッ」

肩幅が叫んだ。

中背の切っ先が左肩にくる。右足を軸に反転。袈裟にきた肩幅の斬撃(ざんげき)を弾きあげ、胴に襲いくる中背の刀身を巻きあげる。

がらあきの胴を狙った肩幅の刀に、雷光の疾(はや)さで大和を叩きつける。中背の切っ先が頸を薙ぎにきた。

頭をひき、あやうくかわす。

切っ先がかすめていく。

肩幅が上段から面にきた。

頭上で両腕を交差させ、鎬で受け流す。

中背の剣風が襲う。

真九郎はよこに跳んだ。袴が断たれ、腿を切っ先がかすめる。

「エイッ」

「ヤーッ」

背後の離れたところで、雪江がいくたびか気合を発した。刀身のぶつかりあう音も聞こえる。気にはなるが、眼をやるゆとりがない。

左腿よこに刺されたような痛みがある。

真九郎は、さらに二歩さがり、八相にとった。

いそぎ斃さねばとの焦りから、おのれの剣を遣いきれていない。

「ヤエーッ」

直心影流の気合を発してとびこむ。

中背が袈裟に、肩幅が小手を狙うとみせかけて、左手一本で脇下を薙ぎにきた。

袈裟のほうが疾い。大和で弾きあげる。

肩幅の切っ先が、袖を断った。

右足を踏みこみ、左肩からまっすぐに斬りさげる。したたかな手応えのもと、肩から胸を裂き、左腕を断つ。

「ぐえっ」

肩幅が呻き声をもらした。

左斜め上段からの斬撃。

踏みこんだ右足をうしろにひく。腰をおとしながら、神速の弧を描かせて胴を薙ぐ。

敵の剣がながれ、大和がふかぶかと脾腹を断って奔る。

「うぐっ」

残心の構えをとることなくふり返った。

背後にとよをかばった雪江が、橋の頂上までしりぞいている。

真九郎は、叫んだ。

「いま行く」

残ったひとりが、あわてて二歩さがった。

真九郎はすでに駆けだしていた。

踵を返した最後の敵が、刀をさげて走る。

彼我の距離、六間（約一〇・八メートル）。

差がたちまちなくなっていく。決死の表情をうかべた敵が、左手をそえて刀を振りかぶる。

刀身が落下に転じる。

踏みこんで弾きあげ、弧を描かせた大和の切っ先を敵の左腿に奔らせる。

弾いた刀が横薙ぎにきた。巻きあげる。

敵の手を離れた刀が、おおきく弧を描いて大川におちていく。

脇差を抜こうとする右小手を打ち、右腿にも切っ先を見舞う。雪江に刃をむけた憎き敵だ。容赦しがたいが、いずれもふかくは斬らなかった。

敵が、両膝からくずおれた。

「き、斬れ」

「死にたくば、かってに死ぬがよい」

真九郎は、冷然と言いはなち、大和に血振りをくれて懐紙をだした。

雪江ととよが歩みよってくる。

大和を鞘にもどすと、雪江も懐紙を一枚だして刀身にぬぐいをかけた。真九郎は、小薙刀が袋にしまわれるまで待った。

「ふたりとも怪我はないか」

真九郎は、雪江からとよに眼をやった。

とよがうなずく。唇まで蒼（あお）くなっているが、しっかりとした眼差だ。

「わたくしたちは、だいじございません。それより、あなたのほうこそ」

雪江が、気づかわしげに右頸と裂けた袴に眼をやった。

真九郎は、左手を頸にあてた。

わずかな切り疵がある。

「たいしたことはない。かすっただけだ」

真九郎は、ふり返り、遠巻きにしている町人たちのほうに数歩すすんだ。

「誰（たれ）か、霊岸島の御用聞き、藤二郎をぞんじておる者はおらぬか」

若い町人が一歩まえにでた。

「菊次の親分でしたら、あっしが知っておりやす」

「すまぬが、いそぎ報せてきてはもらえぬか」

「へい」

若い町人が駆けていった。

遠巻きにしていた町人たちが、江戸湊がわの欄干ぞいを行きかいはじめた。羽織袴姿のひとりの武士が、箱崎のほうへいそぎ足で去っていく。

武士は、他出のさいには極力争いにまきこまれるのをさけるべきである。おのればかりでなく、主家に迷惑をおよぼすおそれがあるからだ。

しかし、たとえそうであっても、婦女が襲われているのに助勢しようともしない。武芸よりも算勘達者が出世するようになってひさしい。両刀は身分をしめすだけの飾り物にすぎず、これもまた泰平の世に慣れた武士の姿であった。

しばらくして、弓張提灯をもった若い手先を先頭に、藤二郎と政次のほかに、手先三名が駆けてきた。

藤二郎が、三名に浪人を見張ってるように命じ、政次をしたがえてやってきた。たとえ科人とわかっていても、御用聞きはかってに縄を打つことはできない。

「やっぱり、鷹森さまで。お武家とご妻女、供の女中と聞きやしたんで、そうじゃねえかと思いやした。亀を走らせやしたんで、すぐに桜井の旦那もお見えになりやす」

ほどなく、御用提灯をもった亀吉と桜井琢馬がきた。

「藤二郎」

「へい」

「奴をふん縛ってから、血止めをしてやんな」

「承知しやした」

琢馬が、斃れている者たちに眼をやってから、顔をむけた。

「相手は、五名だけかい」

「そうです」

「よほどの奴がいたらしいな」

「ふたりは遣えました」

「だろうな。ところで、喧嘩だってことだが」

真九郎は首をふった。

「おそらくは……」

「そうじゃねえかと思ってたよ。あとの始末はおいらがやる。おめえさんはご妻女たちと帰（けえ）ってくれと言いてえが、そのなりじゃ、自身番で怪しまれるな。……亀、御用提灯をもってお送りしな」

　琢馬が、とよのほうに顎をしゃくった。

「その提灯は、こっちに貸しといてもらえねえか。明日（あす）にでも返させるよ」

「むろんです。おとよ」

「はい」

　とよが、琢馬の斜めうしろにいる政次に弓張提灯をわたした。

第二章　襲いくる者

一

左腿の疵は一寸（約三センチメートル）たらずであり、翌夕刻には晒をとった。頸はかすっただけだ。

二十五日、夕七ツ（三時二十分）の鐘を聞いてほどなく、亀吉が迎えにきた。月次登城の日が迫っている。

それでなくともあわただしい年の瀬をむかえた江戸の町家は、十五日まえとおなじく日ごとに緊迫の度を増してきていた。

女中ふたりと食膳をはこんできたきくが銚子をもつと、きびしかった琢馬の顔がようやくなごんだ。

「いつもすまねえな」

「いいえ」

真九郎と藤二郎にも酌をしたきくが、廊下で膝をおって障子をしめた。

琢馬が、飲みほした杯をおき、あらたに注いだ。

「二十七日の夜まで幾日もねえ。吟味方がお奉行に命じられて石を抱かせたら、すぐに口を割ったそうだ。おめえさんの読みどおりだったよ」

手荒なことをせずに白状させるのが、吟味方の腕の見せどころとされていた。

江戸も中期以降になると、責めの手段が、笞打、石抱、海老責、釣責に限定される。このうち、笞打と石抱と海老責とは責問（牢問）であり、釣責が拷問であった。だが、牢問は笞打と石抱のみで、海老責は拷問にふくまれるとの説もある。

拷問にかけるには、死罪以上の罪状が明白でありながら白状しないばあいにかぎられる。しかも、老中の許可が必要であった。つまりは、拷問にまでおよぶのは吟味方として面目を失することであり、めったにおこなわれることはなかった。

捕縛された浪人は、真九郎に両膝を斬られているにもかかわらず、いきなり石抱で責めている。

四神は、大名家の家臣に扮していた。町人が武士に化けるのは、逆よりもむずかしい。

一味には数人ずつの侍がいると、町奉行所ではみていた。

しかし、捕縛された浪人が、千住宿の旅籠に草鞋をぬいだのは四日まえだ。千住宿は道中奉行、周辺は勘定奉行の支配だが、日数がない。老中の許しをえて、北町奉行所の臨時廻りがむかった。

探索の結果、千住宿にそろったのが二十一日だと判明した。二十二日夜、五名は霊岸島四日市町にある真九郎の住まいを下見すべく千住大橋の桟橋から屋根船にのった。

新川の桟橋にいた二十四、五くらいの町人が、真九郎が妻女をともなってでかけたむねを告げ、好機なのでこのまま待つようにとの指示をつたえた。

ほどなく、屋根船が桟橋を離れ、浪人五名は霊岸島新堀の桟橋でおろされた。

案内にたった町人が、永代橋の頂上に姿をあらわした真九郎をしめして、屋根船で待っているからと去っていった。

「……闇の奴ら、おめえさんを始末するため、またしても関八州から浪人者をあつめたってことよ。これで、闇がおめえさんを狙ってることがはっきりした」

「浅草の甚五郎が、関八州ばかりでなく東海道でも腕のたつ浪人がいなくなっていると話しておりました」

「甚五郎がかい。奴は、香具師の元締だ。あいつがおめえさんのために調べさせたんなら、こいつはたしかだぜ。東海道筋までひろげやがったか。あとで、お奉行にご報告しなきゃあならねえ。おめえさんのこった、めったなことで不覚はとるまいが、じゅうぶんに用心してくんな」

　真九郎はうなずいた。

「白魚漁を見にいくのを思いついたのは、あの日の夕刻でした」

　琢馬の切れ長な眼に、苦渋がはしる。

「すまねえが、いまは手がたりねえ。そいつの探索は、しばらく待ってくんな」

「承知しております」

「ところでよ、おめえさん、二十七日はいつもどおりかい」

「いいえ、団野(だんの)道場の稽古仕舞いです。もどるのは五ツ半（八時三十分）じぶんになるかと思います」

「闇の奴らのやり口からして、四神一味の侍(さむれえ)たちにも遣い手がいるにちげえねえ。またたのめるかい」

「ええ。九ツ（零時）までは、戸締りをせずにおります。以降であっても、戸口を叩いていただければ、すぐにでます。朝は、七ツ半（五時三十分）にはおきておりますので」

「やられるめえにお縄にしなきゃならねえんだが、奴らの悪知恵を考えると、どうなるかわからねえ。まあ、そんときはそんときよ。おめえさんは、もういいぜ。おいらたちは、腹ごしらえして、また見まわりにでなきゃならねえ」

「では、これにて失礼します」

筑波からの北風が吹きすさぶ通りを、真九郎は四日市町にもどった。

二十七日になった。

深更からの筑波颪が雨戸を叩き、江戸の空は灰色に塗りこめられていた。

奇数日は、浅草はずれの坂本村にある立花家下屋敷に行く。吉原への通い路である山谷堀までは舟で、そこから十町（約一・一キロメートル）余が徒だ。

川面は、筑波からの強い北風に三角波がたっていた。

師走になって、初旬に一度雪がふっただけだ。それも積もるほどではなかった。灰色の雲も、空高く覆っているだけで、雨や雪にはなりそうにもない。

昨日は上屋敷道場の稽古仕舞であった。この日は、下屋敷道場だ。

昼九ツ（正午）に稽古を終えて井戸端で諸肌脱ぎになり、躰をぬぐう。灰色の空は薄墨をくわえて鼠色にちかくなり、そのぶん、雲が低くなったかのようであった。手拭をつかっているあいだに、冷たい突風がいくたびも吹きぬけていった。

両国橋東岸の桟橋で、真九郎は猪牙舟をおりた。

団野道場は、回向院の左よこを行った本所亀沢町にある。武家地のなかにぽつんとある町家だ。

毎月、十日と二十日と晦日には、師の代稽古で大名家の道場にかよっている高弟がつどう。師走のみは二十七日だ。

真九郎は、持参した弁当を食して道場にでた。

門人たちの稽古は、夕七ツ（三時二十分）までだ。そのあとは、高弟どうしで研鑽をつむ。代稽古にでている者が真九郎をいれて五名。内弟子で道場の師範代でもある吉岡喜三郎をくわえた六名が高弟である。

暮六ツ（五時）の鐘を合図に稽古を終え、汗をぬぐってきがえた。そして、白髪頭をした年齢不詳の小柄な用人の徳田十左からこの月の給金をもらった。

真九郎は、月に三両、年に三十六両、閏月がある年は十三カ月になるので三十九両。そのほかに、下屋敷にかようための駕籠代を季節ごとに四両ずつ立花家からじかにもらっている。雪江の手習いの謝礼が年に十八両。ふたりで七十両から七十三両になる。

米作の豊凶によって上下するが、おおよそ百両が二百五十石取りの旗本の収入である。

この時代の一両の相場は、六千五百文あたりで推移している。二八蕎麦が十六文。一両で四百六杯余。現在の立ち食いのかけ蕎麦を三百六十円として計算すると、十四万六千百六十円。大工の月収が約二両だから、二十九万円余。税金がないので手取りである。金銭感覚としての一両は、おおよそ十五万円くらいと考えればよいように思う。

客間で、上座にいる団野源之進のまえに三人ずつむかいあってすわる。最後に徳田十左の部屋に行った真九郎が末座である。内弟子の少年たちが、すでに食膳をはこんできていた。

源之進が挨拶をして酒宴になった。

正面にいる朝霞新五郎がうかぬ顔になった。年齢は真九郎よりひとつ若い。

「新五郎、どうした」

真九郎が声をかけるよりさきに、最年長の小笠原久蔵が言った。

「申しわけございません。昨夜のことを想いだしてしまいました」

「なにがあったのだ」

「回向院の門前町で知己と一献かたむけた帰り道で、お先手組のかたがたに三度も誰何されてしまいました」

新五郎のとなりにいる青木淳之助がつぶやいた。

「例の四神がらみだな」

淳之助は、祖父の代からの浪人である。年齢（とし）は三十一で、妻子と母親の四人暮らしだ。

そのとなりにいる水野虎之助（みずのとらのすけ）が、こちらに顔をむけた。

高弟の最古参で、年齢は小笠原久蔵より一歳下の三十五歳だ。虎之助は旗本だが、久蔵と新五郎は御家人で、三人とも無役の小普請組である。高弟の残り三名が、主家をもたぬ身分であった。

「真九郎、おぬしは御番所（ごばんじょ）とかかわりがあるが、なにか聞いておらぬか」

「火附盗賊改（ひつけとうぞくあらため）をふくめまして、お先手組は総出とのことにございます」

「総出……。お先手組は、西丸（にしのまる）もあわせると、たしか三十四組もあったはず。総出とな。ほかにはなにか」

「町奉行所は、今宵（こよい）があやういと考えておるようです」

「それでわかった」

久蔵が野太い声をだした。

「どうもおかしいと思うておった。新五郎、回向院の門前町からなら、おぬしの屋敷までそれほどかからぬ。おぬし、四神をもとめて徘徊（はいかい）しておったな」

「いや、いささか飲みすぎましたゆえ、夜風にあたって酔いを醒（さ）ましてから帰ろうかと」

「嘘を申すな。今宵もかいわいを出歩くつもりであったが、お先手組が見まわっておるとなると、それもかなわぬ。つまらなさそうな顔はそのせいであろう。ちがうか」

源之進がにこやかに耳をかたむけている。真九郎のとなりにいる吉岡喜三郎も、もっぱら聞き役であった。

新五郎が真顔になった。

「小笠原さま、座頭金が奪われても同情する者はおりますまい。悪辣な手段で貯めた金です、むしろ快哉を叫ぶでありましょう。しかしながら、だからといって殺してよいという法はございません。ましてや、奉公人まで皆殺しにされたと聞きおよびます」

「おぬしが申すとおり無慈悲なやりようだ。猿轡をかませて、縛っておけばすむ。奉公人まで殺すことはない」

「世間がどう言い、四神の名を騙ろうが、盗人は盗人です。鷹森さんなら四神のほうからとびだしてくるでしょうが、わたしはこちらから出向かないかぎりぶつかりそうにもありませんので、おっしゃるように、今宵も歩いてみるつもりでおりました」

「帰り道で、真九郎が四神とでくわすか。なるほど、ありうるな。おぬしの言によれば、摩利支天は真九郎をひいきにしておるそうだからな」

真九郎は苦笑をもらした。

「できうれば、会いたくないものです」

「新五郎、聞いたか。おぬしも、まきこまれたくないと念じてみろ。さすれば、波風のほうですりよってくるやもしれぬ。女といっしょでな、気のないそぶりをしたほうが、ぞんがいうまくいくこともある」

唐突な喩えに、源之進までもが笑いをもらした。

夜五ツ（七時二十分）すぎ、真九郎は水野虎之助と同道した。客間をでた廊下で、そこまでいっしょにと誘われた。

虎之助の屋敷は、本所と深川の境である竪川をわたり、本所林町はずれの四つ辻を左におれてしばらく行ったところにある。

道場をあとにしたところで、虎之助が言った。

「過日、永代橋で、妻女をともなった武士と五人の浪人とのあいだで大立ちまわりがあったと、読売（かわら版）に載っていたそうだ。わたしは、あのようなものは読まぬが、『永代橋の夫婦剣客』との題で、妻女も小薙刀を振るい、浪人一名をよく防いだと家人から聞いた」

亀吉がもってきたので、読売のことは知っている。真九郎は吐息をもらしたが、雪江は恥ずかしげに頰をそめ、それでもどこか嬉しげに何度も読んでいた。

真九郎はこたえた。

「お察しのとおりです」

「詮索する気はないのだ。しかし、よほどのことがあって、国もとをたちのいたようだな」

「目付をしておりました」

「そういうことか。相手は老職だな」

「はい」

「やはりな。その腕と器量ゆえ、なおさらに怖れるのであろう。難しいものよ。……ところで、助勢がいるときは申してはくれぬか。先生には、剣の修行は抜かぬためにあると言われている。わかってはおるのだが、新五郎ほどではないにしろ、この歳になっても、いまだに血が騒ぐことがある。だから、遠慮はいらぬ」

「ありがたくぞんじます」

真九郎は、歩きながら一揖した。闇にかかわることは、公儀の秘事である。明かすわけにはいかない。

四つ辻で、虎之助と別れた。

雲に覆われた闇夜である。吐く息は白く、夜気には湿り気があった。ところどころにある食の見世が、腰高障子に灯りを映してはいる。だが、通りにあるのは真九郎がもつ小田原提灯だけだ。

一膳飯屋や縄暖簾も、客がいるようすはなく、ひっそりとしている。むろん、師走の寒い宵だからではない。四神がでるかもしれないからだ。

北森下町のてまえで右におれて、五間堀ぞいに斜めにすすむ。六間堀町を左に見ながら行き、中之橋で六間堀をこえて、幕府の御籾蔵よこの通りを大川まえにでた。

御籾蔵の正面に新大橋がある。橋の両脇には、燗酒や二八蕎麦などの屋台がならんでいる。が、いずれも客の姿はなかった。

新大橋をわたれば、霊岸島にちかい汐留橋まで武家地だけだ。

それでも、真九郎は四度も先手組に呼びとめられて誰何された。姓名だけでなく、団野道場の師範代であるむねまでつけくわえてようやくとおされたが、先手組の態度は横柄であり、殺気ばしっている者までいた。

先手組は、弓八組、鉄炮二十組で、西丸にも弓二組に鉄炮四組がある。戦となれば先陣をつとめるが、普段は江戸城諸門の警固にあたっている。

霊岸島も、人通りが絶え、深閑としていた。

江戸の庶民にとっては、四神よりも、我がもの顔に跋扈する先手組のほうが厄介であろう。

真九郎は、眉をひそめた。

よもや、と思い、すぐに、まさか、とうちけした。

鎌倉幕府も室町幕府も滅びた。江戸に幕府ができて二百年余、徳川の世は盤石である。しかし、公儀になんらかの意趣があるのだとすると……。

いくつかの謎がとける気がする。公儀より理不尽な仕打ちをうけた者。これだけでは漠然としすぎて調べようがないが、ありうるように思える。

闇の正体をつかむ手掛りのひとつとして、脳裡にきざみこんだ。

漆黒の夜空に白いものが舞いはじめた。

浜町の通りから脇道へはいるころには、粉雪に大粒の雪がまじり、まっすぐおちてきた。

真九郎は、稽古着をつつんだ風呂敷を頭上にかざしていそぎ足になり、住まいの格子戸をあけた。

手拭をもってきた雪江が、着衣の雪をはらった。

寝静まった夜空に、遠慮がちな時の鐘が暁九ツ（零時）を告げた。

真九郎は、音をたてぬように居間の障子をあけて表にむかった。廊下の雨戸はしめてある。

格子戸のむこうは、一面の雪であった。

大粒の雪がふりしきっている。

戸締りをして、居間にもどった。そして、火鉢の炭を火消し壺にうつして、きがえた。

雪は、二十八日の朝いっぱいふりつづけた。庭も屋根も、見わたすかぎり雪に覆われた。

大名の登城日は、供の者たちは主君が下城まで下馬所(げばどころ)で待たねばならない。登城門は、大手(おおて)御門か内桜田(うちさくらだ)御門である。乗物（武家駕籠）で城中にはいる資格のない大名は、下馬所で乗物をおりて城内まで歩く。雨であろうが雪であろうが、かわりはない。

待機する供の者たちのため、おもな御門まえはひろくとられていた。雪のなか、主君の下城をじっと待つ。それが、臣下の勤めだ。

忠孝という。まずは主君への〝忠〟があり、親への〝孝〟がある。士道の本懐は、主君の馬前での忠死にある。そして平生(へいぜい)は、主君のためとあれば、なにごとをも堪え忍ばねばならない。

真九郎は、雪江とともに国もとを出奔(しゅっぽん)せざるをえなかった。身命を賭(と)して君恩に報いることは、もはやかなわぬ身だ。一抹の寂しさはあった。

中食のしたくができたころには、雪はやんでいた。

食膳をはさんで、真九郎は雪江に言った。

「あとで、隅田川へ雪見にまいろうか」

雪江が、瞳をかがやかせ、すぐに小首をかしげた。

「嬉しいのですが、よろしいのですか」

「いまだに誰もこぬ。四神はあらわれなかったのであろう」

「それはようございました」

「そうだな。和泉屋も年の瀬で忙しいであろうから、平助にはすまぬが留守をたのみ、とよをともなうとしよう」

「はい」

中食のあと、真九郎は平助を船宿の浪平に使いにやった。

昼八ツ半（二時三十分）ごろ、老船頭の智造がきた。雪江もとよもしたくはできていた。

とよに小薙刀をもたせて家をでた。

裏通りも脇道も、雪かきがされていた。表通りはむろんだ。

和泉屋まえの桟橋から屋根船にのった。

座敷のまんなかに、真鍮製の丸火鉢があった。両脇に耳があってもちはこべるようになっている。

炭火が座敷内を暖めていた。

新川から大川にでたところで、両舷の障子をあけた。

雪江ととよが息をのんだ。

江戸は白一色であった。澄んだ青空には綿雲が浮き、やわらかな陽射しがそそいでいる。

両舷から冷たい大気が忍びこんできたが、ふたりとも気にするようすもなく両岸に交互に眼をやっていた。

屋根船は大川の西岸にそって上流にむかった。

真九郎は、とよが両岸に眼をうばわれながらも、手をもじもじさせているのに気づいた。真九郎と雪江は上座の火鉢ちかくにならんでいるが、とよは艫の障子を背にひかえている。

「とよ、そこでは寒かろう。もそっとよって火鉢にあたるがよい」

「はい。いいえ、あの、だいじょうぶです」

「遠慮するでない」

　雪江が、やさしげにさとした。

「おとよ、旦那さまのお言いつけです。そうなさい」

「はい、奥さま」

　とよが、膝をすすめてきて、おずおずと手をかざした。

　屋根船が、両国橋をすぎ、神田川も背にした。

　吾妻橋を境に、下流が大川、上流が隅田川だ。しかし、浅草の者たちは、神田川河口から山谷堀までを浅草川と呼んでいた。

　寺島ノ渡をすぎたあたりで、智造が舳を転じた。

　屋根船が東岸ぞいをくだっていく。

　寄洲も、寺島村も、隅田堤も、雪に覆われていた。桜並木も、寺社の甍も、雪をかぶっている。

　見わたすかぎりの白い綿雪が、陽射しにきらめいていた。

　一面の雪景色は、やわらかく、きよらかで、神々しかった。

「雪江、きてよかったな」

「はい。ほんに美しゅうございます」

夕陽が、黄金色から茜色にそまりながら相模の国へと去っていく。それをのんびりと追うように、智造の漕ぐ屋根船がゆったりと大川をくだっていった。

東の空の青さが夕靄に薄れはじめたころ、和泉屋まえの桟橋についた。

留守ちゅうにたずねてきた者はなかった。

いくらか遅めの夕餉をすませ、この夜は早めに床についた。

翌二十九日は大晦日である。商家は、どこも朝から夜遅くまで掛け取りで多忙をきわめる。

味噌と醤油は和泉屋、ほかにも、雪江の弟子の商家には酢、塩、蠟燭、茶問屋がある。それらは、購ったことがない。

酢問屋は醤油もあつかっている。年のはんぶんは手前のところでめんどうをみさせてくれとたのみにきたのをきっぱりお断りしましたと、宗右衛門が話していた。

「すこしくらいなら、よいのではないのか」

宗右衛門が憮然とした顔になった。

「とんでもございません。鷹森さま、そのようなことをおっしゃられてはこまります。和泉屋の暖簾にかかわります」

代金を受けとらないのだから損益であり、そろばん勘定にあわないはずだ。みょうな意地のはりかたがあるものだと思ったが、宗右衛門は口達者であり、言い返されてまるめこまれるのはわかっているので、真九郎は黙っていた。

そのほかにも、生花（いけばな）を習っている弟子筋が炭代をもっている。雪江が生花の謝礼を受けとらないからだ。

それでも、昼すぎから出入りの店の者たちがくぐり戸から厨（くりや）へ集金にくるようになった。

雪江のじゃまにならぬように、真九郎は客間にうつって漢籍の書見で昼をすごした。

夕餉をすませ、やがて暁九ツ（零時）になろうとするころに蕎麦がとどいた。

蕎麦は蒸籠（せいろう）か皿に盛り、濃口のたれにわずかにつけて、風味を楽しみながら食するのが通だとされていた。二八蕎麦などの汁（つゆ）蕎麦は、粋を誇る江戸っ子は馬方（うまかた）蕎麦と蔑視していた。

だが、冬場の二八蕎麦は旨い。団野道場からの帰り、両国橋ちかくで、真九郎は青木淳之助と屋台の蕎麦を食することがあった。

除夜の鐘を聞きながら、年越し蕎麦を食べた。雪江とふたりで迎える二度めの新年である。

大晦日の夜は、除夜の鐘が鳴り終わるまでおきている。年を越すまえに寝ると、白髪になったり、皺がふえたりするとの伝承があった。

寝床について眼をとじたが、忘れ物でもしたかのごとく内奥がもやついた。真九郎は、眉をひそめてしばらく考え、ふいに思いあたった。

――しまった。

口中でつぶやき、臍を噬んだ。

初春一月一日は、御三家御三卿を筆頭に諸大名が年賀の登城をおこなう。

まさかこの日はあるまいと、誰しもが思う。大晦日は、深更までおきている。元旦は、未明から初日の出を拝む者たちが通りを思い思いの場所にむかう。

二十七日はなにごともなかった。これで二度の月次が無事にすぎた。ひょっとしたら、四神はもうあらわれぬかもしれないとの期待が芽生える。

年が明ければ、決意もあらたに四神の探索に全力を傾注する。町奉行所の者はそのように考える。それが、気のゆるみとなり、油断につながる。

緊張をたもち、警戒しつづけるのは困難である。いっぽうで、四神はいくらでも待つことができる。待つほどに、有利になるのだ。

おのれ自身が、つぎは正月の十四日よりも二十七日が危ないと考えていた。月末まで待てば、商売にならない食の見世や盛り場ばかりでなく、表店から裏店まで先手組への怨嗟の声があふれるであろう。

そう考えていたのだが、それまで待つことはない。大晦日から元旦にかけて襲えば、暮れの月次よりもはるかに公儀の面目を失わせることになる。

最後の月次登城が無事にすみ、ほっとした間隙を衝く。総出で警戒にあたっていた町奉行所と先手組とは、さぞかし切歯扼腕することであろう。

――ありうる。いや、まちがいあるまい。

真九郎は、なかなか寝つけなかった。

二

元日の未明、真九郎は暁七ツ（春分時間、四時）を告げるしのびやかな鐘の音で眼がさめた。が、そのまま身じろぎもせずに天井を見ていた。

となりの布団から、雪江のかすかな寝息が聞こえる。

平助ととよにも、朝餉は朝五ツ（八時）すぎでかまわぬゆえゆっくり休むようにと雪江からつたえさせてある。

なかなか寝つけなかった。寝たのは一刻半（三時間）ほどであろうか。

新年を迎え、真九郎は二十八、雪江は二十一になった。

眠れぬまでも、気は鎮めておいたほうがよい。眼をとじ、いつのまにかまどろんでいた。

雪江の気配に、眼をさましました。

「おこしましたか」

「何刻かな」

「そろそろ六ツ（六時）になろうかと」

「平助とおとよは」

「おきたようです」

「そうか。では、おきるとしようか」

「すぐに居間の炭を」

「わたしがやる」

「申しわけございませぬ。寝すごしてしまいました」

「わたしもだ」

寝巻に丹前（たんぜん）をはおった雪江に、ほほえんだ。

丹前に腕をとおして寝所の襖（ふすま）をあける。

居間の壁ぎわにおいてある火消し壺と炭入れをもって素焼きの丸火鉢のまえにすわる。

片側だけ襖をあけた寝所からのほのかな灯りのなかで、火消し壺の蓋をとって昨夜の消炭を火箸で灰のうえにおく。そして、炭入れから屑炭を加える。

平助が、廊下の雨戸をあけはじめた。雨戸が一枚あくごとに、夜明けの薄明が障子を白くそめていく。

寝所の行灯から付木に火をうつした。

付木は、薄板の一端に硫黄を塗ったもので、こまかく裂いて火をうつすさいにもちいる。

屑炭に付木の火をいれる。ちいさな炎があがった。さらに屑炭を加え、新しい炭をくべる。

寝具をかたづけ、きがえた雪江が、襖の陰から真九郎の着物をもってでてきた。

雪江は、真九郎の着替えをかいがいしくてつだう。夫婦となって三年めの春を迎えた。これまで、いくたびとなく肌をあわせ、たがいの躰のすみずみまで知っている。それでも、きがえるところを見せようとしない。見たいわけではない。しかし、おなごはわからぬものだと、真九郎は思う。

あるいは、わからないからこそ、雪江に惹かれつづけているのかもしれない。

まあたらしい下帯を締め、羽織袴姿になった。雪江からあたらしい手桶を受けとり、井戸に行って水を汲む。そして、ひかえている平助に手桶をわたして、庭から居間にもどった。

　雪江が、茶碗を盆にのせて居間にはいってきた。

「あなた、若水にござります」

　真九郎は、うなずき、茶碗の冷たい水を飲んだ。

　元日の朝、井戸から最初に汲む水を若水という。あらたな気持ちで新年を迎え、邪気をはらうためにこれを飲む。着衣をあらためて若水を汲むのが、一家の主の新年最初の役目であった。

　脱いだ羽織袴をかたづけ、厨へ盆をさげた雪江が、手拭と茶碗、それに房楊子（歯刷子）と歯磨き粉をいれた手盥をもってきた。

　井戸端で洗面を終えた真九郎は、居間の火鉢をまえにして、いまにも駆けつけてくるであろう亀吉を待った。

　元日の朝は、屠蘇を飲み、雑煮を食する。

　朝餉を終えても、亀吉はこなかった。

ほどなく、朝五ツ（八時）の鐘が鳴った。

元日は家で静かにすごす。真九郎は、客間の押入から書見台をだし、漢籍をひらいた。

朝四ツ(十時)の鐘が鳴るころには、桜井琢馬や、一度だけ会ったことがある北町奉行の小田切土佐守の顔を想いうかべ、おのれの杞憂であったことに安堵した。

中食をすませてしばらくして、表の格子戸が開閉した。

急用でもないかぎり、元日に他家をおとなう者はいない。

真九郎は、内心で吐息をついた。

「ごめんくださいやし」

やはり亀吉だ。

真九郎は、居間の障子をあけた。廊下をもどってくる平助にうなずき、上り口にむかう。

亀吉は沈んだ顔をしていた。

「旦那、桜井の旦那に言付けをたのまれやした」

「四神だな」

「へい」

「おなじように四箇所か」

「そのとおりで。二、三日して、いろんなことがわかったらお会いしてえそうでやす」

「わかりましたとおつたえしてくれ。屠蘇があるが、あがっていくか」

「ありがとうございやす。ですが、桜井の旦那と親分が待っておりやす。腹を満たしたら、またもどらねえとなりやせん」

「正月早々ご苦労だな」

「あっしこそ、こんな話をもってきて、申しわけございやせん」

真九郎は笑みをうかべた。

「そう思わせるのが四神の狙いだ、気にせずともよい」

人なつっこい眼にあかるさがもどった。

「旦那、おかげで気が楽になりやした。あっしはこれで」

「ああ」

亀吉が、格子戸をしめて去っていった。


二日、朝餉を終えてほどなく、宗右衛門が年始の挨拶にきた。朝のうちに、弟子の商家の主たちがつぎつぎとおとずれた。

この日は初荷である。出入りの振売りや店（たな）の者たちが、しきりと四神の話をしたと、とよが報告した。真九郎は、笑顔をうかべてうなずき、とよに中食の膳をはこんできたとよが報告した。

ねぎらいの言葉をかけた。

三日は芸事始めである。立花家道場も団野道場もこの日が稽古始めだ。

いつもより早めに、真九郎は家をでた。左手には稽古着と弁当のはいった風呂敷包みをもっている。右手は、いつでも抜刀できるようにつねにあけておく。剣に生きる者の心得である。

下谷御徒町の上屋敷についた真九郎は、用人の松原右京に新年の挨拶をしてからきがえた。

上屋敷道場にいたのは小半刻（三十分）ほどだ。下屋敷道場でも稽古始めをおこなわなければならない。上屋敷から東の大川方向にすすみ、新堀川で左におれたさきに下屋敷がある。上屋敷から半里（約二キロメートル）たらずだ。

真九郎の足なら小半刻とかからない。

下屋敷の稽古は、朝四ツ（十時）からはじめた。

一刻（二時間）で稽古を終え、下屋敷をあとにした。

浅草山谷堀の桟橋に、老船頭の智造が猪牙舟をつけて待っていた。

明暦三年（一六五七）初春一月の大火で、江戸の様相は一変する。

初代家康、二代秀忠、三代家光と膨張の一途であった江戸は、四代家綱のおりの大火をへて、城内にあった御三家などの大名屋敷は城外にうつされ、寺社も周辺の新開地に移築、防火のための広小路や火除地が設けられた。

日本橋にあった吉原も移転を命じられる。浅草のはずれに新吉原ができたのは仲秋八月であった。

その年のうちに、浅草見附まえの船宿玉屋勘五兵衛と両国橋の船宿笹屋利兵衛とが、遠くなった新吉原へかようための早舟を造らせた。

早舟は、薬研のように鋭角にした舳が猪の牙に似ていることから猪牙舟と呼ばれるようになった。あるいは、押送舟の長吉が考案したともいう。押送舟は、安房や上総、相模や伊豆などから生魚を江戸に運搬していた早舟である。

当初の猪牙舟は、二挺艪や三挺艪もあったが、禁じられて一挺艪になる。それでも、もっとも速いことにかわりはない。

真九郎は、両国橋の西岸に猪牙舟をつけさせて団野道場にむかった。

道場をでたのは、夜五ツ（八時）すぎだ。研鑽後の酒宴では、やはり四神のことが話題になった。

夜空には、三日月と無数の星がある。風はなかった。季節は春になったが、冬がいすわっていて、息が白い。

真九郎は、御籾蔵よこの通りから新大橋まえにでた。

橋の両脇にならぶ屋台に灯はあるが、客の姿はまばらだ。

右脇にある屋台の天麩羅屋よこの腰掛台に、浪人三名がかけている。足もとには暖をとるための七厘が一台だけあった。串に刺した天麩羅の皿と、銚子と杯がある。

三人が、無遠慮に見つめている。すさんだ眼差だ。

真九郎は、斜めに新大橋にむかった。

まるみをおびた新大橋をのぼりはじめると、屋台のよこから三人がでてきた。

顔をむけることも、足を速めることもしない。背後に注意をはらい、左手にもつ風呂敷包みと小田原提灯の竹の柄を、いつでも離せるよう握りをゆるめる。

江戸湊のほうから、ゆるやかな風が吹いてくる。

頂上からくだりにかかる。三人が、おなじ間隔でついてくる。

百十六間（約二〇九メートル）の新大橋をわたった。

川下にむかう。背後の三人が、おなじように左にまがった。もはや疑いようがない。

真九郎は、ふり返った。

三人が、六間（約一〇・八メートル）ほどの間隔をおいて立ちどまる。いずれも三十代前半だ。着衣は粗末だが、体軀は微塵の崩れもない。

真九郎は問うた。

「それがしに用か」

「鷹森真九郎だな」

まんなかの大柄がたしかめた。左は痩身で、右は短軀だが胸板の厚いがっしりとした体格だ。

「いかにも」

「その命、もらいうける」

三人が抜刀。

真九郎は、左手の風呂敷包みを右の大川のほうへ放り、そのむこうに小田原提灯を投げた。

鯉口（こいぐち）を切り、刀を抜く。この日は、備前（びぜん）を腰にしてきた。二尺四寸（約七二センチメートル）の刀身が、三日月のさえざえとした蒼（あお）い光をあつめる。

小田原提灯が、燃えだした。

三人とも、肩の力をぬいた青眼（せいがん）にとっている。構えに隙がない。死臭を放つ修羅場剣法だ。左右のふたりが、ゆっくりとひらいていく。

真九郎は、青眼から得意の八相（はっそう）にとった。

辻番は、四町（約四三六メートル）ばかり下流に行った川口橋のてまえまでない。上流は二町（約二一八メートル）たらずの大名屋敷まえにあるが、新大橋のところで、大川は逆くの字に流れている。

あたりは、幕臣屋敷と大名屋敷ばかりだ。

三人の体軀から、殺気が炎のごとくたちのぼる。

真九郎は草履をぬいだ。

背後をとられては不利。三人に上体をむけたまま、武家屋敷の白壁塀のほうへよっていく。

左の痩身が歩を速める。

短軀が、刀をさげて大川ぞいを駆けぬける。

真九郎は、身をひるがえして走った。

大川を背にする。右斜めまえに、燃えつきんとしている小田原提灯がある。蠟燭の火が、大川からの微風に揺れている。

右から踏みこむには、真九郎の間合にある提灯が邪魔だ。風呂敷包みもある。

大柄がうめいた。

「小癪な。たばかりおったわ」

よってきた大柄が、いまいましげに風呂敷包みを大川へ蹴りとばした。

正面から痩身が、左から短軀が迫ってくる。

真九郎は、青眼から下段にとり、刀身を右に返した。下段は守りの構えである。〝地の構え〟あるいは〝土の構え〟ともいう。三人とも、かなり遣える。

二間（約三・六メートル）。

たがいに踏みこめば、切っ先がとどく。

正面の痩身が青眼、左右の大柄と短軀は上段に構えている。大柄は、夜空を突き刺す大上段だ。

三人が摺り足で詰めてくる。

真九郎は、自然体からわずかに左足をひいた。

「キエーッ」

「オリャーッ」

さきに短軀がとびこんできた。上段からの斬撃を摺りおとしざまに反転して、痩身の突きを弾きあげる。短軀の刀身が胴を薙ぎにきた。

備前を反転させて叩きつける。

――キーン。

痩身の白刃が、夜空を切り裂いて左肩を襲う。腕を額で交差させて鎬（しのぎ）で流す。痩身の刀がおちるまえに、備前に疾風の弧を描かせて逆に袈裟（けさ）を見舞う。痩身が、柄から左手を離してとびすさった。

宙で反転。

真九郎は、右足を斜めに踏みこみ、おおきく跳んだ。

いた場所を大柄の剣が上段から大気を切り裂いておちていく。

両足が地面をとらえる。

備前を、さっと青眼に構える。

「ちっ」

大柄が舌打ちした。

痩身と短軀が、左右にひらいていく。

真九郎は、新大橋を背にしている。

蠟燭の火をうけた真九郎の影が右斜めまえに、三人の刺客は背後に影を曳いている。

いずれも、場数で鍛（きた）えた修羅場剣法だ。大柄は豪剣であり、痩身は疾（はや）く、短軀は剛剣である。三人とも、あなどりがたい遣い手だ。

だが、修羅場なら、真九郎もじゅうぶんすぎるほどに踏んでいる。備前を青眼から八相にもっていく。

三人が弓のかたちにとった。彼我（ひが）の間隔、二間半（約四・五メートル）。多勢を相手にするさいは、左右のいずれかに走り、端の者から斃（たお）していく。それが常道だ。むろん、敵も承知している。

痩身と短軀の躰がふくらむ。

くる――。

「ヤエーッ」

直心影流の気合を発し、中央の大柄との間合にとびこむ。

まっ向大上段から振りおろす烈風の敵白刃が、唸りをあげて大気を裂く。

見切る。

合わせるとみせかけて、左足を軸に反転、さらに右足を軸に反転。弧を描いた備前が、疾風と化し、一文字に頸の血脈を断ち、奔（はし）る。

さらに、反転につぐ反転。四歩で踵（きびす）を返し、青眼にとる。

頸から血飛沫（ちしぶき）をあげながら、大柄がくずおれる。

「なにッ」

痩身が驚きの声を発した。

「いまのはなんだッ」

短軀が問う。

真九郎はこたえた。

「霧月(むげつ)」

「団野道場の師範代と聞いておったぞ」

「いかにも」

短軀が眉間をよせた。

「いまの動き。直心影流にそのような技はないはず」

真九郎は、短軀を睨(にら)んだ。

「同門か」

「昔はな。おもしろい。血が滾(たぎ)ってきおったわ」

突っ伏した大柄の頸のまわりに血溜りができ、よごれた足袋(たび)裏が断末魔の痙攣(けいれん)にぴくぴくと跳ね、ぬげた草履を叩(たた)いている。

短軀と痩身が、すさんだ殺気で躰を膨らませ、摺り足でつめてくる。短軀は脇構え、痩身は青眼だ。

大川からの風に、蠟燭が消えた。

「オリャーッ」

「キエーッ」

面を狙った痩身の刀が疾い。弾き、脇下に襲いくる短軀の刀身を、返す刀で巻きあげる。

一合、二合、三合、四合……。

夜陰を甲高い音がつんざき、火花が散る。

左右からの斬撃を、身をひねりながらことごとく弾く。

痩身の切っ先が右小手をかすめておちる。

備前を横薙ぎに奔らせる。着衣を裂き、胸板が石榴の実のごとく朱肉をさらして割れていく。

「ぐえっ」

そのまま回転。頭上からの斬撃を鎬で受け流す。備前に神速の弧を描かせて逆袈裟に斬りさげる。切っ先が消え、裂いて奔る。

さっととびのき、残心の構え。

「霧月。昔のおれであれば……。無念だ」

短軀が、両膝をつき、まえのめりに倒れた。

備前に血振りをかけ、懐紙でぬぐう。鞘にもどし、肩でおおきく息をする。眼をとじ、頭をふって、心底の気鬱をはらう。

真九郎は、大川に眼をやった。

風呂敷に包んでいた稽古着は、この日のために昨年暮れに神田鍛冶町の美濃屋でもとめたものだ。

「大川まで蹴りとばすことはなかろうに」

真九郎は、つぶやき、ため息をついた。

懐から手拭をだして顔にあてた。

返り血はあびていない。だが、衣服には散っている。

川口橋のてまえに、大川を背にして大名家の一手持辻番所がある。四神騒動いらい、近隣の屋敷でもつ組合辻番でさえ請負の町人のほかに、夜は武士も詰めている。

足早にとおりすぎようとしたが、呼びとめられた。

「待たれよ」

辻番所から羽織袴の番士がでてきた。三十代なかばで恰幅のある体軀をしている。足はこびから、そこそこに遣える。

立ちどまりはしたが、真九郎は躰を正面の川口橋にむけたままだ。

番士は、不審をふかめたようだ。

「提灯ももたずにいずこへゆかれる」

真九郎は、番士にむきなおった。着衣が辻番所からの灯りにさらされる。

「やっ。それは、あきらかに返り血」

番士が、左手を鯉口にあて、右手で柄をにぎった。辻番所のなかにいたもうふたりの番士も、鯉口をにぎってとびだしてきた。

真九郎は、ふたりから正面の番士に眼をもどした。

「それがしは、本所亀沢町、直心影流団野道場の師範代で、鷹森真九郎と申しまする。住まいは、霊岸島四日市町にありまする酒問屋和泉屋の離れ。たしかに、ただいま新大橋ちかくで浪人三名を討ちはたしました。が、これは、北町奉行所定町廻り桜井琢馬どのが一件にかかわりがあることにござる。ご不審があれば、団野道場なり、霊岸島塩町の御用聞き藤二郎のもとか、北町奉行所へ使いをやっていただきたい」

三人が、腰の刀からさりげなく手を離す。

誰何した番士がたしかめた。

「まことでござるな」

「偽りは申しませぬ。月番は南町奉行所。が、一件は北町奉行所の扱いゆえ、御用聞きを八丁堀の桜井どののもとへ行かせるため、およりせずにさきをいそいだしだい」

番士はためらっていた。しかし、背後のふたり同様にほっとしたようすもうかがえる。

「お疑いとあらば、それがしは待ちますゆえ、使いを走らせていただきたい」

「いや、それにはおよびませぬ。あいわかりもうした。役儀ゆえお呼びとめいたしたしだいにござる。ゆかれよ」

「失礼つかまつる」

真九郎は、一揖し、川口橋へむかった。

永久橋から箱崎にわたり、裏通りから表通りにでて湊橋をこえ、塩町の菊次にいそいだ。

菊次よこの路地にはいって格子戸をあける。

客間の障子があいた。

上座に琢馬がいる。柔和だった顔がひきしまり、一重の切れ長な眼がほそめられた。

「またかい」

真九郎は首肯し、なにがあったかを語った。

「よし。あとはおいらがやる。明日にでも会おう。……藤二郎、亀を呼んでお送りさせな。おいらたちは、ひとっ走りだ。まったく、こんな正月は、はじめてだぜ」

「雑作をおかけします」

「なあに、おめえさんにお江戸の掃除をしてもらってるようなもんよ。気にしなさんな」

　琢馬が笑みをうかべた。

三

　翌日、真九郎は、上屋敷道場からの帰りに神田鍛冶町の美濃屋によった。

　暮れの二十四日に、大和を研ぎにだしにきたばかりだ。そのとき、新年用の稽古着ももとめた。美濃屋は、刀剣ばかりでなく、木刀や竹刀防具のほかに稽古着もあつかっている。

　奥に案内しようとする主の七左衛門に、真九郎はいそぐのだと断った。

　膝をおった七左衛門が、数日以内にお届けにあがりますと、刀袋にいれた備前をうけとった。

　神田鍛冶町は、筋違橋御門から日本橋にいたる大通りの途中にある。

　真九郎は、近道をとり、帰路をいそいだ。

二十二日に永代橋で襲撃してきた五名は、霊岸島四日市町の住まいを下見にきた。住まいをたしかめ、帰路をさぐり、襲撃の場所を決める。はたしてそれだけか。居合遣いの一味は雪江をかどわかさんとした。雪江が真九郎の弱みだと知ってのことだ。あれが、居合(いあい)遣い一味の独断か、あるいは闇の頭目の指示によるものなのか、真九郎はどちらとも判じかねていた。

亀吉が、桜井琢馬の言付けを残していた。

真九郎は、中食をすませ、着流しの腰に鎌倉(かまくら)をさして塩町にむかった。

白い綿雲が浮く青空から陽射しがそそぎ、いくらか春めいた陽気だった。

琢馬は、いつもの柔和な顔で待っていた。が、表情に疲労のいろがある。四神にしてやられたこともあろうが、昨夜は藤二郎とくつろいでいるところを労をとってもらった。

真九郎は、心中で頭をさげた。

きくが、食膳をもってきて酌をした。

菊次は、あいかわらず繁昌している。きくが、障子をしめ、見世との板戸をとざすと、にぎわいがくぐもった。

杯をおくと、琢馬が訊(き)いた。

「昨夜(ゆうべ)の奴らも遣えたのかい」

「ええ、かなり」

「三名しかいなかったからな、そうじゃねえかと思ってたよ。辻番の侍には話をつけ、今朝、南町にも報せておいた」

「かたじけない」

「なあに。さっそくだが、大晦日の一件を話しておきてえ」

今回は座頭だけではなかった。金貸しの老婆がひとり襲われている。

江戸城の東は、本所柳原町一丁目の検校で、奉公人が六名。西が市ケ谷御門にちかい左内坂町の勾当で、奉公人が三名。南が土橋正面の二葉町の別当で、奉公人が四名。北が神田相生町の老婆で、奉公人が二名。二階で泥酔していた甥と二名の町人も殺されている。

今度は二十二人である。前回と合わせて四十六人もの命が奪われたことになる。たった二晩の押込み強盗でだ。

真九郎は、ゆっくりと首をふった。

琢馬がつづけた。

「南六間堀町のときは七名だったが、今度の柳原町は八名よ。どういうことかわかるかい」

「おそらくは、べつの組かと」

「そういうこった。ところでよ、神田相生町のは、近所じゃあ因業婆(いんごうばばあ)と陰口をたたかれてる嫌われ者(もん)だったようだ。二階(けえ)で殺(や)られてた甥というのがかなりな悪党(わる)でな、手下(てか)の二名(めえ)と貸し金や利息の取り立てをやってた」

「やはり大名家の御用を装ったわけですか」

「ああ。夜明けめえから初日(はつひ)を拝みに行く者(もん)でくぐり戸は開けっ放しのようなもんだ。明六ツ（六時）すぎに木戸をとおってる。それを怪しむほど気のまわる番太(ばんた)はいねえ。まあ、大名家御用の荷車に注意するようあらかじめ触れておかなかったのは、こっちの落度だがな」

「証文は」

「おんなしよ、一枚も残ってねえ。本所柳原町と神田相生町が爺の下男、市ヶ谷左内坂町と二葉町が婆の下女だ。それにしても、まんまとしてやられたぜ。まさか大晦日とはなあ」

　琢馬の顔に敗北感がにじむ。

「わたしも、襲うとすればこの月の二十七日あたりではないかと考えておりました」

　まがあった。

「なるほどねえ。ちょうど、こっちの気がゆるむころだもんな」

食膳には、鮭の塩焼に、白魚と生若布の酢の物がある。箸をつかい、諸白を飲んだ。

すこしして、琢馬が訊いた。

「なあ、奴らの狙いはなんだと思う」

真九郎は首をふった。

「はっきりしません。証文のことが気になります」

「それもある。てめえらで取りたてるわけにゃあいかねえ。四神だって名のるようなもんだからな。奴ら、いってえ、なにを考えてやがるんだ」

証文の件をふくめた闇の意図について、思案をめぐらし、たどりついたことはある。大胆不敵だが、じゅうぶんな効果はえられる。考えているとおりなら、いずれ噂となり、御用聞きあたりが嗅ぎつけるはずだ。わからないのは、闇がなにゆえにそのような挙にでようとしているかだ。

琢馬でさえが、あまり酒がすすまなかった。

それからほどなくして、酒も料理も残したまま、真九郎は塩町の裏通りから横道にでたところで琢馬と別れた。

家にもどると、戸口の土間で川仙の徳助が待っていた。

ちょこんと辞儀をして、懐からむすんだ文をだす。

甚五郎が、明日の昼八ツ（二時）に内儀のみつともども年始の挨拶にたずねたいがと許しをもとめていた。

「お待ちしているとおつたえしてくれ」

徳助が、顎をひき、帰っていった。

二日は、甚五郎だけがたずねてこなかった。むろん、ほかの弟子筋に遠慮してであることはわかっていた。


五日、昼八ツの鐘が鳴り終わるまえに、表の格子戸があいた。

真九郎は、雪江とともに客間にはいった。

甚五郎の斜めうしろに内儀のみつがひかえている。

雪江が、深川佐賀町にある船橋屋の練り羊羹が好物だということは弟子筋で知れわたっているようだ。甚五郎は、前回たずねてきたおりも持参した。袱紗で包んだ船橋屋の羊羹のほかに、笹の葉を敷きつめた岡持にいれたみごとな鯛ももってきていた。

とよが、盆で四人の茶と茶菓子をはこんできた。

甚五郎が新年の挨拶をすますと、みつがあらためて雪江に礼を述べた。雪江とは、弟子入りの挨拶におとずれたいらいである。

雪江が、読み書きもじょうずになってきたが、琴はとても筋がいいと褒めると、みつが頬を上気させただけでなく、大勢の子分をしたがえる浅草の甚五郎までが目尻をさげた。

みつが、遠慮がちに娘のことをいろいろと訊いた。

雪江は、ていねいにこたえた。

相好をくずす甚五郎を見て、真九郎は子をもつとはそういうことなのかと思った。

ふたりは、半刻（一時間）ちかくいた。

帰るふたりを、真九郎は上り口まで送った。

客間では背をまるめぎみにして船宿主の仁兵衛をよそおっていた甚五郎が、土間で背筋を伸ばした。

「旦那、お暇なおりでけっこうでござんす。川仙までおはこびいただけやせんでしょうか」

「承知した」

「ありがとうござんす。お報せいただけやしたら、徳助を迎えに参上させやす。では、ごめんなすっておくんなさい」

みつともども、ふかぶかと辞儀をした。

夕七ツ（四時）の鐘が鳴ってほどなく、亀吉が駆けこんできた。

「旦那、桜井の旦那がすぐにおいでいただきたいそうで」

真九郎はたしかめた。

「よもや、四神がまたしてもあらわれたのではあるまいな」

「あっしは聞いておりやせんが、桜井の旦那は、怒ってるのか喜んでるのかわからねえ、みょうな顔をしておりやす」

「そうか。待っておれ。刀をとってくる」

証文の件だなと、真九郎は思った。しかし、噂が耳にたっしたのだとすると、いささか早すぎるのが気になった。

琢馬は、たしかに喜怒あいなかばのごとき困惑の体で待っていた。

真九郎が路地を背にした座につくと、すぐにきくが食膳をもってきた。

見世との板戸がしまると同時に、琢馬が言った。

「証文のことがわかったぜ。奴ら、借金してた者に返しやがった」

真九郎は訊いた。

「噂はどこから」

琢馬が眉をひそめた。

「なんのこってえ」

「御用聞きが嗅ぎつけたのではないのですか」

「いや。お奉行からいましがた聞いたばかりだ。……おめえさん、奴らが返(けえ)すと読んでたのかい」

「ありうるとは思ってました」

「なぜ黙ってた。水臭(みずくせ)えじゃねえか」

「申しわけございません。もしやと思っただけでしたので」

「そうかい。なあ、今度からは遠慮しねえで、思いついたことはなんでもいいから話してくんねえか」

「承知しました」

「かしこまることはねえ。おいら、おめえさんの知恵をあてにしてるんだ。まあ、聞いてくんな」

無役の三千石未満の旗本と御家人とは小普請(こぶしん)組にはいるが、一万石未満から三千石以上の旗本は寄合に編入される。むろん、例外はあって、三千石未満で寄合になることもあれば、以上で小普請にされることもある。

昨日、市ヶ谷御門外に屋敷のある四千石の寄合旗本が、四神に襲われた麴町八丁目の検校へわたした借金証文を肝煎のもとへとどけでてきた。

正月は人の出入りが多い。知らぬまに、宛名書きされた書状に包まれて玄関の式台すみにおいてあったのだという。

城中から屋敷にもどった若年寄に、肝煎からの注進があった。

そして今朝、南北町奉行は、城中で報された。

「そういうわけでな、奴らのたくらみが読めたように思う。お奉行も、おいらもおんなし考えよ。で、おめえさんのも聞いてみてえと思ったんだ」

話の途中から、真九郎は眉間をよせていた。

琢馬が訊いた。

「どうかしたかい」

「杞憂であればよいのですが、そのお旗本、あやういように思えます」

「なんだとッ」

琢馬が顔色をかえる。

「なんてこった。おいらとしたことが、とんだどじを踏んじまったぜ」

刀をつかむなり立ちあがる。なにも言わず、大股で座敷をでていく。雪駄をはくのももどかしげに格子戸をあけ、とびだしていった。

格子戸をしめに行った藤二郎が、障子をひき、もどった。

真九郎は、畳を睨み、考えつづけていた。

藤二郎がおずおずと言った。

「鷹森さま、教えておくんなさい。いってえどういうことでございやしょう」

真九郎は顔をあげた。

「藤二郎、奪った証文を一度に返すことができると思うか」

「闇にどれほどの手下（てした）がいるか知りやせんが、無理でございやす」

「わたしもそこまでは思いつかなかったが、ならばめぼしい者に返して見張りをつけ、ようすを見るのではないか」

「あっ」

「そういうことだ。いますこし考えたい。桜井どのがもどってこられたら、使いをよこしてもらえぬか」

「かしこまりやした」

手遅れでないことを祈りながら、真九郎は帰路をとった。

鼠色の曇り空で、白い粉雪が舞いはじめた。

亀吉はこなかった。

夕餉をすませて茶を喫していると、格子戸があいた。

「ごめんくださいやし」

藤二郎だ。

真九郎は居間の障子をあけ、廊下にでた。

平助のあとから、桜井琢馬と藤二郎があらわれた。

琢馬はつねの表情にもどっている。しかし、眉間の翳(かげ)りが事態のよからぬ展開を語っていた。

真九郎は、居間に顔をむけた。

「雪江、酒のしたくをたのむ」

「はい」

たずねてくるとは思わなかったので、客間は暖を用意していない。平助が、厨から燃えている炭をはこんできて火鉢にいれ、さらに炭をたした。

四隅の行灯にも火をいれる。

真九郎は、ふたりとともに廊下で待っていた。夜空は、あいかわらず粉雪が舞っている。

琢馬が言った。

「すまねえな」

「いいえ」

「雪だ。おめえさんにばっかりきてもらうのもどうかと思ってな。夕餉の邪魔をしたんじゃねえだろうな」

「さきほどすませました。桜井さんは」

「おいらも藤二郎のとこで食ったよ」

客間からでてきた平助が、辞儀をして厨へ去った。

「どうぞ、おはいりください」

琢馬が下座にすわり、斜めうしろに藤二郎がひかえた。

真九郎は、障子をしめて上座にすわった。

「まにあわなかったのですね」

真九郎はたしかめた。

「ああ、小半刻（三十分）ちげえだった」

廊下に衣擦（きぬず）れの音がして、雪江ととよが食膳をはこんできた。

琢馬が言った。

「夜分に雑作をおかけいたす」

雪江が、首をふってほほえんだ。

ふたりが去り、とよが藤二郎の食膳をもってきて障子をしめた。

諸白をいっきに飲んだ琢馬が、杯をおいてあらたに注いだ。

「まずは、お奉行のお言付けからだ。これからは、なにか思いついたらどれほど些細に思えようが報せてほしいそうだ」

「思慮がいたりませんでした。申しわけございませぬ」

「謝ることはねえよ。慎重なのは、おめえさんのいい点でもあるんだ」

「恐縮です。しかし、届けでられるかたがおられるとは、思いもしませんでした」

「そのあたりから聞かせてもらえねえか。おいらは、こう考えたんだ。奴らは、四十六名も殺してる。町家の者も、いまは四神だなんだって昂奮してるが、冷めりゃ、奴らがこれまででもっとももたちのよくねえ悪党だと気づくはずだ。それに、証文をもってかれたのは、おいらたちは知ってるが、借りてた奴は半信半疑にちげえねえ」

眼で問う琢馬に、真九郎は首肯した。

琢馬がつづける。

「それを返すことで、殺された奉公人をそっちのけにして、さらに騒ぎを煽ろうとした。

座頭や因業高利貸しに借金をする者もでてくるにちげえねえ。そうこう何年もめえからもぐりこませているとは思えねえ。が、これで、見かけねえ出入りがあったとしても、誰が怪しいかわからなくなるってことよ。お奉行もおんなしことをおっしゃっておられた。おめえさんはちがうようだな」

　琢馬が、杯をとり、喉をうるおした。

　真九郎は、まをおいた。

「わたしが考えたのは、わざわざ証文を持ち去ったからにはなんらかのかたちで利用しようとするはずだということです。ようすを見ながらじょじょに返していく。そして、こまったことがあれば、四神にたのめばなんとかしてくれると噂をながす。たとえ殺しでも。……わたしが解しかねているのは、これまで秘してきたものを、なにゆえいまになっておのれらがことを知らしめようとしているかです。まるで」

　真九郎は口をつぐんだ。

　琢馬がおぎなった。

「ご公儀に、牙を剝きだしにしてきた。ちがうかい」

「ええ、そうとしか思えぬのです」

　琢馬がうなずいた。

「たしかにな。眼をつけられまいとひた隠しにしてきたんを、今度はおおっぴらにしようとしてる。まるで逆だ。闇の奴ら、四神を騒がしておいらたちをひきつけておき、裏でとてつもねえことをたくらんでるんじゃねえのかって、おいらは考えてたんだ」

藤二郎が身をのりだした。

「桜井の旦那、そのとてつもねえことってのは、いってえなんでやす」

琢馬が藤二郎に顔をむけた。

「奴らがひきうけるのは殺しだ。ちがうかい」

「おっしゃるとおりで」

「おおきな声じゃ言えねえんだが、どこぞの大名、もしくはご公儀のお歴々」

藤二郎が絶句した。

「まあ、おいらの思いすごしだったようだがな」

真九郎は、杯をおいた。

「まだわかりません。闇のやりようには裏がある。わたしもそのように思います。それにしても、正直に届けでるかたがおられたとは。迂闊でした」

「しかも四千石のご大身だ。恥を忍んで届けでる。できねえことだぜ」

「最初に密告した者を惨殺すれば、あとは口をつぐみます。届けでなかったおのれへの弁明にもなる」

「ああ、そのとおりよ」

「これで、闇の名は知らずとも、そのようなことをなす者が江戸にあるを、多くの者が知ることになります。桜井さん、そのお旗本のことをお話し願えませんか」

「おっと、そうだったな」

寄合肝煎は、寛政の改革でおかれるようになった。五名の月番で、寄合旗本の支配と幕府からの触れの周知徹底などを任とした。

若年寄から、年が明けてからおとずれた者をふくめ、さらに詳細に事情を質すよう指示された肝煎は、届けでた寄合旗本を屋敷に呼んだ。

そのむかう途中を襲われた。

供侍が五名に、駕籠の者と挟箱持ちに草履取り。

襲撃してきたのは、面体を隠した八名。小者たちは逃げたが、供侍五名はいずれもみごとな斬り口の一太刀で斃されている。旗本は、駕籠にのったまま両側から刺し殺されていた。

「ご大身旗本が殺られたについちゃあ、いまさら悔いてもはじまらねえ。気にいらねえのは、襲った奴らが遣えるってことと、人数よ」

「四神に二名ずつ」

「おめえさんもそう思うかい」

「おそらくはまちがいないかと」

「遣い手が八名（めえ）もいる。厄介（やっけえ）なことになりやがったぜ」

　琢馬が、つぶやくように言い、箸に手をのばした。

　食膳には、香の物と、削り節をかけた豆腐とがある。豆腐を食べた琢馬が、杯に残った諸白を飲みほしてあらたに注いだ。

「おめえさん、四神の奴ら、またやると思うかい」

「月次登城を狙うのは、もうあるまいという気がします」

　琢馬が、眼をほそめた。

「なぜだい」

「驚きも二度めまでです。三度めとなると、やはりか、またしてもになります。今度、襲うとすれば、よほど意表をつくのではないかと考えます。しかし、月次登城を狙いつづけていると思わせんとするはずです」

「理由（わけ）を聞かせてくれ」

「闇の意図は、いちようではありますまい。月次がちかづくと、お先手組が総出で警戒にあたる。町家は火が消えたようになります。町家の者たちは、四神ではなくお先手組を恨むようになるでしょう」

「それが奴らの狙いだってわけかい」

真九郎は首肯した。

「わたしは、そのように考えております。証文を配りはじめたことで、目的のひとつは達しております」

「なるほどねえ。明日(あす)、お奉行にお話ししてみる。だけどよ、こいつは賭けだぜ」

「ええ、わかっております。月次の警戒を解き、万が一にも襲われたりしたら……」

「ご公儀の威信は地に墜(お)ちる。が、このままつづければ、町家の怨嗟があつまる」

琢馬が、おおきく吐息をついた。

「まったく、けったくそ悪くなるくれえに知恵がまわりやがるぜ。ほかにもなにかあるかい」

「いいえ。これで考えていることはすべてお話ししました」

「そうかい。すまなかったな。……藤二郎、長居もなんだ、ひきあげるとしようぜ」

「へい」

藤二郎が、持参した弓張提灯の蠟燭に火をともした。

粉雪はやみそうもなく、うっすらとつもった雪が夜の底をほの白くそめていた。

真九郎は、上り口までふたりを送っていった。

それぞれ蛇の日傘を手にしたふたりは、藤二郎がさきになって浜町への脇道にはいっていった。八丁堀まで琢馬を送っていくのであろう。

おのれの推測にすぎぬことを、はたしてあそこまで話してよかったのかどうか、真九郎は自信がなかった。琢馬のように割りきることができないからだ。

四

朝になっても、かろやかな粉雪が大気とたわむれていた。

庭一面をまっ白に覆っている雪を見て、真九郎は朝稽古をあきらめた。

雪がふっていても、町家の表通りを歩くぶんには草履でじゅうぶんであった。朝おきると同時に雪かきをして、あとはつもるまえに丁稚(でっち)が竹箒(たけぼうき)で掃いている。通りの雪を放置しているような店にはいる客はいないからだ。

武家地は、屋敷ごとであった。きちんと雪かきをしている道もあれば、門前の雪さえそのままの屋敷もある。

偶数日は上屋敷道場である。

昼九ツ（正午）に稽古を終えた。中食をすませてさらに研鑽をする門人もいるが、団野道場の出稽古は朝のうちだけだ。

直心影流団野道場は、十二代目の源之進の指導が懇切丁寧ということもあって、門人が多い。

府内にあるほかの直心影流道場で学んでも、印可をあたえることのできるのは団野源之進義高（よしたか）のみである。流派の正統を守るために、高弟たちがかよう出稽古は昼九ツまでと決められていた。

この時代、異国船が長崎以外にも来航したり、蝦夷（えぞ）地の会所がロシアに襲撃されたりしたため、武芸熱が高まるきざしをみせつつあった。

粉雪が舞うなか、真九郎は井戸端で諸肌脱ぎになってしぼった手拭で上体をこすった。

団野道場の師範代のほかは、高弟はすべて出稽古さきが決まっている。月に二日の休み以外は毎日出稽古にかよわねばならず、風邪をひいただけでも師の源之進に迷惑をかけることになる。

主家を離れるとは、禄（ろく）を失うことである。浪々の身である真九郎は、働いて日々の糧（かて）をえなければならない。さいわいにして、幼いころから病（やまい）らしい病を患（わずら）ったこともなく、修行で鍛えた身体は頑健であった。

左手にひらいた蛇の目傘と風呂敷包みをもち、立花家上屋敷の門をでた。

上屋敷の正門まえは丁字路になっている。正面右は幕臣の屋敷がならび、左は出羽の国秋田藩二十万五千八百石佐竹家の上屋敷である。立花家上屋敷も佐竹家上屋敷も、不忍池から流れてくる忍川の掘割に四周をかこまれている。

佐竹家のかどで、掘割に躰をむけた武士が番傘をさして立っていた。

真九郎は、武士の背にちらっと眼をやり、通りのまんなかを歩きはじめた。

数歩も行かぬうちに、ふりむいた武士に呼びとめられた。

「卒爾ながら、鷹森真九郎どのでござろうか」

真九郎は立ちどまった。

四十歳前後で、中肉中背。が、体軀はひき締まり、たくましく陽焼けしている。着衣の布子（木綿の綿入り）はこざっぱりとしていて、顔も温和だ。

「さようでござるが、ご貴殿は」

「立木又左衛門と申しまする。お呼びとめし、恐縮ではござるが、そこまでご同道願いたい」

真九郎は、又左衛門を見つめた。

人柄をしのばせる澄んだ眼は、なにも語ってはいない。ただ、こちらの眼差をうけとめているだけだ。

「承知しました」

「かたじけない。ついてきてくだされ」

又左衛門は、一揖して背をむけると、立花家と佐竹家にはさまれた道にはいった。

相手は無防備な背をみせている。

真九郎は、二間（約三・六メートル）のまをおいた。

背後で、道にでてきた門番が見つめている。

又左衛門が、立花家のかどを左にまがる。佐竹家のかどに、辻番所がある。つぎのかども左にまがる。

立花家上屋敷うらの道だ。

すぐさきのかどを右に行く。

一町（約一〇九メートル）あまりすすんだ右にある善立寺(ぜんりゅうじ)の山門に、又左衛門がはいっていく。

真九郎は、おなじ間隔をおいてつづいた。

あたりは寺社が多いが、善立寺の境内(けいだい)がもっともひろい。人影はなかった。深閑と静まりかえり、粉雪だけが舞っている。

又左衛門が、本堂のよこから裏にむかう。

樹木のむこうに墓地がある。

又左衛門が立ちどまり、ふり返った。

「どうやらご承知のようにお見受けいたす。したくをなされよ」

真九郎は訊いた。

「国もとでござろうか」

「貴殿についてはなにも知らぬが、ゆえあって討ちはたさねばならぬ。それだけでござる。理由(わけ)は、貴殿のほうがごぞんじであろう。これ以上の問答は、どうか無用に願いたい」

又左衛門が、傘をとじてかたわらの銀杏(いちょう)にたてかけ、懐からだした紐(ひも)で襷掛(たすきが)けをした。

真九郎は、風呂敷包みのうえに蛇の目傘をかぶせ、おなじように襷掛けをして股立(ももだち)をとった。

これから刀をまじえようというに、殺気どころが気をためる気配さえない。達観なのか、自信ゆえか。いずれにしろ、尋常いちようの遣い手ではない。

又左衛門が、さがりながら銀杏の木を離れた。真九郎もまた、風呂敷包みから遠ざかった。

彼我の距離が六間（約一〇・八メートル）ほどになる。

真九郎は、左手を鞘にそえ、鯉口を切った。腰にしてきたのは、差料のなかではもっとも軽い鎌倉だ。

同時に抜刀。

又左衛門が青眼に構えた。

澄んでいた眼がほそめられ、雷光のごとき剣気がやどる。一分の隙もない。尖端がするどい透明な氷柱を思わせる。出会いの表情こそ温和だったが、又左衛門の内奥は酷寒の氷原に住んでいる。

真九郎は、青眼から八相にもっていった。

粉雪が舞いおちるなかを、たがいに摺り足でよっていく。

やがて、二間（約三・六メートル）を割った。

このとき、一陣の風がきた。梢の雪がつぎつぎと吹きはらわれ、したからも舞いあがる。

「…………」

又左衛門が、無言の気合を放ってとびこんできた。

氷の殺気に負けじと、真九郎は裂帛(れっぱく)の気合を発した。

「ヤエーッ」

相討ち覚悟で喉を突くとみせかけた切っ先が、乱舞する粉雪を裂いて弧を描き、左胴にくる。

八相からの鎌倉をぶつけ、左足をひいて巻きあげる。左足を踏みこみ、逆胴を狙う。

又左衛門が、左膝をおとして右手を棟にあて、鎌倉を受ける。同時におさえつけにかかり、右足をあげる。

切っ先ちかくの鎬を踏みつける気だ。

真九郎は、踏みこんだ左足をおおきくひいた。

鎌倉が抜ける。又左衛門が、左手一本で脚を薙ぎにきた。ひいた左足を軸に身をひるがえしながら跳ぶ。

右足の踝(くるぶし)を切っ先がかすめていく。

真九郎は、両膝をおるようにして雪を踏みしめ、すばやく青眼にとった。

又左衛門が立ちあがり、刀をゆっくりと青眼から八相にもっていく。

真九郎は、受けの下段ではなく、おなじように八相に構えた。直心影流の八相は、他流派よりも両手の位置が高い。

又左衛門が、いっそう眼をほそめ、青眼にもどす。

たがいに、雪を押しわけ、にじりよっていく。

二間（約三・六メートル）。

動きをとめる。

相手のでかたをうかがう。

物音ひとつぜず、粉雪だけが舞っている。唇をうすくあけ、ゆっくりと息を吸って、はき、臍下丹田に気をためる。

又左衛門のほそい眼が、蒼い氷の炎をあげている。真九郎にたいしてではない。おのれの運命か、あるいは他のなにかへの凍てつくような怒りだ。

真九郎は、又左衛門の眼から、さらにそのかなたへと眼差をやった。見るのではなく、動きを感じ、息に耳をすます。

大気が震えた。

とびこんできた又左衛門の腰が沈む。

右足をわずかに踏みこむ。鎌倉が神速の弧を描く。剣風に粉雪が渦をまいて乱れる。

――キーン。

甲高い音が消えぬまに、反撥を利して円弧に粉雪を裂いた鎌倉が、逆袈裟に又左衛門を斬りさげた。

右肩から左脇腹へと切っ先が奔っていく。

左腕が両断される。

朱にそまった粉雪がおちる。

左足を右足のうしろまでひいて血飛沫(しぶき)をよけ、残心の構えをとる。

又左衛門が突っ伏した。

白い雪を赤が侵していく。

「これで、ようやく、あの世へ、ゆける」

真九郎は、残心の構えをといた。

「なにか望みがあれば……」

「無用。慈悲なら、早く、去ってくれ」

真九郎は、三歩しりぞき、鎌倉に血振りをくれて懐紙でぬぐった。

鞘にもどし、襷掛けと股立をはずす。一度おおきく息をして、内奥に凍てつく荒寥(こうりょう)をかかえた又左衛門に背をむけた。

又左衛門は、割腹して果てることさえかなわぬなんらかの事情(わけ)を背おい、おそらくは生きてきた。

——雪は、すべてを無垢の白で覆い隠す。が、人の心にまでふることはできぬ。

真九郎は、傘をさし、懐からだした手拭で顔をふき、月代や髷などにもあて、着衣の雪もはらった。

手拭を左の袂にいれ、風呂敷包みをとった。

刀をまじえたあとはむなしさに襲われる。今回は、内奥にいちだんとおおきな虚無の穴を穿たれたかのごときやるせなさがあった。

頭をふり、考える。

立木又左衛門は、永代橋や新大橋の浪人たちとはあきらかにちがう。しかし、国もとを知らなかった。

伊予の今治藩は三万五千石の小藩である。しかも、国老の鮫島兵庫は国もとを離れたことがない。策を弄するにしろ、それほど手駒があるはずがない。

釈然としない思いに胸中を曇らせつつ、帰路をいそぐ。

格子戸をあけて声をかけると、雪江がやってきて、安堵の吐息をもらした。

「申しわけございませぬ。なにやら、しきりと胸騒ぎがしておりました」

夫婦は一心同体という。真九郎は雪江の勘のするどさに驚いたが、表情にでるまえに抑えた。

「うむ。なんとかきり抜けた」

上り框に風呂敷包みをおいて、濡れている足袋をぬいだ。

雪江がとよを呼んだ。風呂敷と足袋をかたづけるように言いつけ、居間で着替えをてつだった。

真九郎は、文机(ふづくえ)にむかった。

かんたんな文をしたためる。平助を呼び、いそぎ桜井琢馬にとどけるよう、きくへの言付けを託して使いにやった。

七日の朝は七草粥(ななくさがゆ)を食する。

前日の六日は、江戸じゅうを七草粥にいれる薺(なずな)売りがまわる。

薺は、ぺんぺん草(ぐさ)とも三味線草(しゃみせんぐさ)ともいう。〝ぺんぺん〟の由来は、三味線の撥(ばち)に似ているからだ。

松の内は七日までであり、朝、門松をとり、注連縄(しめ)もはずす。

武家も庶民も、律儀なまでに風習を遵守(じゅんしゅ)した。遠い先祖からの言伝えには根拠があるはずであり、ないがしろにすれば思わぬ厄災をまねきかねないからだ。誕生から死まで、多くのことが伝承と神仏だのみであった。

夕七ツ（四時）の鐘が鳴ってほどなく、亀吉が迎えにきた。

琢馬は疲れた顔をしていた。

四神ばかりでなく、真九郎もまた、三日と昨日(さくじつ)、琢馬を奔走させている。

座についた真九郎は、両手を膝におき、上体を琢馬にむけた。

「桜井さん、お骨折りいただき、申しわけなく思っております」

「なあに、気にしなさんな。そっちは、寺社方に話をつけるだけだから、すぐにかたがついたよ。それにしても、最初が五名(めえ)、つぎが三名、今度がひとりだ。奴ら、おめえさんに手持ちの遣い手を惜しげもなくぶつけてきているとみた」

「たしかに遣えました。しかし、いささか腑におちぬことがあります」

見世との境の板戸があいた。

「ごめんなさいよ」

きくが障子をあけてはいってきて、まえに食膳をおいてほほえみ、銚子をとった。杯を手にして受け、かるく飲む。

ちいさく首をかしげる辞儀をしたきくが、立ちあがり、座敷をでていく。

真九郎は、板戸がしまるまで待ち、上屋敷まえから善立寺までを語った。

琢馬は、顎をなでながら聞いていた。

「博徒の用心棒でもなく、国もととの因縁とも思えねえってわけか。おめえさんが言うように、こいつはみょうな塩梅だぜ」

藤二郎が訊いた。

「桜井の旦那、よろしいでしょうか」

「かまわねえよ。遠慮するこたぁねえ」

「へい。旦那も鷹森さまも、闇のやりかたには裏があるとおっしゃっておりやした。その立木って浪人もそうじゃあねえんですかい」

琢馬が、藤二郎から顔をもどす。

「そいつは、ゆえあっておめえさんを斬らねばならねえって言ったんだよな」

「ええ、そうです」

「こいつぁ、藤二郎の言うとおりかもしれねえな。浅草の甚五郎が、東海道筋でも腕のたつ浪人が消えているって話してたんだよな。立木って侍がそうかもしれねえ」

「もうひとつ考えられます」

「ああ。国もとの老職だな」

真九郎は首肯した。

「もしそうであるなら、闇はわたしと国もととのことを知っていることになります」

「そういうこった。老職が闇を知ってるとは思えねえ。となると、闇がつなぎをつけたことになる。上方ばかりじゃなく、奴らの手は四国にまで伸びているってわけだ。おいらたち、思ってたよりもはるかに容易じゃねえ連中を相手にしてるようだぜ」

琢馬の表情から疲労のいろが消え、ふてぶてしさがうかんだ。

「さっきは手持ちの遣い手って言ったがな、奴ら、なんかのおりのために恩義を売っておいた剣客をあつめはじめたにちげえねえ。気をつけてくんな」

「もはや、闇を斃すしか、わたしの生きていく道はないようです」

琢馬がまをおいた。

「ところでよ、昨夜、押込み強盗があった」

真九郎は、眉をひそめた。

「四神ではない。しかし、闇かもしれないということでしょうか」

「なんとも言えねえ。だからよ、おめえさんの考えが聞きてえんだ」

深川佐賀町には、雪江が好物の練り羊羹を売る船橋屋がある。襲われたのは、船橋屋からさほど離れていない阿波屋という藍玉問屋だ。

奥に寝ていた主夫婦と若夫婦が殺されている。昨年の夏に祝言をあげたばかりの十八歳の嫁は、身重だった。

殺害されたのは主一家だけだ。二階で寝起きしている、手代、丁稚、女中、下男下女も、朝まで知らずにいた。

庭にめんした奥の雨戸が一枚はずされているのに、あけようとした下男が気づき、大騒ぎとなった。

「月番は南町だがな、四神一味のしわざかもしれねえんで、おいらにも報せがあった。座敷と庭の雪に残されてた足跡からして、五名（めえ）だそうだ」

「年寄の下男か下女が消えたわけではない」

「ああ」

「にもかかわらず、桜井さんは闇を疑っておられる。わたしがおきていた五ツ半（九時）ごろは、まだ雪がふっておりましたが」

「やんだのは、四ツ半（十一時）すぎよ」

「足跡がむかったさきは大川でしょうか」

「いや、下之橋にちけえ油（あぶら）堀の桟橋だ」

油堀の名は、掘割にめんした佐賀町に油商人の会所があったことによる。

「舟を用意していた」

「そういうこった。おいらは、屋根船じゃねえかと睨んでる。座敷に若え男女（わけなんにょ）をつっこんでおきゃあ、夜回りに怪しまれても、逢引だとごまかせる」

　真九郎は首肯した。

「すると、船頭をいれて八名。殺されかたは」

「いずれも心の臓を匕首で一突きよ。匕首は突き刺したままだ。四名ともふいを衝かれてる。気づくか気づかねえうちに、あの世だったはずだ」

「わかりました。物色した跡は歴然としているが、金子はそれほど奪われていない」

　琢馬が、にっとほほえむ。

「さすがだな。おいらが気になってるのもそこよ。小判が目当てなら阿波屋はありかを吐かしてから殺ったはずだ。これが、闇を知らねえころなら、騒がれねえように始末をしてから家捜しをしたと思うとこよ。番頭にたしかめたんだがな、阿波屋と若夫婦の寝所をあわせても三十両もねえはずってことだ。一人頭四両にもならねえ」

「町奉行所は、四神騒ぎにあおられたほかの盗っ人のしわざではないかと考える」

「それが奴らの狙いじゃねえかと思ったんだがな」

「ありえます。いや、おそらくはそうでしょう。四神騒ぎにまぎれて、たのまれている始末をいくつかつける。闇のやりかたからして、じゅうぶんにありえます」

「やはり、おめえさんもそう思うかい。ありがとよ。これで、お奉行にご報告できる。

というわけでな、永代橋の一件を忘れてるわけじゃねえんだが、いまは猫の手も借りてえくれえなんだ。おめえさん家(ち)が見張られてるかもしれねえってことは、もうちょい待ってくんねえか」

　真九郎はうなずいた。

「わかりました。ごめんどうをおかけします」

「なるたけ早くとりかかる。さて、行くとするか。……藤二郎、今日はもういいぜ。おめえもひと息いれな。おいらも御番所へよってから、帰(けえ)ってひと眠りする。阿波屋についちゃあ、明日(あす)からだ」

「わかりやした」

「行こうか」

　菊次のまえをすぎたところで、琢馬が顔をむけた。

「お奉行からのお言付けがあるんだ。歩きながら聞いてくれ」

「かしこまりました」

「お先手組の夜回りはよすことに決まったそうだ」

「かえってご苦労をおかけするのでは」

「我がもの顔で闊歩(かっぽ)されるよりましよ。商(あきな)いに支障がなく、町家の者(もん)が日々平穏に暮らしていける。それが、おいらたち御番所の者(もん)のお役目よ」

横道にでたところで、琢馬と別れた。

剣に生きる者としては、つねに周囲に気をくばってなくてはならない。しかし、どこかで読み誤ってないか、真九郎は家路をたどりながら熟考した。

闇には策士がいる。裏をかかれたら――。

第三章　裏の裏

一

八日、上屋敷道場から帰ってきた真九郎（しんくろう）は、土間にいる徳助（とくすけ）を見て、甚五郎（じんごろう）に誘われていたのを想（おも）いだした。

奥の六畳間からはつたない琴の音がながれていて、迎えの手代がほかにも三名いた。

真九郎は、徳助に顔をむけた。

「徳助、仁兵衛（じんべえ）の都合がよければ、あとで迎えにきてもらえぬか」

土間の左隅で腕組みをして立っていた徳助が、ぺこりとうなずいた。

とよに風呂敷包みをわたし、真九郎は袂（たもと）の手拭（てぬぐい）で足袋（たび）の埃（ほこり）をはらった。

やがて夕七ツ（四時）になろうとするころ、徳助がきた。

甚五郎は離れの十五畳で待っていた。案内してきた徳助が報せに行き、ほどなくみつと女中が茶をもってきた。

茶をおいたみつが、先日の礼を述べ、女中に障子をしめさせて去った。

仁兵衛が甚五郎になった。

「旦那、わざわざのおはこび、おそれいりやす」

「たのみがあるのだが、用向きを聞くまえに教えてもらいたい。大勢の生活を考えてやらねばならぬと申しておったが、どうかな」

甚五郎の眉が翳る。

「夜の床見世がいけやせん。とくに、月次めえの四、五日は、ほとんどお客がよりつかねえと聞いておりやす。花見と祭、大川の川開きのあいだは稼ぎどきでござんす。この騒ぎがつづけば、こまったことになりやす」

「そうであろうな。御籾蔵まえの新大橋岸は、閑古鳥が鳴いておった」

真九郎は、先手組についてつたえるべきか否かと迷った。しかしすぐに、月次登城日がちかづけばおのずと知れわたることだと気づいた。

「旦那、どうかなすったんで」

「すまぬ。新大橋よこで刀をまじえたことを想いだしたのだ」

「お察しいたしやす。永代(ええたい)橋の立回りもぞんじておりやす。あのとき、御用聞きのところに走ったは、手の者(もん)でござんす」

「そうであったのか」

「旦那の腕前(うでめえ)はいまさら申しあげるまでもございやせんが、見ていた若え者(わけもん)が奥さまの薙刀に感心しておりやした」

　真九郎は、わずかに笑みをうかべた。

「桜井(さくらい)どのから聞いたのだが、お先手組の夜回りはなくなるそうだ」

「旦那……」

　甚五郎が破顔した。

「そいつぁ、年が明けてからいちばんの吉報でござんす。骨をおっていただいたんでござんすね」

「かいかぶってもらってはこまる。わたしにそれほどの力はない」

「そうでござんすかい。そうしてえとおっしゃるんでしたら、あの八丁堀(はっちょうぼり)が、商(あきね)えをしてるわけでもねえ旦那に、わざわざ洩(も)らしたということにしておきやしょう」

　大勢の子分をかかえているだけあって、さすがにするどい。

「ところで、わたしになにか話したいことがあったのではないかな」

笑みをこぼしていた甚五郎が、真顔になった。

「旦那、街道筋でみょうな噂がながれておりやす」

「遣い手の浪人たちのことか」

「それもありやす。博徒の用心棒をしてる腕のたつ浪人に、かたっぱしから声をかけてまわってる江戸者がおるそうにござんす。永代橋や新大橋のことがありやすからとっくにご承知でござんしょうが、わっちが気にくわねえのは、街道筋をあらしてた盗人どもがぷっつりとあらわれなくなったってほうでござんす」

「まことか」

甚五郎が、力強くうなずいた。

「十月のあたまくれえからだそうで」

「辻褄があうな」

「わっちもそう思いやす」

「かたじけない。桜井どのに報せておこう」

甚五郎の口端に皮肉がきざまれた。

「お先手組のお礼とでも申しあげておくんなせえ」

琢馬によれば、浅草の甚五郎が町奉行所のためになにかすることはない。ことに琢馬には、住まいにのりこまれて啖呵をきられたことがある。

「おつたえしよう」

「旦那、わっちにたのみがあるとおっしゃっておりやしたが……」

「御用聞きの藤二郎のもとに走ってくれた手の者は、霊岸島に住まいしておるのか」

「さようでござんす。大神宮と栄稲荷がございやすんで、霊巌島町に手の者が住んでおりやす」

真九郎は、家が見張られていることと、桜井琢馬が四神で手一杯な事情を語った。

「悟られるだけなので、わたしが訊いてまわるわけにはゆかぬのだ」

「わかりやした。さぐらせてみやしょう」

「じつは、もうひとつある」

立木又左衛門との一件を話した。

畳に眼をおとして耳をかたむけていた甚五郎が、顔をあげた。

「そいつのことをさぐれば、博徒の用心棒ばかりでなく、闇がどうやって腕のたつ侍をあつめてるのかがわかるってわけでござんすね。しばらくかかるかもしれやせんが、お報せしやす」

「雑作をかけるが、たのむ」

「まかしておくんなせえ」

冷えてしまった茶を飲みほし、真九郎は辞去した。

甚五郎が、桟橋まで見送りについてきた。

春の陽射しが、西に傾きはじめていた。徳助の漕ぐ猪牙舟が、大川をくだっていく。

日暮れをむかえんとする大川は、多くの舟がゆきかっている。

徳助は、西岸ちかくをくだっていた。新大橋を背にしたところで、舳が揺れた。真九郎はふり返った。徳助が、右斜めうしろを顔でしめした。

新大橋西岸てまえの桟橋に猪牙舟がよこづけされ、浪人五名とほっかむりをした船頭がいるのに気づいていた。

「わかっておる。このままでよい」

その猪牙舟が、追ってきていた。ほどなく、よこにならんだ。

真九郎は顔をむけた。

すさんだ殺気を隠すでもなく、五名が睨んでいる。

先頭の浪人が言った。

「鷹森真九郎だな」

「いかにも」

「ついてきてもらおうか。断れば……」

真九郎は、怒声を発した。

「申すにはおよばぬ」

「よかろう」

猪牙舟がおなじ船足で去っていく。

「徳助、いそぐでない」

彼我の距離が四間（約七・二メートル）になった。

真九郎は、顔をめぐらして徳助を見た。

「あの船頭を抑えておいてもらいたい。できるか」

徳助が顎をひく。

「万一のおりは、いそぎ仁兵衛に報せてくれ。では、ゆくとしようか。二間（約三・六メートル）ほどでついていってくれ」

懐から紐をだして、襷をかける。

新大橋の下流におおきな中洲がある。寛政元年（一七八九）仲秋八月に襲来した暴風雨による洪水で多くの者が犠牲となるまで、中洲埋立て地には町家があった。土砂は隅田堤の一部となり、いまは雑草が繁茂しているだけで往時を偲ばせるものはなにもない。

それにしてもと、真九郎は思う。

永代橋で五名、新大橋よこで三名、いままた五名だ。遣い手もいた。一度に襲われたら、勝つみこみはまずない。

闇は、手数がそろうのを待つことなく、くりだしてきている。闇のやりようにしては、策がなさすぎる。一刻も早く始末せんと焦っているだけなのか。それとも、これにもなにごとか深謀があるのか。

敵の猪牙舟が葦の茂みを裂いて岸にのりあげた。

浪人たちが、舳からとびおりる。

徳助の猪牙舟が葦を割るまえに、ほっかむりをした船頭が棹をつかった。

猪牙舟どうしがすれちがう。面体をたしかめようとしたが、中肉中背の船頭は顔をそむけていた。

こちらの出方を読んでいる。にもかかわらず、なにゆえ策もなくむやみと襲わせるだけなのか。

舳が、音をたてて岸の泥と小石を嚙んだ。

真九郎は、腰をあげて股立をとり、徳助を見た。

「離れて待っておってもよいぞ」

徳助が首をふる。

真九郎は、うなずき、顔をもどした。

浪人たちはすでに抜刀している。大和の鯉口をにぎり、舳の船縁を踏んで跳ぶ。

着地と同時に抜刀。

右足を斜めに踏みこんで腰をおとす。まっ向上段から面にきた敵の脾腹を、雷光の疾さでふかぶかと薙ぐ。

「まさか、ありえぬッ」

腰をのばしながら右足を軸に反転。さらに左足を軸に反転。

会得しつつある霧月の動きだ。

残りの敵と対したときには、最初の反転を利して血振りをかけた大和は八相にあった。

このとき、驚愕を発した敵が、背後で舳にぶつかり、葦の水面に音をたてた。

足もとに眼をおとし、右に走る。

かこまんとした敵が追ってくる。

大小のまるい川石がころがり、雑草もある。陽のあたらぬところどころに、五日の夕刻から六日の夜半までふった雪が残っている。

敵を離しつつある。

右足をおきくだして踏みとどまり、踵を返す。

刃を外向きにして右肩にかついでいた大和の柄に、大小の鞘をにぎっていた左手をそえて八相にとる。

先頭の敵が、眦をけっし、顔面を朱にそめて迫ってくる。着衣はよごれ、月代も手入れしていない。

敵が、右手にさげていた刀に左手をそえて頭上に振りかぶった。駆けてきた勢いのまま渾身の一撃をみまわんとしている。

「オリャーッ」

背中から弧を描かせた刀身が疾風の勢いでおちてくる。

厘毛のままをおき、左足を半歩踏みこんで、左腕を頭上に突きあげる。左手は拳をつくり、右手は柄をささえる。寝かせた刀身の切っ先は肩のうしろにある。

敵の刀が鎬を滑りおちていく。

左足を軸にして右足をうしろにまわす。大和の切っ先が神速の楕円を描き、体勢を崩して背中をみせた敵の首筋から右脇腹へと奔る。布子が裂け、肌が露呈し、肉が石榴の実となる。

敵がふり返り、刀を上段にもっていく。

がらあきの胴を、返す刀で一文字に薙ぐ。

「ぐえっ」

よこっとびに返り血をさける。着地と同時に血振りをくれ、青眼に構える。

残りは三名。

「とどまれ」

猪牙舟で先頭にいた浪人が、背後のふたりを制した。

年齢は三十代なかば。骨太な骨格のうえに太い首と、赤銅色に焼けた顔がある。眉が濃く、左目尻のしたから頬にかけて一寸（約三センチメートル）ばかりの疵痕が斜めにはしっている。

背後のふたりが左右にひらいた。

いずれも三十代なかば前後だ。右は怒り肩の猪首で、左は痩身中背。こちらは右顎に疵痕がある。

三名とも、髷した二名と同様に、旅籠についたばかりのごとく布子も袴もよごれ、月代は伸び、鬢がほつれている。

むぞうさな青眼にとった赤銅色が、睨む。

「こやつの策にのるな。相手が多勢であれば、左右のいずれかに走るは常道。追うことはない。ここから逃げられはせぬ」

猪首が首肯した。

「迂闊であったわ。もっとも、逃げてもかまわぬがな。むしろ、そうしてもらいたいほどよ」

瘦身中背が卑猥な笑みをうかべた。

「妻女は稀な美形だというからな。小薙刀を遣うそうだが、しょせんは女。さきにたっぷりと可愛がってから、こやつを仕留めればよい」

「つつしめ。思わぬことをもらさぬでもない」

赤銅色の叱咤に、瘦身中背の面体に不興げな表情がよぎった。

真九郎は、眼をほそめて内奥の憤怒を隠し、青眼から得意の八相にもっていった。ほとばしらんとする殺気を、抑えなかった。

「こやつ……」

赤銅色がつぶやき、修羅場剣法のむぞうさな青眼から、刀身をわずかにひき、受けの構えをとった。

「ヤエーッ」

満腔（まんこう）からの気合を放ってとびこむ。

受けにはいったぶんだけ赤銅色は遅い。遅速をつけて猪首の刀身を払い、右小手を撃って駆けぬけ、反転。

赤銅色が胴を薙ぎにきた。

剣風を曳いた大和で弾（はじ）きあげる。そのまま、左足を軸に一回転。大和を大上段にもっていく。

赤銅色がとびすさった。

「きさまッ、よくも、よくも」

猪首が、右手首から血を流しながらわめいた。切っ先を地面に突きたて、左手で袂から手拭をだす。

真九郎は、大上段からふたたび八相にとった。

左に、右手首にまいた手拭を歯と左手でむすんでいる猪首。正面に赤銅色。右に痩身中背。ふたりとも、青眼にとっている。赤銅色は動かず、痩身中背が右に迂回しつつある。

挟撃する気だ。

痩身中背がまよこにくるまで、真九郎は微動だにしなかった。痩身中背が、左足のうしろにもっていった右足に体重をうつした。

瞬間、真九郎は赤銅色との間合にとびこんだ。

面を狙ってきた刀身の左鎬に、大和を滑らせて撥ねる。返す刀で頸を薙ぎ、斜め前方におおきく跳ぶ。着地点に一瞥を投げる。おおきな石はない。

宙で躰をひねって回転。

赤銅色が頸の血脈から血飛沫をあげている。

草履が小石を踏みしめると同時に、猪首が左手一本で胴を薙ぎにきた。

弾きあげて踏みこみ、雷光の疾さで刀身をおとし、逆袈裟に斬りさげる。右肩から、胸、脇腹へと、着衣と肉を断ちながら切っ先が奔っていく。

切っ先が抜ける。

後方にとび、残心の構えをとる。

猪首の顔が苦悶にゆがむ。呻き声とともに左手から刀がおち、膝から崩れ、突っ伏した。

瘦身中背は凝固したかのごとく動かずにいる。

顔面が蒼白だ。

真九郎は、血振りをくれた大和を下段右に返し、瘦身中背を睨みすえたまままちかづいた。瘦身中背が、唇をひきむすび、刀を上段にもっていく。

二間（約三・六メートル）。

「死ねえーッ」

絶叫をあげて斬りかかってくる。

腰がはいってない。遅速をつけ、弾くとみせかけて巻きあげる。

もぎとられた刀が宙に舞う。

瘦身中背の右手が脇差に伸びるよりも早く懐にとびこみ、大和の柄頭を水月（みぞおち）にめりこませる。

「うぐっ」

左手で鞘ごと瘦身中背の脇差を抜きとり、放り投げる。

瘦身中背が口をあけ、両手で水月を押さえて膝をつく。

真九郎は、背後にまわり、足で背中を押した。瘦身中背が突っ伏す。息をせんと肩であえいでいる。

右膝で瘦身中背の腰を抑えつけてから、地面に大和を突きさす。瘦身中背の栗形（くりがた）から下緒をはずし、両手を背中にねじまげて縛る。

瘦身中背は息をせんと必死で、あらがうことさえできない。下緒の一端を両足首にまきつけてふくらはぎが太腿にくっつくまでしぼり、縛った。

真九郎は、立ちあがり、懐紙でていねいに刀身をぬぐい、鞘にもどした。

瘦身中背は肩で息をしている。

「さて、命じた者の名をあかしてもらおうか」

「お、おのれ、武士に縄目の恥辱をあたえる気か」

「命じた者の名を言え」

「知らぬ」

「そうか。おぬしは妻を辱めた。町奉行所にまかせるとしよう」

真九郎は背をむけた。

「待て。いや、待ってくれ」

真九郎は、ふり返り、瘦身中背の顔のまえに片膝をついた。

「拙者らは、たのまれただけだ。そこもとを始末したならひとり二十五両とのことであった。ご妻女については謝る。たがいに遺恨はない。おなじ武士ではないか。縄を解いてくれ。このまま江戸を去り、二度ともどってはこぬ」

「命じた者の名は」

「嘘ではない。ほんとうに知らぬのだ」

「地獄で閻魔に舌を抜かれるがよい」

　真九郎は立ちあがった。

「待ってくれ。名は知らぬ。だが、せきびと名のっておった。符丁とのことだ。どのような字を書くのかさえ知らぬ。歳は四十なかばくらい町人だ。身の丈は五尺三寸（約一五九センチメートル）あまり。一度しか会うておらぬ。まことだ」

「どこでだ」

「拙者らは品川宿の旅籠にいた。夜、手代ふうな町人が迎えにきた。せきびは、灯りをおとした屋根船で待っていた」

「いつ妻を襲うことになっていた」

　瘦身中背が口をつぐんだ。

　真九郎は、踵を返しかけた。

「申す、申すから待ってくれ。今宵だ、客が帰ったあとで押し込む。今宵襲うとは思わぬはずだと、せきびが申しておった。さきほど暴言は、拙者の本心ではない。信じてくれ」

　真九郎は、瘦身中背を見おろし、背をむけた。

「待て。約束がちがうぞ」

「約定した憶えはない。吟味方に知ってることを洗いざらい話すのだな」

「きさまッ、武士をこのような姿で放置しておくつもりか」

徳助の待つ猪牙舟に、真九郎はむかった。

「もどってきてくれ。武士は相身互いではないか。後生だ」

せきびは、〝赤未〟の字をあてる。符丁が判明した闇の者は、居合遣い一味のおりの黒子につづいてふたりめである。

真九郎は、足をとめかけた。

当人の名を聞きもらしたのに気づいたのだ。が、いまは悪口雑言を張りあげている痩身中背の醜態を眼にするのはうんざりであった。

真九郎の亡骸がはこばれてくる。弔問の客が帰ったあともなおしばらくは戸締りをしない。おとなう者があるかもしれないからだ。そこを襲う。卑劣きわまりないが、よく考えてある。

これで、家が見張られているのは確実だ。

――永代橋で雪江にあしらわれた意趣返しか。赤未、忘れぬ。かならずや正体をあばいてやる。

内心で独語し、真九郎は襷をはずした。

ない。

夕陽が、相模の山脈のかなたへ去ろうとしている。

着衣にめだつほどの返り血はなかった。手拭をだして顔をぬぐった。血は付着していない。

真九郎は、葦の茂みをわけて猪牙舟にのり、股立をなおした。

「徳助、あとで見たことを仁兵衛につたえてもらいたい。いそいでやってくれ」

顎をひき、徳助が棹を手にした。

凄絶な果し合いを目のあたりにしたのに、表情がかわらない。あるいは徳助もただの船頭ではなく甚五郎の子分ではあるまいか。

夕闇が漂いはじめた川面を、徳助の漕ぐ猪牙舟がすべっていく。

和泉屋まえの桟橋についた。

暮六ツ（六時）ちかい表通りを、商家の者や買い物客がいそぎ足でゆきかっている。

真九郎は、脇道から裏通りにでて格子戸をあけた。

「ただいまもどった」

草履も足袋も濡れている。沓脱石で手拭をだして、ぬいだ足袋を草履において足をふいた。

衣擦れの音を曳いていそいそとやってきた雪江が、うかびかけた笑顔を曇らせた。

「お帰りなさりませ」

「うむ。着替えをたのむ」

「はい」

居間まえで、真九郎は平助(へいすけ)を呼んだ。寝所の刀掛けに大小をおく。居間にもどると、平助が廊下に膝をおった。

「旦那さま、お呼びでしょうか」

「すまぬがいそぎ菊次(きくじ)へ行き、藤二郎がもどっておるなら、すぐにきてもらいたいとつたえてきてくれ」

「かしこまりました」

平助が、障子をしめて厨(くりや)へ去った。

真九郎は、下帯一本になり、着替えをてつだってもらいながら、雪江にかんする部分をのぞいてあらましを語った。

脇道にあるくぐり戸からでていった平助が帰ってくるまえに、表の格子戸があいた。

「ごめんくださいやし」

藤二郎だ。

真九郎は、障子をあけて上り口にむかった。土間には、藤二郎だけでなく、桜井琢馬もいた。

「桜井さん、どうぞおあがりください」

「いや。まただな」

真九郎は首肯した。

「場所と人数を教えてくれ」

「新大橋下流の中洲で、五人です。四人は討ちはたしましたが、ひとりは動けぬように手足を縛ってあります」

「ほんとかい。そいつは助かる」

はずんだ声をだした琢馬が、背後の藤二郎に顔をむけた。

「藤二郎、提灯と戸板を二枚、手下を四人ばかりつれて浪平にきな。おいらは、さきに行って猪牙舟を二艘用意させとく」

「承知しやした」

琢馬が顔をもどした。

「あとで話を聞きにくる。……藤二郎、行くぜ」

「へい」

藤二郎が格子戸をあけた。

さきにでた琢馬が、脇道のほうへ消えた。会釈をして藤二郎が、格子戸をしめて裏通りを駆け去った。

夕餉を終えて茶を喫していると、桜井琢馬がひとりできた。

「ごめんよ」

真九郎は、平助を制して上り口にいそいだ。

弓張提灯をもった琢馬が、落胆の表情で立っていた。

「殺られてたよ。縛られたまま、頸の血脈を斬られてた」

真九郎はつぶやいた。

「あの船頭……」

琢馬が、弓張提灯をおいて上り框に腰をおろした。

「お奉行にご報告に行かなきゃあならねえ。ここで聞かしちゃもらえねえか」

真九郎は、うなずいて膝をおった。そして、手短に川仙から中洲までを話した。雪江については語らずに、甚五郎から聞いたことをつけ加えた。

琢馬が顎を撫でた。

「街道筋の盗人がな。なるほど、そういうことだったのかい」

「桜井さん、甚五郎に会いに行ったは、霊岸島に子分がいるのであれば、この家を見張ってる者の探索をたのむためです。かまわなかったでしょうか」

「霊巌島町の茂造(しげぞう)だな。ここん家(ち)が見張られてるのは、まちげえねえことがはっきりした。なんとかしてえんだが、四神と佐賀町(さがちょう)で身動きがとれねえんだ。茂造には、おいらからも声をかけとく」

琢馬が弓張提灯をとった。

二

その日の深更(しんこう)。

裏の気配に、真九郎は眼をさました。

脇道の板塀がかすかに軋(きし)んだ。何者かが、のりこえ、おりようとしている。さらに耳をとぎすます。

どぶ板を踏む音。

まちがいない。

上体をおこして寝床を離れ、雪江の肩に手をおいた。

雪江が眼をあけた。

人差し指を唇にあてて、ささやく。

「裏に忍びこんだ者がおる。着替えをたのむ」

雪江が眼をみはり、うなずく。

春とはいえ、外は冷える。物音をたてずに手早くきがえ、着流しの腰に脇差と大和をさす。

障子をあけて廊下にでる。寝巻にはおった丹前（たんぜん）に腕をとおした雪江が、小薙刀をもってついてくる。

音をたてないように、ゆっくりと厨の板戸をあけた。

囲炉裏（いろり）のよこに有明行灯（ありあけあんどん）がある。平助ととよは寝入っている。

真九郎は、有明行灯に覆いをかけて、雪江の耳に口をよせた。

「わたしがでたら、心張り棒をしておいてくれ」

「はい」

草履をはいて土間におりる。そとの気配に耳をすましてから、戸をもちあげるようにしてはんぶんほどあけた。

雪江が、よこの壁に小薙刀を立てかけ、そっと戸をしめた。

蒼穹（そうきゅう）に上弦の月と無数の星がある。土蔵の塗壁が、月星の明かりにほの白く浮いている。

竹で菱形に編んだ枝折戸があけられたままだ。

足音をたてぬように用心しながら土蔵のあいだをすすむ。

和泉屋には、下働きや女中をふくめると五十人余の奉公人がいる。賊が狙うとすれば、庭にめんしている主一家の住まいだ。

庭は、敷地のわりにはひろくない。

雨戸に黒い人影がかがんでいる。

数える。六人だ。

気配をころし、左手を鯉口にあてたまま足音を忍ばせてちかづく。

三間（約五・四メートル）ほどになった。

面体を手拭で隠し、尻紮げをした賊たちが、敷居の溝に油を流してたやすくはずせる雨戸をさがしている。

真九郎は、腰をのばし、大喝した。

「なにをしておる」

肩をぴくりと撥ねあげたふたりが尻餅をつく。

が、残る四人が、すばやくふり返りながら立ちあがって匕首を構えた。尻餅のふたりも、腰をあげ、懐に手をつっこんで匕首を抜く。

真九郎は、抜刀するなりとびこんだ。

霧月を舞う。

刀と匕首では間合がちがいすぎる。刃を合わせずとも動けなくするのは雑作もない。

だが、あえて三本を弾きあげた。

深更の静寂を、たてつづけの甲高い音が破り、余韻を曳く。

右、左、反転。大和の白刃が、いくども雷光の疾さで夜を裂き、弧を描く。そのたびに、賊が呻きを発してうずくまる。

四人は両の太腿か向う臑、逃げようと背をむけたふたりも、尻のしたと脹脛を斬った。

が、いずれも浅手にとどめた。

匕首しかもたぬような技倆の劣る輩が相手であっても、刀は棟を返さない。棟は刀の弱点である。かんたんにゆがむし、折れる。

真九郎は、低い声で脅した。

「じっとしてろ。ぴくりともうごけば、今度は容赦なく右腕を断つ」

雨戸のむこうが、あわただしくなった。廊下を、数人の足音が小走りにやってくる。

「旦那さま、なにごとにございましょう」

六人に眼をくばったままで、真九郎は大声をあげた。

「和泉屋さん、わたしだ」

「まちがいありません、鷹森さまです。早く雨戸をあけなさい」

宗右衛門(そうえもん)が命じた。

廊下を、さらに数名がいそぎ足でちかづいてくる。

雨戸がひかれ、庭に灯りの帯がひろがっていく。

油を流した雨戸が音もなく滑っていき、なかほどの二枚ぶんがあけられた。

廊下に、丹前をはおった宗右衛門のほかに手代や下男たちがいる。

「和泉屋さん、見てのとおりの賊だ。裏のくぐり戸からでよい。いそぎ藤二郎のもとへ誰か走らせてもらいたい。それと、わたしもあわてたようだ、半紙か手拭をもらえぬか」

「ただいますぐに」

宗右衛門に指示された手代と下男が、廊下を足早に去っていく。

ほどなく、きがえた下男がぶら提灯をもって庭さきをまわってきた。真九郎は、手拭をうけとり、厨に雪江がいるので、戸のそとから無事にすんだと小声で告げてから行くようにと言った。

　下男がうなずき、庭を駆けていった。

　真九郎は、大和に血振りをかけ、夜露が付着したであろう刀身と切っ先をていねいにぬぐって鞘にもどした。

　賊のひとりが、わずかに身じろぎをした。

「ためしてみるのはいっこうにかまわぬが、逃げるまえにそのほうの手は頭をさがすことになる」

　雷光の剣舞を目のあたりにしたばかりである。賊が首をすくめた。

　鯉口をにぎり、右手を柄から離すことなく、真九郎は六名に一瞥をながした。

「匕首を捨てろ。それぞれ血止めをして、ここへまいれ。生きていたければ、みょうな素振りはせぬことだ」

　闇が策をめぐらしたのだ。ただの押込みであるはずがない。昼間の浪人たちとおなじで、命じた者の正体を知るまいと、真九郎は思った。同時に、闇の意図も察知した。闇の狙いは、真九郎ではなく、桜井琢馬である。

　いったん奥へ消えた宗右衛門がきがえてもどってきた。手代たちは指示されて二階へ去り、きがえた下男ふたりが廊下に行灯をならべた。

灯りが、疵口を縛るために顔の手拭をはずした賊たちを照らす。

ほどなく、藤二郎が駆けつけてきた。

手先を六名ともなっている。亀吉(かめきち)は桜井琢馬を迎えに走ったであろうから、菊次にいる手先のすべてである。

藤二郎が命じた。

「おめえら、こいつらを見張ってな」

やってきた藤二郎が、賊に背をむけ、顔をよせてささやく。

「鷹森さま、亀を行かせやしたから、おっつけ桜井の旦那もお見えになると思いやす。それよりも、こいつらは押し込むめえに調べやす。近所で聞けば、鷹森さまのことはすぐにわかることで。昼間のことを考えると、奴らの一味としか思えやせんが」

真九郎は首肯(かんげ)した。

「わたしもそうだと思う」

「やはり」

藤二郎が、ふり返って見張りにくわわった。

しばらくして、弓張提灯をもった亀吉と桜井琢馬がきた。

真九郎は、琢馬に目配せをした。

「藤二郎、こいつらをふん縛って大番屋にしょっぴけ。泣き言をぬかしやがったら、尻を蹴とばしてやんな。あとからおいらも行く。……亀、提灯をよこしな」

亀吉から提灯をうけとった琢馬が、廊下に顔をむけた。

「和泉屋、そっちももういいぜ。戸締りをして休んでくんな。あとはおいらがやる」

宗右衛門が、立ったままで膝に両手をあて腰をおった。

「ご苦労さまにぞんじます。お言葉に甘えさせていただきます」

うなずいた琢馬が、真九郎を見た。

「行こうか」

土蔵のあいだの通路にはいり、枝折戸とのなかほどあたりで、琢馬が立ちどまった。

「話ってのは、なんでえ」

「昨夜は、居間に妻がいたので話せませんでしたが……」

真九郎は、浪人たちが弔問客の帰ったあとで襲うつもりであったことを語った。

琢馬が、左手を顎にもっていく。

「なるほど。おおかた読めてきたぜ」

「佐賀町の藍玉問屋、わたしの住まい、和泉屋。わたしをしくじっても、和泉屋襲撃がかなえば、桜井さんは四神どころではなくなります」

「ああ、奴らの狙いは、おいらをてんてこ舞いさせることにあるようだな。となると、さっきの連中も、物取りにみせかけて和泉屋一家を殺るのが目当てだったってわけだ。だが、遣い手がいねえ」

「ええ、四神一味ではないように思えます」

「だろうな。よし。おめえさんも休んでくれ。連中が吐いたら亀をよこすよ。藤二郎んとこで会おうぜ」

「承知しました」

真九郎は、琢馬を見送ってくぐり戸をしめた。

翌九日は、下屋敷道場である。

帰りに、猪牙舟を深川佐賀町の河岸につけさせた。

船橋屋によるためだ。

昨年の仲冬十一月のなかばから、雪江は弟子たちに琴の休憩がてらに茶を教えている。

無粋者の真九郎は、作法を知っているていどだ。驚いて、茶を点てることもできるのかと訊くと、雪江はたしなみにございますればとこたえた。むしろ、いぶかしげな眼であった。

母親の静女は才媛であった。雪江は、琴のほかに生花もできる。茶の心得があっても不思議ではない。

それいらい、下屋敷道場からの帰りにときおり船橋屋により、茶菓子用に羊羹をもとめている。雪江が、平助かよいに行かせると言うのを、帰り道だからかまわぬとひきうけたのだった。

しかし、弟子をかよわせている商家の主たちが、年始の挨拶にいずれも船橋屋の羊羹をもってきた。当座はこまらぬほどにある。真九郎の目的は、藍玉問屋の阿波屋について訊くことにあった。わずかでも桜井琢馬の助勢になればと考えてだ。

店にはいっていくと、手代の与助が笑顔で迎えた。

「鷹森さま、あけましておめでとうございます」

「わたしからも新春を言祝がせてもらおう。商売繁盛でなによりだ」

「おかげさまにございます。本日はいかほどおもちになられますか」

真九郎は、懐から袱紗をだした。

「一箱でよい」

「かしこまりました」

財布をだした真九郎は、与助が胸に捧げもつ袱紗包みに眼をやった。二箱ぶんの厚みがある。

「年始のご挨拶に手前どもの菓子を包んでございます。お召しあがりくださりませ」

「そうか。かたじけない」

店さきで、真九郎はふり返った。

「与助、そこの阿波屋のことはなにか聞いておらぬか」

五軒さきに戸締りをした店がある。与助が、ちらっと眼をはしらせてから眉を曇らせ、首をふった。

「いいえ。お気の毒でございます。鷹森さまは、阿波屋さんをごぞんじでしたのでしょうか」

「まんざら知らぬでもない。なにゆえあのようなことになったか、いささか腑(ふ)におちぬことがある。なんでもよい、なにか耳にしたら教えてはもらえぬか」

「さようでございましたか。わかりました。主にもお訊きしてみます」

「すまぬな」

真九郎は、袱紗包みをうけとり、河岸にむかった。

口は禍(わざわい)の門(かど)という。華北(かほく)に興亡(こうぼう)した五代時代に高官や宰相(さいしょう)を歴任した馮道(ふうどう)が残した「口是禍之門、舌是斬身刀（口は禍の門、舌は身を斬る刀）」による。

桜井琢馬や藤二郎には慎重であっても、顧客である真九郎の機嫌はそこなうまいとするはずだ。

昼八ツ（二時）の鐘が鳴り終わるまえに宗右衛門がきた。

真九郎は、客間で対した。くるのはわかっていたので、客間の火鉢には炭をいれ、暖かくしてある。

「鷹森さま、お礼の申しあげようもございませぬ。ありがとうございます」

宗右衛門がふかぶかと低頭した。

「和泉屋さん、それくらいにしてくれぬか。住まわしてもらっておる。当然のことだ」

宗右衛門が、唐突に上体をなおした。

驚いた顔をしている。

「鷹森さま、そのようなことをおっしゃられてはこまります。ここはさしあげております。いまのが世間に聞こえましたら、手前は恩義を知らぬとんでもない吝嗇だと思われてしまいます」

「わかったゆえ、そう怒るでない」

宗右衛門が、表情をなごませた。

「ご無礼をいたしました。お許しくださいませ。それにしましても、きがえておいででした」

「最初に板塀をのりこえた者がたてた音で気づいた。外は冷えるゆえな」

「さすがに日ごろの心がけからしてちがいます。番頭から聞きましたが、手代どもは鷹森さまがおられるかぎり、枕を高くして寝られると話しておるそうにございます」

「表から忍びこまれてはそうもいかぬ。用心をおこたらぬことだ」

「はい、それはもう。……お疲れでございましょう、これにて失礼させていただきますが、鷹森さま、お願いでございます、なにかお礼をさせてくださいませ。むろんのこと、けっして大仰にはいたしませんので」

宗右衛門は、辞儀をすると返事をする暇をあたえずに障子をあけ、庭を去っていった。

真九郎は、苦笑し、うしろ姿を見送った。

空は青く、ところどころに白い綿雲が浮かび、陽射しがあたるところはようやく春めいた陽気になりつつあった。

昨夜は、平助もとよも、藤二郎たちが駆けつけてきたおりに眼をさましている。厨は雪江の領域であり、一家の主である真九郎とてうかつなことは言えない。しかし、ふたりの表情から、朝の仕事を加減したであろうことは見てとれた。

真九郎は、書見台をだして客間で漢籍をひらいた。病ででもないかぎり、昼間からよこになることはない。窮屈ではあるが、それが三民に範(はん)をたれねばならぬ武家の生きかたであった。

まもなく夕七ツ（四時）になろうとするころ、表の格子戸があいた。

「鷹森さまッ」

緊迫した声に聞き覚えがある。雪江も首をかしげている。

真九郎は、障子をあけ、厨からでてきた平助を制した。

土間に、長崎町(ながさきちょう)の素麵(そうめん)問屋丸屋(まるや)の手代が立っていた。丸屋の娘の送り迎えをしている。名は知らぬが、挨拶をするので、顔と声とは憶えている。

「いかがした」

「鷹森さま、主が難儀(なんぎ)しております。お助けください」

「あいわかった」

足早に居間にもどる。雪江が、腰をあげ、寝所についてきた。

「丸屋になにかあったようだ。行ってくる」

「はい」

真九郎は、小脇差を刀掛けにおいた。

着流しの腰に、脇差と鎌倉(かまくら)をさす。

長崎町は新川をはさんだとなり町である。脇道から新川にめんした表通りを右におれ、一ノ橋にむかいながら、真九郎は斜め一歩うしろをついてくる手代からおおまかな事情を聞いた。

丸屋のひとり娘なつに縁組がととのったのは、師走になったばかりのころである。そのことは、宗右衛門に教えられて知っている。

ところが、年明け早々に、相手が女中とただならぬ仲にあるのが判明した。しかも、女中は身籠っていた。

そのようにふしだらな者を婿に迎えるわけにはゆかぬと、丸屋は仲立ちをした京橋南紺屋町の木綿問屋近江屋の主に破談を申しいれた。

二日まえのことだ。

この日になって、近江屋が、いまさらになっての破談は承伏しかねるとの先方の意向をもって、鳶の者をともなってたずねてきた。話は奥でと丸屋がいくら言っても、近江屋はおうじるようすもなく談じこんでいるのだという。

亀島川にちかい一ノ橋をわたった。

真九郎は手代をふり返った。

「わたしは、立ちよったふうをよそおってはいっていく。そのほうは、さきへまいれ」

「承知いたしました。失礼させていただきます」

まえにでた手代が小走りになった。新川の両岸には、土蔵の白壁が間隔をおいてならんでいる。

手代が長崎町のかどに消えた。

丸屋に行ったことはない。かどをまがると、右六軒めの店さきに町家の者たちがあつまっていた。

真九郎は、土間へはいっていった。

主の長兵衛のまえに、五十代なかばすぎの恰幅のいい商人が腰かけていた。

一歩離れたところに、二十六、七の鳶の者が立っている。

町火消である。ふだんは鳶を仕事としている。火事の多い江戸では、大工、左官、鳶の者が三大出職であった。なかでも、町火消である鳶の者は気があらい。

鳶の者が、まえに立ちふさがった。

「お侍。あっしは、も組の纏持で箕吉と申しやす。こちらさんは、ただいま大事な用談ちゅうにございやす。申しわけありやせんが、でなおしておくんなせえ」

腰をかがめぎみにしてはいるが、眼光にふてぶてしさがある。

「それがしも名のろう。四日市町、和泉屋の離れに住まいする鷹森真九郎と申す。ていちょうに痛みいる、とひきさがってもらいたかろうが、そうはゆかぬ。無礼であろう」

箕吉が腰を伸ばした。

「やい、侍（さんぴん）。このすっとこどっこいが、下手（したて）にでりゃあつけあがりやがって。二本差してりゃあ偉（えれ）えってのかよ。どうせ飾りだろうが。火事と喧嘩は江戸の華ってな、こっとら、男伊達で売ってるんだ。組にゃあ、気の荒え者（あれもん）がごろごろしてる。あとで痛（いて）えめに遭いたくなけりゃあ、さっさと帰（けえ）んな」

「仲間だのみか。ひとりではなにもできぬのなら、鳶らしく鳥籠にでもはいっておれ。きいたふうなことをさえずるでない」

「なんだとッ」

顔面を朱にそめた箕吉が、いきなり右の拳をとばしてきた。

動きは見えていた。左手の掌（たなごころ）で拳を受けとめ、右手で箕吉の右手首をにぎる。

直心影流の刀術では、撃つ瞬間に両手を茶巾絞（ちゃきんしぼ）りにする。いまでも、雨か雪でもふらぬかぎり毎朝欠かすことなく重い胴太貫（どうたぬき）をふるって形と霧月の稽古をしている。

両手にじょじょに力をこめ、左手をひねっていく。

箕吉の顔が苦悶にゆがむ。が、粋がるだけあって声は発しない。

真九郎は、箕吉を睨みつけ、殺気を放った。

箕吉の眼に怯(おび)えがやどる。

真九郎は両手を離した。

「怪我をせぬうちに去るがよい」

箕吉が、左手で右の手首をさすりながら土間をあとずさった。背後で町家の者たちが見ている。せいいっぱいの虚勢をはっている。

「野郎、このままですむと思うなよ。憶えてやがれ」

背をむけると駆け去っていった。

真九郎は、我ながら悪口(あっこう)がうまくなったと思った。

国もとにいたころは、このように乱暴な口をきいたことはなかった。江戸へでてきたせいだ。これ以上そまったりせぬように気をつけねばならぬと思いながら、ふり返って丸屋と近江屋に眼をむけた。

長兵衛の顔には安堵(あんど)があり、近江屋は苦虫を嚙みつぶした表情をうかべている。

真九郎は、わざと近江屋のちかくに腰をおろした。

近江屋がさりげなく尻をずらしていく。

もっとも気になっていることを、真九郎は訊いた。

「丸屋さん、縁組を断ったと聞いたが、おなつはどうしておる」

「はい、いっときは泣いていたようですが、気をとりなおしてさきほどもお琴の稽古をしておりました。気がまぎれるのでしょう」

「そうか。このようなことになり、辛いだろうが、ものは考えようだ。祝言をあげるまえでよかったではないか」

「手前もそう思いまする」

近江屋が割ってはいった。

「お侍さま、失礼ながら丸屋さんとはどのようなご関係でございましょうか」

真九郎は、近江屋に顔をむけた。

「おなつは妻の琴の弟子だ」

「さようでございましたか。お聞きくださいませ。女中のほうが気をひいたそうにございます。当人も、いまでは悔やんでおります。先方では、女中にはすでに暇をやっております。若いころの女遊び。一度や二度は誰しも憶えがあることにございましょう。失礼ながら、お武家さまとて……」

真九郎は、冷たい声でさえぎった。

「そのほうも無礼を申すか」

近江屋があわてた。

「これはとんだ粗相をいたしました。お許しください。ですが、先方ではご親戚筋にも披露してご祝儀もちょうだいし、持参する家財道具などもととのえつつあります。それをたった一度の過ちで破談とはあまりとぞんじます」

「なるほど。そのほうが申しようにも一理はあるな」

「さすがにお武家さま」

近江屋が口調に力をこめた。

真九郎は、近江屋を見つめたままで長兵衛に言った。

「丸屋さん、すまぬが、紙と筆を用意してもらえぬか」

「承知いたしました」

番頭が、半紙と硯道具をはこんできた。

「さて、近江屋とやら、証文を書いてもらおうか」

「証文、でございますか」

「さよう。婿となる者が二度と過ちを犯さぬことは近江屋が約定する。万が一のおりは、婿を無一文で去らせるはむろんのこと、丸屋への詫び料として近江屋の身代をまるごとわたすものとする。そのような文面でよかろう。署名して血判をおしてもらおうか」

「ご無体な」

「なにゆえかな。そのほうが申すとおりなら、証文は使いようのない紙切れにすぎぬではないか」

「…………」

近江屋の面体を口惜しそうな表情がよぎる。

「そもそも、仲立ちをしておきながら相手方の不始末を知らずにいたはそのほうが手落ち。それとも知ってのことか」

近江屋が、顔色をかえる。

「めっそうもございません」

「そのほうが体面を潰したは、丸屋ではなく、相手方であろう。丸屋に談じこむは筋違い。返事いかんによってはそれがしが相手をいたす。しかと返答を聞こうか」

「そ、それは」

近江屋が懐から手拭をだして顔をぬぐった。

真九郎は、黙って睨みつけていた。

近江屋が手拭をしまう。

「お侍さま、おっしゃるように手前の心得違いにございました」

「念を押すにはおよぶまいな」

「はい。今後、この件で丸屋さんにご迷惑をおかけするようなことはけっしてございません」

「よかろう」

「手前は、これにて失礼させていただきます」

近江屋が、威厳をたもとうとゆっくりと立ちあがり、一礼して去っていった。

長兵衛が畳に両手をついた。

「ありがとうございます」

額を畳にこすりつけんばかりに低頭した。

「丸屋さん、もうよい」

真九郎は、長兵衛がなおるまで待った。

「おなつにつたえてもらえぬか。ひっこんでいても気鬱（きうつ）になるだけだ。稽古日でなくともよいから、雪江のもとにまいるようにとな。おなつは、雪江の妹とはひとつ違い。話し相手になれるはずだ」

長兵衛が、ふたたび畳に両手をついた。

「鷹森さま」

くり返して礼を述べる長兵衛にうなずき、真九郎は丸屋をあとにした。

三

真九郎は、雪江に経緯（いきさつ）を語り、鳶の者が大勢で押しかけてくるかもしれぬとつけくわえた。

雪江は、鳶の者については気にするふうでもなく、ひとしきりなつを案じた。

せいぜいが喧嘩（けんか）しか知らぬ町火消を相手に刀をふるうわけにもゆかぬので、真九郎は木刀を用意して待っていた。しかし、捨てぜりふを残したにもかかわらず、箕吉はあらわれなかった。

それが、かえって真九郎を不安にした。留守を襲われたことがある。しかも、十日は出稽古のあとで団野（だんの）道場に行かねばならない。

住まいから菊次までは町木戸がない。翌朝、明六ツ（六時）まえに、真九郎は藤二郎をたずねて、事情を話した。

「わかりやした。鷹森さま、なんとかいたしやす」

「たのむ」

「まかせておくんなさい」

藤二郎は、自信がなければ壮語はしない。真九郎は安堵して住まいへもどり、したくをして下谷御徒町にある上屋敷へむかった。

団野道場での高弟どうしの研鑽と酒宴を終え、夜道をいそぎ足で帰った。

藤二郎が亀吉を使いによこし、箕吉についてはご心配なくとの言付けを残していた。

翌十一日。

下屋敷道場からもどり、中食をすませてほどなく、表の格子戸が開閉しておとないをいれる者があった。

上り口に行った平助が、廊下に膝をおった。

「旦那さま、よろしいでしょうか」

「かまわぬ」

平助が障子をあけた。

「も組の頭で富蔵とおっしゃるおかたが、鳶の者をひとりともなってお会いしたいと申しております」

「客間に案内しなさい」

「かしこまりました」

火鉢に炭をいれてから客を招じいれた平助が、廊下に膝をおって報せた。

客間の下座に、羽織(はおり)姿の色浅黒く恰幅のいい四十代前半の町人がすわっていた。斜めうしろで、紺木綿の股引(ももひき)に組の印半纏(しるしばんてん)をきた箕吉が、神妙な顔つきでかしこまっている。

真九郎が上座につくと、ふたりが低頭した。

「あっしは、も組をあずかる富蔵と申しやす。お見知りおきを願(ねげ)えやす」

「鷹森真九郎と申す」

「ご丁寧(てぇねぇ)におそれいりやす」

富蔵が、脇においてあった袱紗包みをまえにすべらせた。

「お武家さまに菓子折もどうかと思いやしたが、和泉屋の離れにお住まいになられておられる旦那に角樽(つのだる)というわけにもめえりやせん。お口汚しに召しあがっていただきたくぞんじやす」

「かたじけないが、まずは用向きを聞かせてもらおうか」

富蔵がかたちをあらため、箕吉もならった。

「聞けば、こいつが旦那に腕をふりあげたそうで。お武家さまにたいし、とんでもねえ心得ちげえでございやす。どうか、あっしに免じて今度だけは許してやっておくんなさいやし。お願(ねげ)えしやす」

ふたりが低頭した。

脳裡にうかんだのは藤二郎だが、ちがうような気もした。藤二郎の縄張は霊岸島から永代橋をはさんだ箱崎と深川にかけてであり、箕吉は京橋にある近江屋の供であった。

ふたりがなおるまで、真九郎は待った。

「も組の頭が、わざわざ菓子折持参でたずねてきた理由を聞かせてもらおうか。ただの詫びではあるまい」

富蔵の顔に驚きがはしった。

「お見それいたしやした。浅草の親分がおっしゃるとおりでございやす」

真九郎は得心がいった。

「甚五郎か」

「へい。朝のうちにたずねておいでてした」

富蔵は、甚五郎から聞くまで真九郎と箕吉のいきさつを知らなかった。富蔵に詰問され、箕吉は組の仲間と語らって数日以内に真九郎に喧嘩をうるつもりであったのを認めた。

甚五郎が、箕吉を睨みすえた。

――おめえ、わっちんとこに、ひとりで殴り込みをかけるだけの度胸があるかい。

箕吉は、怖気(おじけ)をふるった。

——と、とんでもございやせん。

甚五郎が富蔵に眼を転じた。

——あの旦那は、たったひとりでのりこんできなさり、子分どもを震えあがらせたことがある。その度胸に、わっちは男惚れしちまったってわけよ。それ以来(いれえ)、おつきええを願ってる。富蔵さん、年の暮れに、永代橋(ええたい)で喧嘩をうってきた五名(めえ)の浪人をかたづけちまったお侍(さむれえ)がいるのを知ってなさるかい。

——へい、読売（かわら版）にでておりやしたから……。

富蔵の顔にやどった怪訝(けげん)を、甚五郎が首肯した。

——そういうことよ。あの旦那だ。わっちのとこの者(もん)や、おめえさんとこの者が束になっても敵(かな)う相手じゃねえ。まだまだ火事の用心をしなきゃあならねえじぶんだ。いざってときに、纏持をはじめとして組の者が役にたたねえとなりゃあ、おめえさんもこまるだろうと思ってな。わっちが言いてえのはそれだけよ。邪魔したな。

甚五郎をはばかって詫びにきたのを白状しているようなものだ。真九郎は、内心で苦笑した。しかし、なまじの学問は、往々にして人を迷路に誘(いざな)う。

竹を割ったようなわるびれない純朴さが、江戸庶民の気風である。町家で暮らしはじめて一年半、真九郎はそれを理解しつつあった。

江戸の町火消は威勢がいい。肩で風を切り、火事場で町火消どうしが大喧嘩をすることさえある。

真九郎は、疑問を口にした。

「そのほうらでさえ、浅草の甚五郎とことをかまえるわけにはゆかぬのか」

「おからかいになっちゃあいけやせん。生き死にばかりでなく、縁日や祭がございやす。浅草の親分とのいざこざは、ご免こうむりやす。旦那、若えの（わけ）は血の気が多くていけやせん。お腹だちではございやしょうが、どうかお許し願（ねげ）えやす」

「許すも許さぬもない。すまぬことをしたと思うておる」

富蔵が眉をひそめた。

箕吉も首をかしげている。

「いってえ、どういうことでございやしょう」

「商人は一筋縄ではゆかぬ。近江屋が箕吉をともなったは、丸屋への脅しのためであろう。それが効かぬのを見せつけねば、すなおにひきさがりはすまいと思うたでな。やむをえずではあったが、町家の者たちのまえで組の纏持に恥をかかせてしまった。許せ」

真九郎は、わずかに低頭した。

「旦那……」

富蔵が絶句した。

真九郎が眼をもどすと、感激の面持ちで見つめていた箕吉が両手を畳についた。

「あっしは、とんだ大馬鹿者でございやす。堪忍しておくんなせえ」

箕吉がなおるまで待ち、真九郎は富蔵に言った。

「一献かたむけたいが、つきおうてはもらえぬか」

「へい。ありがとうぞんじやす」

真九郎は、菓子折の礼を述べてから手にとり、廊下で雪江を呼んだ。

食膳がはこばれ、杯をかさねるほどに、ふたりの態度がほぐれた。

ふたりは、真九郎が団野道場の師範代であるのも知っていた。甚五郎が話したであろうことは訊くまでもなかった。

真九郎は、富蔵に藤二郎がたずねてきたか訊いてみた。やはり、行ってなかった。かといって、浅草まで走ったとも思えない。

箕吉が、杯をおき、いくらかかたちをあらためた。

「旦那。あっしは、これまで喧嘩でおくれをとったことはございやせん。あっしの拳骨を素手で受けとめたんは、旦那がはじめてで」

真九郎はほほえんだ。

箕吉は、身の丈が五尺八寸（約一六八センチメートル）余のいかにも身の軽そうな体躯をしている。

右手の動きも俊敏であった。心得がなければ、顎に一撃をあびていた。

「あんときは、頭に血がのぼってわかりやせんでしたが、もうひとひねりされたらあっしの右手はとうぶん使いものにならなくなるところでやした。お礼を申しやす」

「箕吉、人にはそれぞれ得手とするものがある。わたしは、高いところではそのほうのように身軽にうごけぬ。それにな、喧嘩と剣術とはちがう」

「へい。今度ばかりは身にしみやした」

「ところでな、箕吉。そのほうが近江屋に出入りしていて供をたのまれたであろうことはわかる。近江屋と婿になるはずであった先方とのかかわりをぞんじておるか」

「なんでも、ご内儀どうしが従姉妹だそうで」

「やはりそういうことであったか」

それからほどなく、銚子をからにしたふたりは、あらためて礼を述べて帰っていった。

夕七ツ（四時）の鐘が鳴ってしばらくして、平助が廊下に膝をおった。

「旦那さま、霊巌島町の茂造というおかたが、お目にかかりたいと申しております」

「庭にまわるようつたえてくれ」

「かしこまりました」

真九郎は、廊下にでて居間の障子をしめた。

庭のかどからあらわれたのは、六十前後の小柄な好々爺(こうこうや)であった。甚五郎の子分であり、四十年輩あたりかと思っていただけに、真九郎は意外であった。

茂造が会釈をした。

「大親分には、表からでもお許しいただけるとお伺いいたしやしたが、人目がありやすんでくぐり戸から失礼させていただきやした」

「気をつかわせたな。そこにかけてくれ」

「ありがとうございやす」

茂造が、沓脱石にあがり、廊下に腰をおろした。

真九郎もすわった。

「さきほどまで、も組の富蔵と纏持の箕吉がおったが、そのほう、藤二郎にたのまれたであろう」

「おっしゃるとおりでございやす。あっしが、大親分のところへめえりやした」

「雑作をかけたな」

茂造が笑みをうかべた。

「旦那、歳をくっちゃあおりやすが、足腰はまだまだ丈夫でございやす」

真九郎は苦笑した。

「すまぬ」

「お気づかいいただき、おそれいりやす。旦那、大親分から申しつかっておりやす。あっしんとこの若え者(わけえもん)を使うわけにもいきやせんので、出入りの者(もん)で口の固え(かて)のにさぐらせておりやす。藤二郎親分のようにはめえりやせんが、なんかわかりやしたらお報せいたしやす」

「師走あたりから親戚の者だと称して誰かを住まわせているのでなければ、わたしが他出したあとでいそぎでかける者がいるはずだ。それと、借金その他で弱みのある者はいないか、それとなくさぐってはくれぬか」

「承知しやした。あたらせてみやす」

「つかぬことを訊くが、川仙のことは」

「ぞんじておりやす」

「船頭の徳助は、甚五郎の子分ではないのか」

「…………」

茂造が眼をおとした。

「いらぬことを訊いた。忘れてくれ」

茂造が顔をあげた。

「いいえ、驚いているのでございやす」

このとき、表の格子戸が開閉した。

「旦那ッ」

亀吉だ。声がはずんでいる。

茂造が腰をあげた。

真九郎は、厨の板戸をあけた平助を片手で制し、辞儀をした茂造にうなずいた。

「さきほどの下働きのおかたに住まいをお教えしておきやすんで、ご用のおりは声をかけておくんなさい。すぐにめえりやす。ごめんなすって」

亀吉はにこやかな笑顔で待っていた。

「桜井の旦那が、おいでいただきたいそうで」

真九郎は、着流しの腰に大小をさして家をでた。

すっかり春めいてきた青空で、西にかたむきはじめた陽射しがやわらかく江戸をつつみ、白い綿雲がかなたこなたに浮いている。

だが、春の陽気とはうらはらに、町家にはひそかな緊迫がただよっていた。

正月は大名の登城日が多い。十一日のこの日も、〝具足之御祝〟である。しかし、昨夜、四神の襲撃はなかった。それよりも、この年最初の月次登城日である十五日がちかづいている。

食膳をはこんできたきくが、酌をして、障子をしめた。菊次との板戸がとざされると、琢馬がなごやかな表情をぬぐった。

「いくつか話しておかなくちゃあならねえことがある。七日、そして今日と、大名の登城日だ。両御番所と火盗改とで夜回りをしてる。はずされたお先手組とのあいだで悶着があったってことだが、うまいこと手当がついたそうだ。それよりも、おいらも気になってるんだ、まずはおめえさんのことから聞こうか。も組の纏持とはどうなった」

「お気にかけていただき恐縮です。藤二郎のおかげでなにごともなくすみました」

真九郎は、富蔵と箕吉がたずねてきたことと、ついさきほどまで霊巌島町の茂造がいたことを語った。

琢馬が安堵の吐息をもらした。

「やれやれだぜ。たぶん甚五郎ででえじょうぶだとは思ったんだが、奴でおさえがきかねえんなら、あのあたりを持ち場にしてる定町廻りか、顔の利く臨時廻りにお願えするつもりだった」

「ご心配をおかけしました」

真九郎はかるく低頭した。

「なあに。奴らの十名や二十名くれえが束になったたって、おめえさんの相手じゃねえ。それで町火消とおめえさんが睨みあい、おめえさんが身動きとれなくなるほうが、おいらとしてはこまるのよ」

真九郎は真顔になった。

「そこまでは考えませんでした」

「すんだことだ、気にすんねえ。まあ、せっかく仕入れたんだから聞いてくれ。も組は二番組でな、も組だけなら百名あまりだが、二番組総勢となると千四百名ほどになる。なんもなければ、おめえさんが鼻っ柱の強え町火消どもに一泡吹かせるのを見物しててもいいんだがな」

琢馬が、片頬に笑みをきざんだ。

真九郎は、苦笑をうかべて首をふった。

琢馬が、諸白を飲み、杯をおいた。

「そんなわけでよ、とりあえず十四日の夜までは、いつでもとびだせるようにしておいてもらいてえんだ。おめえさんが言ってたとおりって気はするんだが、油断はできねえ。お先手組の夜回りをやめさせたについちゃあ、お奉行は肚（はら）をくっていなさるんだと、おいらは思う」

「承知しております」

そのことは、真九郎も重く受けとめていた。

小田切土佐守（おだぎりとさのかみ）は、大坂町奉行から北町奉行に栄転して十八年めをむかえた。江戸の町奉行は激務であり、能力がなければすぐに交代させられるいっぽうで、在職ちゅうの死亡も多かった。

「じつは、あれからまた証文をもって名のりでたお旗本が何名（めえ）かおられるそうだ。お奉行も、数とどこのどなたかはおっしゃっちゃくれなかったがな。町家にも配られてるはずだが、こっちは口をぬぐっちまってひとりもいやしねえ。お旗本も、まだまだ腑抜（ふぬ）けばかりじゃねえってことよ」

寛政（かんせい）元年（一七八九）に、老中であった松平定信（さだのぶ）が発した札差棄捐令（ふださしきえんれい）によって、浅草御蔵前（おくらまえ）の札差たちは百万両余の損害をこうむった。

しかし、棄捐令によって借金が棒引きされただけであって、旗本や御家人の収入が増えたわけではない。

以降、札差たちは、無原則な融資をしぶるようになった。それでも、武家は体面をたもたねばならず、急場をしのぐため、暴利を承知で座頭金に手をださざるをえなくなった。つまるところ、棄捐令は焼け石に水であった。

裕福になっていく商人、坂道を転がるごとく困窮する武家。この構図は幕末にいたるまでかわらなかった。

真九郎は、いったん畳に眼をおとしてから、琢馬を見た。

「さきほど、お先手組の手当がついたとおっしゃっていました」

「わかったようだな」

「ええ。ご公儀の威信にかけても、名のりでたかたがたを闇の餌食にするわけにはゆきません」

「そういうこった。お先手組は、それで納得させたそうだ」

「闇は当然そのことを知る」

「ああ。だからな、こっちの裏をかかねえともかぎらねえ。お旗本を狙うか、座頭か。お先手組が護(まも)ってる屋敷のちかくをあからさまに襲う。座頭でなくてもかまわねえ。お先手組を誘いだし、追わせる。でもって、手薄になったお旗本を襲撃するって策(て)もある」

真九郎は首肯した。

「じゅうぶんにありえます。お奉行さまには」

琢馬が吐息をついた。

「申しあげはした」

真九郎はたしかめた。

「夜回りから手をひかせたお先手組の面目を、これ以上そこなうことはできない」

「火盗改とおいらたちは、仲がいいってわけじゃねえからな。若年寄さまから念をおしてもらうそうだから、それをあてにするしかねえ」

「つぎの一手をどうするか。闇は、人の命と心の弱みを、おのが掌のなかの駒か碁石のごとく弄(もてあそ)んでおります」

「まったくだぜ。おめえさんが言うように、こいつがひとりの頭で考(かんげ)えてることなら、おいら、薄気味悪くなってきてるとこよ。だからこそ、こんな奴は、どうあってものさばらしておくわけにはいかねえ。わかってくれるかい」

「むろんです」

琢馬が、やっといつもの柔和な表情をうかべた。そして、いくらか照れたような笑みが一重のきれ長な眼をかすめた。

「お奉行がな、おいらを隠密廻りにして闇の探索をさせようかと思ったが、なりが目立ちすぎるんであきらめたとおっしゃってた。で、そのかわり、おいらに見習がひとりつくことになった。正式には、今度の月次が無事にすぎてからだ。そんときにあらためて紹介するが、おめえさんもそのつもりでいてくれるかい」

「わかりました」

「おいらひとりじゃあ手がたりねえってお奉行はご思案なすったんじゃねえかと思う」

「ご案じいただき恐縮にぞんじます。お奉行さまに、よしなにおつたえください」

琢馬がうなずいた。

「闇の一件が落着したら、おめえさんをまじえて三名(めえ)で一献かたむけてえそうだ。もうひとつ、話しておきてえことがある。和泉屋を襲った六名(めえ)が吐いたよ」

「…………」

真九郎は、驚いて琢馬を見た。賊を捕らえたのは九日の暁八ツ(二時)まえであり、二日しかたっていない。

「ご老中さまから、一刻の猶予もならぬとの厳命があったそうだ。みな殺気ばしってるからな、吟味方が容赦なく責めたと聞いてる。それで、いくつかわかったことがある」

和泉屋に押し込もうとした賊の一味は、日光道中をあらしまわっていた。

昨年の仲冬十一月中旬の夕刻、人里離れた塒（ねぐら）の百姓家に一味が帰ってくると、浪人が待っていた。

一味は賊であり、じゅうぶんすぎるほど用心している。それが、戸締りしていた百姓家はこじあけられたようすもなく、囲炉裏に火をいれてはじめてすみの人影に気づき、肝をつぶした。

刀を手にして立ちあがった浪人が最初に発したのは、役人ではないとの断りだった。四十くらいの浪人は、囲炉裏ばたにすわると火に手をかざして、顔を見ながらひとりずつの名ばかりか在所までも言いあてた。そして、ほかの塒もすべて知っているとつけくわえた。

刀を左脇においた浪人は、おちつきはらっていた。抗（あらが）っても無駄であることを、六名ともがさとった。

塒から在所までひとりで調べられようはずがない。一味は、まる裸にされたも同然であった。

頭が用向きを訊いた。

――江戸でひと働きしてもらいたい。いい稼ぎになるぞ。はくゆうの名でつなぎをつけるゆえ、待っておれ。

浪人はそう言い残すと、悠然と去っていった。

はくゆうは、〝白酉〟と書く。浪人が白酉当人であるかはともかく、闇一味の三人めの名が判明した。

琢馬がつづけた。

ひと月ほどのち、白酉の使いだという町人がきて、二十五日までに千住宿(せんじゅじゅく)の旅籠にばらばらにあつまるように告げた。

二十五日、おなじ町人が旅籠にきて、千住大橋をわたって荒川(あら)を隅田川方面にしばらく行ったところにある一軒の百姓家に、頭ひとりを案内した。そして、手下を三日に分けてうつすように言った。

百姓家には賄いの老夫婦がいたが、無口で名さえ教えなかった。

正月三が日は、夕餉に酒がつけられた。四日の夜、おなじ町人が屋根船で迎えにきた。

一味に江戸を知っている者はいない。話からして、荒川から鐘ヶ淵(かねふち)をおおきくまわって隅田川にはいった木母寺(もくぼ)対岸の寄洲で屋根船が待っていた。

二艘とも、舳両脇の柱に掛提灯があるだけで座敷内は薄暗かった。

町人が障子を左右にあけると、船縁をならべている屋根船の障子も両側にひかれた。

頭巾で面体を隠した身分ありげな侍が舳を背にしていた。

船縁ちかくのまんなかにいた羽織袴姿の白酉が、一味から上座の武家に顔をむけて一揖した。

——御前、この者らにござりまする。

かすかに顎をひいた御前が、わずかに顔をむけた。が、面体は頭巾の影に隠れたままだった。それでも、小柄な武家が老人であることはわかった。

武家が、六名に一瞥をながし、しわがれ声で言った。

——うまくしてのけることじゃ。さすれば、またもある。……あとはまかせたぞ。

——かしこまってござりまする。

白酉が、御前へ低頭してから船をのりうつった。

町人が障子をしめ、白酉が上座についた。

御前ののる屋根船の灯りが舳から艫へとすぎていった。

一味の者は恐懼していた。

これまで武家屋敷を襲ったことはない。どのような難題がふりかかるかと案じていたら、大店に押し込み、主を殺害しろとの命であった。しかも、頭が五十両、残り五人がひとり三十両ずつの報酬である。

六名はどよめいた。一夜の働きで二百両。さらに、主さえ仕留めたなら、あとは金子を奪おうがなにをしようがかまわぬという。

頭をふくむ全員が、緊張をとき、それぞれの胸算用に顔面をかがやかせた。商家への押込み強盗なら、日光道中でさんざんやってきたことであり、手慣れている。違いは、江戸の大店という点だけだ。

八日の夕刻まえ、町人がきて、今宵か明夜にしかけるので待つようにと告げた。その深更、ふたたびあらわれた町人が、和泉屋のおおまかな構えを告げた。じゅうぶんではなかったが、頭も配下も商家のことなら知悉している。いそぎ働きもはじめてではない。

町人と六名の賊をのせた屋根船は、提灯もともさずに上弦の月と星明かりとでほのかにきらめいている川面をくだった。

そして、六名は、新川の桟橋で屋根船をおり、足音を忍ばせて脇道の宵闇にまぎれたのだった。

「……奴らが船宿をもってるのは、もうまちがいねえ。立木って侍のことはもうひとつはっきりしねえが、おめえさんを襲ってる浪人どもを差配しているのが赤未。そして、賊が白酉。おいらは、白酉が四神の頭でもあるんじゃねえかと考えてる。浪人どもがしくじっても、その夜に和泉屋を殺る。うまいことしくんでやがるぜ」

真九郎は首肯した。

「たしかに。ですが、腑におちぬことがあります」

琢馬がほほえんだ。

「おいらもそう思う。……藤二郎、わかるかい」

「へい。その御前ってのが闇の頭目のように思えやす。ですが、盗人どものことは白酉にまかせておけばすむことで、わざわざ顔をだすことはございやせん。あっしは、替え玉じゃねえかと思いやす」

「奴ら、なんで替え玉をだしてきた」

藤二郎が、面体に驚愕をはりつかせる。

「あッ。押しいった奴らがお縄になるかもしれねえってことまで勘定にいれていた」

琢馬が、片頬に皮肉な笑みをきざんだ。

「さらに裏があるってのも考えておかねばならねえ」

「どういうことでやしょう」

琢馬が、一重の眼でうながした。

真九郎は、藤二郎に顔をむけた。

「闇一味を追いつめたとする。替え玉と頭目と思わしき者がべつべつの方角に逃げる。そのほうなら、どちらを追う」

眉根をよせた藤二郎の眼に、理解がやどった。

「替え玉のほうが、じつは本物……」

なかば口をあけたまま呆れたように首をふった。

「おいらたちがそこまで読むとふんだんなら、それさえ奴らがしかけたからくりかもしれねえ。まあ、そいつはさきのことよ。まずは十四日の夜だ」

琢馬が、杯に諸白を注ぎたして一気に飲みほした。

顔面になみなみならぬ決意がにじんでいる。

四

翌十二日。

真九郎は、下谷御徒町の上屋敷からまっすぐに帰ってきた。

十日は団野道場によった。神田鍛冶町の美濃屋に鎌倉と大和を研ぎにだしたいが、いまはより道などできない。

闇は、病で死んだ老下男のかわりとして美貌の年増に妾奉公をさせた。つまりは、もぐりこませてあったのは八箇所だけで代わりはあるまいと、真九郎は考えていた。しかし、四神ばかりでなく五組めの盗賊も用意していた。それに、新たに名のりでた旗本たちのこともある。

琢馬が懸念しているように、名のりでた旗本たちがふたたび闇の手にかかるようなことがあれば、誰もが口をつぐむ。

闇にとっては警告であり、始末するのはひとりでよい。さすれば、先手組は面目を失し、幕府の威信も失墜する。

名のりでたほかの旗本は、他出さえままならなくなる。先手組が、大名行列なみに前後をかためるであろうからだ。

闇のてのひらで、踊らされつつある。

一連のやりようは、公儀にたいしてあからさまに牙を剝いているとしかうけとれない。しかし、闇はそれほど愚かではないはずだ。

——見おとしていることがある。肝腎なにかを……。

「どうかなさいましたか」

雪江が首をかしげて見つめていた。

それでなくとも、雪江には気苦労をかけている。

「いや、なんでもない」

　真九郎は、茶を喫した。

「そういえば、なつのようすはどうだ」

「はい。十日の夜は、なにやらご思案のごようすでしたので申しあげませんでしたが、平助を使いにやって、きてもらい、夕刻まで半刻（一時間）あまり話しました。おなごにとって、祝言は生涯のだいじにござりますゆえ、期待と不安とに揺れます」

　雪江が、ちらっと眼をむけ、頬をそめた。

「わたくしは、初めてお会いしたころから、あなたのほかには嫁ぐまいと決めておりました」

　問いたげな瞳に、真九郎は狼狽を隠した。

「むろん、わたしもそうだ」

　雪江が、恥じらいと嬉しさとがないまぜになったような真九郎にはけっしてまねのできぬ表情をうかべ、畳に眼をおとした。ほのかな桃色にそまっていたうなじが、しだいに名のとおりの白にもどった。

　ややあって、雪江が顔をあげた。

「明日は稽古日ですから、顔色を見て、お邪魔でなければお昼をすませてからくるように申してみます」

「そうしなさい」

「はい」

やがて、昼八ツ（二時）の捨て鐘が鳴りはじめた。

雪江が、ふたりの茶碗を盆にのせて厨にもっていった。

初めて会ったころは、雪江は十五の乙女にすぎず、真九郎は出仕したばかりで色恋どころではなかった。それに、次男であり、分家でもしてもらわぬかぎり嫁取りなどできようはずがない。

――おなごは、わからぬ。

真九郎は吐息をついた。いくつになっても、わかりそうにもなかった。

居間の障子は左右にあけてある。陽射しは日ごとに春らしくなっているが、曇り日と夜はいまだに冬がいすわっている。

雪江が厨からもどってきてほどなく、表の格子戸が開閉した。

「ごめんくださりませ。美濃屋にございます」

厨からでてきた平助を呼びとめ、真九郎は客間に案内するように言った。

美濃屋七左衛門（しちざえもん）が手代をひとりともなっていた。

真九郎は、刀袋にいれた鎌倉と大和をもって上座についた。七左衛門が、膝に両手をおいて低頭した。

「鷹森さま、遅くなりましたが、新年のご挨拶に参上いたしました」

四日に美濃屋へ行ったが、いそいでいたので店で年賀を述べただけである。

「今年も世話になる」

「手前のほうこそ、かわらずのごひいきをお願いいたします」

七左衛門が、かるく低頭し、真九郎の傍らにある刀袋に眼をやった。

今年になってからでも、三日、六日、八日と刀をふるっている。刀をまじえれば、わずかではあっても刃こぼれが生じ、人を斬れば血糊が付着する。つねに最良の状態をたもつにはおのれで手入れするよりも研ぎにだしたほうが無難であった。

真九郎は言った。

「帰りにもっていってもらいたい」

「かしこまりました」

雪江ととよが、七左衛門と手代の茶をはこんできた。七左衛門が、雪江に新年の挨拶を述べた。

ふたりが去り、七左衛門が斜めうしろにひかえている手代から風呂敷にくるまれた刀袋をうけとった。刀が二振りに、小薙刀を一振りもってきていた。

風呂敷をひらいた七左衛門が、備前(びぜん)の刀袋を手にした。

「お預かりしたお差料にございます。お検(あらた)めくださりませ」

真九郎は、受けとり、作法どおりに見た。

刀袋にしまって、左脇におく。右脇には鎌倉と大和の刀袋がある。

「鷹森さま、鎌倉の刀鍛冶に文をだし、一振りこしらえてもらいました。お手もとのお差料より、心もち長く肉厚になっております。ご覧くださりませ」

「拝見しよう」

鎌倉の刀身は二尺三寸（約六九センチメートル）である。七左衛門によると、あらたな一振りは三分（約九ミリメートル）ほど長い。鎌倉にくらべて重厚な拵(こしら)えであった。

真九郎は、鞘にもどした。

七左衛門が訊いた。

「いかがでございましょう」

「みごとな造りだ」

「お気にめしていただき、安堵いたしました」

差料をふくむ美濃屋にかんする入用は、雪江に娘を弟子入りさせている霊岸島の商人たちが店の規模におうじて分担している。鎌倉の鞘を作りなおしたおりに、宗右衛門の了解をえて注文したとのことであった。

永代橋で五名の浪人を相手にしたのは、師走の二十二日だ。二十四日に、大和と雪江の小薙刀を美濃屋にもっていった。小薙刀は眼につくほどの刃こぼれはなく、二十七日の夕刻に手代がとどけにきていた。

「それは小薙刀のようだが、やはり和泉屋さんたちにたのまれたのかな」

「いいえ、ちがいます。手前が年始のご挨拶にと思い、おなじ寸法のものをこしらえさせました」

「それはかたじけない」

七左衛門が笑顔をうかべた。

「鷹森さま、永代橋のことが読売になったのはごぞんじでしょうか」

真九郎は首肯した。

「出入りの者がもってきておった」

「あれいらい、おなじような小薙刀をとのご依頼がふえております。手前のとこだけではございません。持ち歩くにはてごろな長さ。四神とか申す賊のこともあり、物騒になってきたからではないかと思うております」

「さもあろうな」

七左衛門が、ふたたび挨拶をし、風呂敷でくるんだ鎌倉と大和の刀袋を手代にもたせて帰っていった。

客間の上座にすわったまま、真九郎は庭へ眼をやった。梅の蕾(つぼみ)がだいぶふくらんできている。

真九郎と雪江は、永代橋で白魚漁を見物しているときに浪人たちに喧嘩をふっかけられた。そして、つい先日は、大身旗本が他出の途中で浪人たちに襲われて斬り殺されている。

世間が知っているのはそこまでだ。

とよに小薙刀をもたせて雪江の供をさせているのは、やむをえずである。

武家の婦女が供に小薙刀をもたせて他出する。江戸の安全が脅かされているのを如実にしめすことになる。

きっかけをつくったのがおのれであるだけに、真九郎は北町奉行小田切土佐守の苦悩が思いやられ、申しわけない気分になった。

雪江が、盆をもったとよとともにはいってきた。

「さきほど、和泉屋さんが使いをよこしました。お目にかかりたいそうにござります」

雪江の眼が、小薙刀にながれた。

「年始の挨拶がわりとのことだ。くわしくはあとで話す。平助にお待ちしているとつたえさせてくれ」

「はい」

雪江が、小薙刀を客間の押入にしまった。

重厚な鎌倉は、備前よりもわずかに軽いだけだ。しかし、連日の胴太貫による稽古の成果か、はじめて鎌倉を手にしたときよりも軽く思えた。

庭さきをまわってやってきた宗右衛門が、下座についた。

「和泉屋さん、用向きを聞くまえに、礼を言わせてもらいたい」

宗右衛門が首をかしげた。

「手前には、心あたりがございませんが」

「いましがたまで美濃屋がいて、鎌倉の刀工によるみごとな一振りをおいていった。礼を申す」

「そのことにござりますか。美濃屋さんが、お差料の一振りは、このままですとあと二年ほどと申しておられました。おなじ刀鍛冶にたのんではどうかとおっしゃっておりましたので、お願いしました。どうぞご遠慮なさらずに、美濃屋さんに幾振りでもお申しつけくださりませ」

真九郎は苦笑した。

「こころざしはありがたいが、できうれば一振りの大小さえあればまにあうようになりたいものだ」

「これは、心ないことを申しあげてしまいました。お許しくださいませ。それにしましても、鷹森さまは欲がなさすぎます」

「雪江とふたり、江戸で平穏に暮らしてゆければよい。わたしの望みはそれだけだ。ところで、和泉屋さんの用向きが先日申していた礼のことなら、しばらくさきにしてもらえぬか」

「じつは、南新堀町の清水屋さんと長崎町の丸屋さんにもたのまれておりまする。手前も、梅の季節になりましたら、亀戸の梅屋敷か向島の百花園へでもお誘いしようかと考えておりました」

亀戸梅屋敷は古くからあり、水戸光圀が臥竜梅と名づけた名木によって知られていた。向島に百花園ができたのは、文化元年（一八〇四）である。

「すまぬが、四神騒動がすむまで待ってくれぬか」

「はい、清水屋さんと丸屋さんには、八丁堀の桜井さまになにやらたのまれているごようすなので、当分はご無理であろうと申しておきました」

「かたじけない」

「いいえ。梅のつぎは桜がございます。それはよろしいのですが、そのことでこまっております。鷹森さま、手前はこれほどこまったことはございません」

そうは言いながら、宗右衛門の顔はどこか嬉しげであった。

「なにごとかな」

「手前はいくたびとなく命を救っていただき、このたびは賊を防いでくださいました。浜町の三浦屋さんも、浪人三名に難癖をつけられたおりと、娘御のかどわかしがございました。そして、清水屋さんと丸屋さんです。丸屋さんは、破談にしたとお聞きしました。お気の毒にぞんじます。ですが、弟子入りできるとあてにしていた店からはどうしてくれるのだと言われ、手前も返答に窮しております」

宗右衛門が、今度こそ困惑した顔になった。

真九郎は、雪江の弟子をさらにふやすくふうをしたなと思ったが、黙っていた。

「それだけではございません。親しくおつきあいをいただいております酒問屋さんに、娘のいない家はどうすればいいのだと相談され、手前もこまりはててしまいました。かといって、そのかたをおひき合わせしますと、手前の身贔屓になってしまいます」

「わたしで役にたつことがあれば、遠慮なく相談にまいるようにつたえてもらえぬか。

和泉屋さんも承知しているように、三浦屋も亀吉が助けてやってくれと駆けこんできたのが縁で、娘のゆみが弟子入りすることになった。藤二郎にはわたしからも話しておこう」

「ありがとうございます。鷹森さま、丸屋さんもそうですが、三浦屋さんもかどわかしのおりは日ごろのご縁があればこそ、まっすぐお助けを願いにくることができました。鷹森さまとつながりがあると思えるだけで、みな心強いのでございます。どうすればよいか、手前ももうすこし考えます。奥さまによろしくおつたえ願えますでしょうか」

「そうしよう」

「安堵いたしました。これにて失礼させていただきます」

　庭でふたたび辞儀をして去っていく宗右衛門を、真九郎は客間にすわったままで見送った。

　搦(から)め手から攻めてきた。

　宗右衛門のことだ、弟子をふやす策をふくめてすでに考えてあるに相違ない。雪江に直接もちだして断られるのをおそれ、苦衷(くちゅう)を訴えた。

　ちかいうちに、雪江にも聞いてほしいことがあると、相談にくる。予想ではなく確信であった。

――桜の季節か。

真九郎は、口中でつぶやいた。

闇のやりようからして、四神の塒も町奉行所の手がとどかぬ四宿のそとにある。闇は、街道筋の賊をあつめて四神にした。もともとの配下ではない。役目がすめばどうするか。

おそらくは、消す。

無用な者をかかえつづけるは、おのれをあやうくするだけだ。味をしめ、勝手なふるまいにおよばぬともかぎらない。江戸を去らせれば、盗賊仲間に四神であったことを吹聴し、いずれは幕吏の手にかかる。それをさけるには皆殺しにするしかない。

四神には遣い手が二名ずつ配されている。賊たちのおさえと見張り。古着の担売りに諸国の噂をひろわせれば、遣い手を知るのは雑作もない。わからないのは、闇は賊の名ばかりでなく在所まで調べあげている。闇の一味に裏街道にくわしい者がいるにしろ、容易ではないはずだ。

雪江が思案げであったという十日に考えていたのが、そのことだった。

春の陽射しがだいぶ西に傾いたころ、も組の印半纏を着た鳶の若い者が富蔵の使いできた。十五日の朝にたずねたいとのことであった。

真九郎は承知した。

翌十三日も晴天だった。

年が明けていらい、なにかとあわただしい日々がつづいていた。春らしいぽかぽか陽気のなか、真九郎は居間でくつろいだ。

昼八ツ（二時）すぎに、丸屋のなつがきて、夕七ツ（四時）の鐘が鳴るまで雪江と奥の六畳間にいた。

迎えの手代がくると、雪江にともなわれたなつが居間にはいってきて膝をおった。

「旦那さま、お父さまから聞きしました。お骨折りいただき、ありがとうございます」

なつが、畳に三つ指をついて辞儀をした。

真九郎はほほえんだ。

「わたしたちが夫婦（めおと）になったのは、雪江が十九の六月だ。おなつはまだ一年半ちかくもある。おなつの夫になるべき者はほかにちゃんといて、そのために神仏がじゃまをしたのだと思うことだ」

「はい」

なつが、含羞（がんしゅう）のある笑みをこぼした。

雪江にうながされ、なつが廊下を去っていった。

十四日は、一転して肌寒い曇天であった。

上屋敷道場にむかうあいだも、吹きつける寒風が不安をあおった。

風は朝のうちにやんだ。

が、青空は鼠色の厚い雲に覆いつくされたままであった。

夕七ツ（四時）の鐘が鳴ってほどなく、裏のくぐり戸から霊巌島町の茂造がやってきた。報せにきた平助に客間に炭をいれるよう申しつけ、真九郎は廊下にでた。

庭をまわってきた茂造が、立ちどまって両手を膝にあて、辞儀をした。

「旦那、お邪魔ではございやせんでしたでしょうか」

「いや、かまわぬ」

平助が、炭をもってきて客間の障子をあけた。

真九郎は、客間まえの沓脱石をしめした。

「あがってくれ」

「おそれいりやす」

茂造が、障子をしめて下座についた。

「旦那、さっそくでございやすが、そこの脇道と裏通り、横道まで、お出入りが見えるところはすべてあたらせやした。ですが、あたらしく住まうようになった者や、みょうな奴が出入りしてるってとこはございやせんでした」

「以前、脇道ぞいの二階から見張られていたことがある」

「桜井の旦那からうかがいやした。いまは、急に金回りのよくなった者(もん)や、借金、女にひっかかってる者がいねえか、調べさせておりやす」

「雑作をかける」

「気にしねえでおくんなせえ。大親分のお嬢がかよっていなさるのは承知しておりやす。お伺いしやしたのは、大親分からかまわねえとお許しをいただきやしたんで、徳助についてお話しするためでございやす」

茂造が、いったん言葉を切った。

「旦那、徳助には身寄りがありやせん。もう、二十四年もめえになりやしょうか。そのころは、あっしも大親分のとこに住んでおりやした」

徳助は、火事で焼けだされた孤児(みなしご)だった。浅草寺(せんそうじ)の境内(けいだい)をうろついているのを先代の甚五郎が見つけ、事情を聞いてつれ帰った。

兄弟のいない甚五郎は、徳助をじつの弟のようにかわいがった。

柳橋の芸者だったみつと所帯をもつために浅草平右衛門町(へいえもんちょう)の川仙を買いとったとき、甚五郎は徳助を留守のあいだの用心棒がわりに住まわせることにしたのだった。

徳助は、退屈しのぎに船頭から艪(ろ)のあつかいを習いはじめたのだが、もともと素質があったとみえ、たちまち上達した。うまくなるから当人も夢中になる。いまでは、川仙でもっとも腕のいい船頭である。

「……世間さまは、お嬢が大親分のひとり娘だとは知りやせん。徳助は、あの図体でやすから、腕っ節もありやす。ですから、大親分も安心してお嬢をまかせているようなわけでございやす」

「よく話してくれた」

「いいえ。なにかわかりやしたら、申しあげにめえりやす。それでは、ごめんなすって」

茂造が、帰っていった。

真九郎は、廊下で見送った。

鼠色の雲が、低く重くたれこめていた。

暮六ツ（六時）の鐘が鳴りはじめたころから雨がぱらつきだし、ほどなく叩きつけるような土砂ぶりになった。

真九郎は、冷たい雨のなかを見まわっている桜井琢馬と藤二郎たちのことを思った。

夜五ツ半（九時）ごろ、平助に表の格子戸をのぞいて戸締りをさせた。雪江も、袴と笠と合羽を客間に用意させ、さきに休ませた。

雨は、夜四ツ（十時）まえに小降りになった。

客間の火鉢のそばに書見台をだして漢籍を読んでいた真九郎は、雨音の変化に顔をあげた。傘を叩く雨音がしたが、そのまま裏通りを横道のほうへ走っていった。

漢籍に眼をもどした。

暁九ツ（零時）の鐘がひそやかに鳴った。

なお小半刻（三十分）ちかく、真九郎は客間にいた。

第四章　闇の意図

一

雨は夜半にやんだ。

未明の大気は湿り気をおび、庭のあちこちに水たまりができていた。

稽古着姿の真九郎は、庭で胴太貫を構え、雑念をはらった。

直心影流の形のあと、霧月をふるう。自然体。矢継ぎ早の反転。右回り、左回り。切っ先が大気を斬り裂く。満月、半月、三日月、燕返し。残心からの斬撃。緩急と硬軟。

あらゆる想定のもと、動きをよりなめらかにすべく胴太貫をふるいつづける。

明六ツ（六時）の捨て鐘で、朝稽古を終えた。懐紙で刀身をていねいにぬぐって鞘にもどし、居間からでてきた雪江にわたす。

雪江が、両袖の袂で受けとる。

庭のすみにある釣瓶井戸の敷石にとよが用意した盥に、真九郎はぬいだ稽古着をいれて下帯一本になり、左右の肩から交互に水を浴びた。

火照った肌に、冷たい井戸水が心地よい。

下帯をしぼり、手拭で全身をふく。

雪江が、着替えをもって湯殿（風呂）についてきた。

昨夜の雨が雲をすっかり洗い流し、空が急速に青くそまりつつあった。

雪江がもってきた手盥をもち、真九郎は下駄をはいて井戸に行った。

朝陽が昇りはじめた。居間の障子も寝所の襖も、あけはなってある。朝の陽射しが、居間の畳を照らしていた。

朝餉をすませ、やがて、朝五ツ（八時）が鳴った。

真九郎は、雪江に顔をむけた。

「四神はあらわれなかったようだな」

「ようござりました」

真九郎はうなずいた。

雪江が、だしてあった袴を寝所の箪笥にしまった。

居間が日陰となった朝四ツ（十時）ごろ、裏通りを横道のほうから大勢がちかづいてくる気配がした。

真九郎は、眉をひそめた。

「どうかなさいましたか」

雪江が小首をかしげた。

「何者か知らぬが、多勢でやってくる」

真九郎は、立ちあがると、寝所の刀掛けに小脇差をおいて脇差を腰にさした。そして、新鎌倉（かまくら）を左手でもち、廊下にでた。

よほどに大勢だ。ざわめきまでつたわってきた。

足音がやんだ。

表の格子戸があく。

「ごめんくださいやし。も組の富蔵（とみぞう）でございやす」

「雪江、刀掛けにもどしてくれ」

「はい」

廊下にでてきた雪江が、両袖で新鎌倉をうけとった。

厨（くりや）の板戸をあけた平助（へいすけ）に、真九郎はうなずいた。

土間に富蔵がいた。

両襟にも組とそめ抜かれた羽織に、着物を尻っぱしょりにした紺股引姿だ。裏通りに、揃いの印半纏をきたも組の鳶が居並んでいる。

「旦那、も組百八名の総揃えをご覧いただきたく、組の者をひきつれてめえりやした。霊岸島はあっしらの持ち場じゃございやせんので、千組の頭にはきちんと挨拶をとおしておりやす」

「妻や和泉屋にも見せてやりたい。しばし待ってもらえるか」

「お待ちしておりやす」

鳶の出初は正月の二日だ。そろいの印半纏姿で半鐘の音を合図に持ち場の町家をまわる。しかし、練り歩くだけであって、立ちどまって居並ぶことはない。

廊下で平助ととよを呼び、居間の雪江を見た。

「も組の者が勢揃いでまいっておる。見てもらいたいそうだ」

雪江が、薄茶色の瞳をかがやかせた。

厨からでてきたふたりが、廊下に膝をおった。

「平助、町火消のも組が勢揃いしておる。和泉屋さんに、ご内儀や子らといそぎ脇道からきてもらいたいと告げてきてくれ。そのほうも、くぐり戸からまわって見物するがよい」

「ありがとうございます」

平助が腰をあげ、足早に厨へ消えた。

「あなた」

雪江が、すまし顔で見つめる。

「わたくし、どこかおかしなところはござりませぬか」

真九郎は、丸髷から足袋まで眼をやった。

「いや、いつもの雪江とかわらぬ。まいろうか」

雪江が、笑顔をうかべ、とよに声をかけた。

真九郎が土間から表にでると、背後の雪江がささやいた。

「わたくしたちは、ここで見させていただきます」

真九郎は、首をめぐらせてほほえんだ。

和泉屋裏通りは、幅が三間（約五・四メートル）で、長さが二十間（約三六メートル）ある。そこに、そろいの印半纏に紺木綿の股引姿の町火消が、横二列にならんでいる。正面に顔をむけて唇をひきむすび、肩幅に両足をひろげて微動だにしない。

竹製の長梯子が七本のほか、長鳶口が林立している。脇道ちかくの左端前列では、箕吉が纏をにぎっていた。

威勢のいい若い男たちがそろいの恰好で居並ぶ姿は勇壮であった。

背後の小店のまえも、和泉屋の塀ぎわにも、ぞくぞくと町家の者たちがあつまりつつある。

一間（約一・八メートル）幅の脇道から、宗右衛門が姿をあらわした。一歩うしろをついてきた内儀のみねが、辞儀をして土間にはいった。

十五歳の吉五郎と十　歳のちよのあとから、一番番頭の芳蔵を先頭に二番番頭の佐助と手代たちがつづいた。

そばにきた宗右衛門が小声で言った。

「鷹森さま、ご祝儀に薦被り（四斗樽、約七二リットル、約七二キログラム）を二樽用意させております」

「かたじけない」

真九郎は、宗右衛門にうなずいてから正面の富蔵に顔をむけた。

「頭、待たせたな」

「旦那、およこに失礼させていただいてよろしいでやしょうか」

「かまわぬ」

「ごめんなすって」

富蔵が右よこにきた。

「野郎ども、はじめるぜ」

「おーっ」

裏通りに百七名の声がとどろいた。

纏をもった箕吉が正面にやってきた。二十名ほどがおおきな半弧を描いて箕吉をかこむ。残りの者は、長梯子や長鳶口を寝かせて片膝をつく。

あたりが静かになる。

右端の鳶が木遣(きやり)を唄いはじめた。

澄んだ美声だ。

箕吉が纏をふるう。左右対称に丸く穴のあいた分銅型におおきく〝も〟と書かれた纏がつきあげられ、馬簾(ばれん)が、右へ左へとひるがえる。

真九郎は、聞き惚れ、見とれた。

箕吉が纏をおろし、木遣が終わった。

息をころして見つめていた町家の者たちから感嘆のどよめきがわきおこった。

纏をもった箕吉が富蔵の右よこにならぶ。

「つぎッ」

富蔵が命じた。

たちまち、等間隔をおいて竹梯子が七本立てられた。左右から幾本もの鳶口と長鳶口がかけられる。

それぞれの梯子のむこうに鳶が立った。

中央の鳶が声をかけ、七人が猿のごとく駆けのぼっていく。竹梯子は、おおよそ二丈（約六メートル）もある。

雪江たちが土間からでてきた。

まんなかの鳶が左右に眼をやった。

「いよッ」

七人の鳶が、いっせいに片手片足を梯子から離して大の字を描く。

中央の鳶の声を合図に、逆立ち、ぶら下がり、まよこ、両手離しと、技がくりだされるたびに見物している町家の者たちが歓声をあげた。

青空を背景にした妙技に、吉五郎やちよばかりでなく、とよや雪江までもがうっとりと見あげていた。

七人の鳶がするするとおりてきて、ほとんど同時に梯子を離れた。

百六名の鳶がいっせいに動き、梯子持を左端にして横三列になった。

富蔵と箕吉が、鳶たちのまえにならび立った。

「旦那、新年のご挨拶をさせていただきやす」

富蔵が、いったん左右を見た。

「新年、あけまして」

「おめでとうごぜえやす」

百八名が声をそろえた。

真九郎は、宗右衛門にうなずいてから一歩すすんだ。

「頭、よきものを見せてもらった。心ばかりの品を用意した。みなで飲んでもらいたい」

脇道から薦被りを二樽積んだ大八車がでてきた。

「こいつぁ、豪勢だ。旦那、和泉屋の旦那、遠慮なくちょうだいいたしやす。……野郎ども、行くぜ」

富蔵のあとに箕吉がしたがい、梯子持がつづく。町家の者たちもひきあげはじめた。

真九郎は、宗右衛門に顔をむけた。が、口をひらくまえに宗右衛門が言った。

「おっしゃりたいことはわかりますが、それはお許し願います。頭は手前にもご挨拶をしておいででした。商人の意地にかけて、お譲りするわけにはまいりません」

宗右衛門が、わずかに眉をひそめた。

「それよりも、鷹森さま、寺社でならともかく、手前はこのようなことなど聞いた憶えがございません。しかも、千組ではなく、なにゆえも組が……。ほかにも相談したきことがございます。お昼をおすませになったじぶんにお邪魔してもよろしいでしょうか」

真九郎は笑みをうかべた。

「かまわぬ」

「では、のちほど」

内儀と子ども、番頭や手代たちが待っている。

宗右衛門は、一礼すると、脇道にむかった。

真九郎は、内心で吐息をついた。

年が明けて弟子筋の酒問屋がとどけた鷹被りが五樽、昨年の残りも一樽ある。金子はうけとるはずもなく、樽のことを言ったところで無駄なのはわかっている。

居間にもどった真九郎は、文机にむかって書状をしたためた。

墨の乾いた書状をおりたたむ。包んで封をし、宛名を書いた。

書状を文机におき、腕を組んでおのれに問いかけた。

――これをわたせば、まちがいなくまきこむことになる。おのれの早計であったかもしれぬのだ。ほんとうによいのか。

事実から推量まで残らず語り、じゅうぶんに用心するようつたえる。ふいをつかれぬためには、そうするしかない。たとえ推測の一部であっても正鵠を得ているなら、とりかえしのつかぬことになる。やはり黙しているわけにはいかない。

真九郎は、平助を呼び、昼をすませたらとどけるようにと言った。

朔日と十五日は道場が休みであり、昼九ツ（正午）すぎに中食をとる。

食膳をかたづけた雪江とふたりで茶を喫していると、庭をまわって宗右衛門がやってきた。

真九郎は客間にうつった。

膝をおるのもそこそこに、宗右衛門が身をのりだすようにした。

「鷹森さま、さっそくではございますが、よろしければ組とのかかわりをお聞かせ願えますでしょうか」

真九郎は、丸屋での一件から富蔵と箕吉がたずねてきたまでを述べた。甚五郎ではなく、藤二郎が骨をおったことにした。宗右衛門は、柳橋の船宿川仙の仁兵衛として知っているだけであり、甚五郎とは会ったこともない。

「さようにございましたか。手前は、丸屋さんから証文のことしか聞いておりませんでした」

「その丸屋さんに、ついでのおりにでもつたえてもらえぬか。近江屋と先方とは内儀どうしが従姉妹とのことだ」

宗右衛門が、おおきくうなずいた。

「あの話は、近江屋さんがもってきたものだそうにございます。なんでも子だくさんで娘もふたりいるとのことですが、次男は暖簾分けをすませており、当人は年齢が二十一で、末っ子の三男と聞きました」

「末っ子か。近江屋は、女癖が悪いのを知っておったに相違あるまい」

「手前もそのように思います。それにいたしましても、さすがに鷹森さま。手前では、あの証文の件は思いつきもしません」

「謙遜するでない」

「いいえ。商人は、身代を賭しての約定などという考えかたはけっしていたしませぬ。お武家さまであればこそにございます」

「そのようなものか」

宗右衛門が顔をほころばせる。

「はい」

そして、心もちかたちをあらためた。

きたなと、真九郎は思った。

「鷹森さま、ようやく思案がととのいました。奥さまにお聞き願いたくぞんじます」

真九郎はうなずき、廊下にでて雪江を呼んだ。

客間にはいってきた雪江が、躰ひとつぶんほどあけた右どなりにすわった。

宗右衛門が、真九郎に話したときよりもはるかにせつせつと雪江に窮状を訴えた。雪江は困惑の面持ちで聞いていた。宗右衛門が弟子をふやす算段をしているようだと告げたとき、これ以上は無理にござりますと言っていた。

寒いあいだは六畳間の対角二箇所に火鉢をおくので、弟子の文机は八脚しかならべられない。

雪江は、二十四人いる弟子を、八人ずつの三組にわけている。

朝五ツ（八時）から一刻（二時間）が読み書きで、昼九ツ（正午）までの一刻が四人ずつ交互に琴である。しかし、真九郎が帰宅する九ツ半ごろまでのこって稽古をつづけている。

さらに年長組には、九月までは七日ごとに書のかわりに生花を教授。十月から三月までは茶の作法。

宗右衛門がはたしていかような策を考えたのか、真九郎は興味ぶかく見まもった。

「奥さま、このようにしてはいただけませんでしょうか」

この春から、十四歳以上はふたりふえて十三人になった。晩春三月からの生花は、あきを待っている娘のうちから三人をくわえて十六人にする。晩秋九月で生花が終わったら、ひきつづき七日ごとは茶を教える。

「……それと、いまも申しあげましたように、娘のおられない商家でもなんとかおちかづきをと願っております。そこのご内儀がたに、十日と晦日の八ツ（二時）から七ツ（四時）までの一刻、九月までは生花を、十月から二月まではお茶をお教え願うわけにはまいりませんでしょうか。人数は八名までとし、期間は三月からとりあえず翌年の二月までとします。新たに望まれるかたがきましたら、古いかたたからかわっていただきます。それは、手前が責任をもって最初のうちにちゃんと申しあげておきます。いかがでござりましょう」

うまく思案したなと、真九郎は感心した。桜井琢馬によれば、和泉屋を霊岸島一の大店にしたのは宗右衛門の才覚だという。いまさらながらに、さもあろうと思う。

雪江は、弟子たちからの謝礼がふえるのをいやがっているだけだ。生花は礼金をうけとっていない。茶も火鉢をおくようになって思いついた。

母の静女（しずじょ）から学んだものをつたえたい。雪江は、教えることについては熱心であった。しかも、口調はつねにおだやかであり、叱ることがないので弟子たちに慕われている。

雪江が顔をむけた。

真九郎はちいさくうなずいた。

雪江が、宗右衛門に顔をもどす。

「わかりました。お引受いたします」

「ありがとうございます」

「ですが、お茶も、いただきかただけでなく点（た）てかたまできちんと教えるとなると、いろいろとそろえなくてはなりませぬ」

「はい。それはおいおいご相談させていただきます。鷹森さま、奥さま、お礼を申しあげます。手前も、これで肩の荷がおりました。お許しをいただいたと、さっそくにも報（しら）せてやらねばなりません。失礼させていただきます」

宗右衛門が、膝に両手をおいて低頭した。

草履（ぞうり）をはいてふたたび辞儀をした宗右衛門が去っていくのを見送り、真九郎は雪江を見た。

「甚五郎の娘のはるは、十日と晦日にきておるのではないのか」

「師走の十日で終わりにしました。毎日、お琴と読み書きのおさらいをやっているそうにございます。まじめで、利発な子です」

「それでは、さしさわりはないわけだな」

「はい」

雪江が、遠くを見る眼になった。

「どうかしたのか」

雪江が首をふった。

「母のことを想いだしました」

「そうか」

「江戸から国もとへまいるおり、寂しくはありませぬかと訊いたことがございます。いま思うと、わたくしが心ぼそかったのです。母は、さとすように、夫にしたがい家内を護るが妻のつとめですよと申しておりました。亡くなるまえに、わたくしと小夜を呼び、父と夫婦になれて幸せだったとも」

「すまぬな。墓参りにつれていってもやれぬ」

「小夜がおります。それに、わたくしがお墓参りがしたいなどと申しましたら、母に叱られます。父は、わたくしのわがままをかなえてくださりました」

真九郎は、雪江の眼差をおって庭に顔をむけた。

春のやわからな陽射しをあびて、梅の蕾がだいぶふくらんできている。南がわの蕾は、一両日ちゅうにも白い花びらをひらきはじめそうであった。

二

翌日の夕刻、亀吉が迎えにきた。

桜井琢馬と藤二郎はいつもの座にいて、もうひとり、若い同心がやや上座よりで居間を背にしていた。目鼻立ちのすっきりとした端正な面差しが緊張にこわばっている。

真九郎が路地がわにすわると同時に、きくが女中三人と食膳をはこんできた。

藤二郎に酌をしたきくが障子をしめた。

琢馬が笑顔をむけた。

「こいつが、こねえだ話した見習だ。年齢は、二十二になったんだよな、半次郎」

「さようにございます」

半次郎が、琢馬から眼を転じた。

「成尾半次郎と申しまする。ご指導のほど、お願いいたしまする」

半次郎がかるく低頭した。

真九郎は陪臣でさえない浪々の身にすぎない。いずまいをただすまえに、琢馬がわってはいった。

「おい、半次郎。おめえが頭さげちゃあ、この旦那がこまるじゃねえか」

琢馬が、ほほえんだ。

「勘弁してくんな。いまはしゃちこばってるが、ふだんはこうじゃねえんだ。というのもな、見習のなかじゃあ、半次郎がもっとも腕がたつんで今度のお役についたんだが、おめえさんとおんなし直心影流ってわけよ」

「ほう」

真九郎は、琢馬から半次郎に顔をむけた。

「どちらの道場でしょうか」

「築地の南小田原町にあります坂崎道場にかよっておりました」

西本願寺ちかくに直心影流の道場があるのを聞いてはいるが、行ったことはない。道場主の坂崎は、十一代目の赤石軍司兵衛孚祐の門人である。

琢馬が言った。

「おめえさん、目録をいただいたそうじゃねえか。しかも、二十代で目録をもってんのは、おめえさんひとりだって半次郎から聞いた。てえしたもんだぜ」

真九郎はほほえんだ。

「いまだ修行ちゅうの身です」

琢馬が笑みをこぼした。

「おめえさんらしいや。で、この半次郎は、いよいよおめえさんに会えるってんで、さっきから生娘みてえにそわそわしてたってわけよ」

「桜井さま……申しわけございません、まちがえました。桜井さん、そうではありません。鷹森どのは、宗家の師範代です。さきほどから、どのようにお呼びすればよいのか思案していたのです」

半次郎が、上体をむけた。

「失礼ながら、鷹森さんとお呼びしてもよろしいでしょうか」

「むろんです。わたしも、成尾さんと呼ばせていただきます」

半次郎の表情がやわらいだ。

「じつは、昨日、ひさしぶりに道場へ先生をたずねました。赤石道場にいたころの竹田先生についても伺いました。団野先生が、鷹森さんの剣は竹田先生に勝るとも劣らぬ疾さだとおっしゃっておられたそうです」

　真九郎は、わずかに首をふった。

「師にはとうていおよびません」

「先生に、よきおりゆえ鷹森さんからいろいろと学ぶように申しつかりました。よろしくお願いいたします」

　杯を食膳においた琢馬が、呆れ顔で半次郎を見た。

「半次郎、おめえはおいらの助太刀であって、この旦那に剣術の入門をするわけじゃあねえんだぞ」

「こころえております」

　琢馬がどうだかというふうに首をふり、半次郎から顔をもどした。

「も組が、おめえさん家のめえで、はでなことをやったらしいな。評判だぜ。おいらたちは、空が白みはじめるまで見まわりをしてたんでな、朝のうちは寝てた。つぎは二十七日の夜だ。どう思う」

「あらたに名のりでたお旗本のかたがたが気になります」

「おめえさんも、やはりそうかい。となると、月次の前夜とはかぎらねえな」

「どうでしょうか」

「考えてることがあるんなら、聞かせてくんな」

「お先手組のかたがたは、二十七日の夜をもっとも警戒し、緊張の極にたっするはずです」

琢馬が、畳に眼をおとす。

「そういうことか。ちかくでちょっとした騒ぎをおこせば、殺気ばしってるだけにとびだしてくるってわけかい」

「他の日であれば、まずは四神かどうかをたしかめようとするでしょう」

「二十七日なら、四神にまちげえねえと思う。なるほどな、おいらだって、たぶんそうかもしれねえ」

「かの者どもの狙いは、今度こそお旗本の口をふさぐことにあるように思います」

「おめえさんもそう考えてるって、お奉行にあらためて申しあげてはみる。せめて屋敷さえ教えてもらえれば、ほかは南にたのみ、周辺を北でかためることもできるんだが、夜回りをはずされたんでかなりつむじをまげてるそうだからな。御用聞きを走らせりゃあ、どこのお屋敷かはすぐにわかる。が、お奉行のお立場を悪くするだけだから、それもできねえ」

「お察しいたします」

「なあに。人事を尽くして天命を待つってな、あとはお奉行しでえよ。それよか、聞いてくれ」

持ち場を襲った四神の荷運びは、最初と二度めがべつの一味であることはまちがいない。しかし、判明したのは、いずれも屋根船の座敷に荷がはこばれて侍がのり、大川方面へむかったことだけだ。

河岸（かし）や桟橋にいた者は、荷がひどく重そうであったのは憶えている。が、朝の忙しいところにわりこんできた武家は迷惑なだけであり、かかわりあいになるのをさけ、誰もろくに見ていなかった。

二度めのときはちがう河岸だが、まわりにいた者は、眼のまえで横柄（おうへい）に小者と人足に指図している武士ふたりが四神一味だとは考えもしなかった。

人足たちがひいたからの大八車は、人混みに消えた。からの大八車と人足。ありふれすぎている。当然、荷をはこんでの帰りか、取りに行くところであり、注意をはらう者などいない。

むろん、舟の行方を追わせた。しかし、朝の大川は、幾多の舟がゆきかっている。そこにまぎれてしまえば、見分けるのは困難である。それでも、渡し舟の船頭をはじめとして船宿をあたらせたのだが、やはり徒労であった。

闇が周到な策を練ったうえで実行したのは瞭然としている。

期待したのは、僥倖であった。一味の人相と風体、積荷、大八車、屋根船と猪牙舟、船頭。なにか眼につくものはなかったか。襲撃された座頭の家から河岸までの町家を、一軒一軒徹底してあたらせた。

しかし、月次登城日であり、相手は大名家の御用荷である。へたに見つめたりして難癖をつけられるのを恐れ、誰ひとりとしてろくすっぽ見ていなかった。

琢馬は、佐賀町の阿波屋に的をしぼった。座頭襲撃のように何年もまえから準備していたとは思えないからだ。それに、阿波屋が闇のしわざなら、たのんだ者がいる。

しかし、親戚筋から商売相手、周辺とさぐらせたが、阿波屋の身代を狙ったらしい気配も、恨んでいる者もうかんでこない。阿波屋も、姉の次男である甥が継ぐことで親戚筋はすんなりとまとまった。

「……でな、阿波屋を殺ったんが闇なのか、おいら、迷いはじめてるとこよ。そうじゃねえんなら後回しにしなけりゃなんねえ」

真九郎は、杯に残っていた諸白を飲みほし、あらたに注いだ。

「考えていたことがあります」

「聞かしちゃもらえねえか」

「四神騒ぎいらい、闇だと思われる賊に襲われたのは、阿波屋と和泉屋だけです」

　真九郎は、琢馬を見た。

「そのとおりだ」

「闇が、阿波屋のほかにも殺しをたのまれているとします。阿波屋を狙ったは、深川佐賀町だったから……」

「ああ。おいらをてんてこ舞いさせるのが狙いだ」

「桜井さんを四神からひき離すだけでなく、わたしの住まいを見張ってる者の探索を遅らせることがかないます。闇の真の狙いは、それではないかという気がします」

「もうすこし話してくんねえか」

　真九郎は、うなずいた。

「須藤三郎太と立木又左衛門の両名は、とりあえず除外します。それでも、永代橋で五人、新大橋で三人、中洲で五人でした。中洲のようなさえぎるもののないところで、遣い手がまじった十三人で一度にかかられたら、勝つ見込みはありません。なにゆえ小出しにするのか、腑におちぬと思っておりました」

「奴ら、おめえさんの腕はじゅうぶんに知ってる。それについちゃ、おいらもみょうだとは思ってる」

「闇がかかえていた刺客のすべてを、わたしが潰したのだとします。お高祖頭巾をふくめて強敵でしたが、やはりなんといっても居合抜きがいちばんの遣い手でした」

「なんてこった」

琢馬が、まじまじと見つめてから呆れたように首をふり、そのまま黙りこんでしまった。

ややあって、藤二郎がわずかに身をのりだすようにした。

「桜井の旦那、どういうことでございやしょう」

琢馬が、半次郎に眼をやった。

「わかるかい」

半次郎が首をかしげた。

「たぶん、こういうことではないかと。鷹森さんを始末したあと、ご妻女を襲わせ、和泉屋も四神とは別口の賊に押込み強盗にみせかけて殺させるつもりでいた。町奉行所の探索は、ご妻女と和泉屋とを殺害した賊にむけられます。幾人かずつで襲われつづけておれば、いかなる遣い手であっても不覚をとることはありうるでしょうから、鷹森さんが斃されたというだけでじゅうぶんに衝撃であり、相手については注視しないかもしれません。つまり、闇の意図は、鷹森さんの始末もさりながら、まえより腕のたつ刺客一味をつくることにある。ご妻女と和泉屋とで、それを覆い隠すことができるはずであった」

「そういうことよ」

琢馬が、半次郎から顔をもどした。

「奴ら、あらたな刺客一味の頭をおめえさんに見つけさせようとしてるってわけだ。あとは、そいつに一味となる者の腕をみてもらえばいいってことだな」

真九郎は首肯した。

「小出しにする理由は、それしか思いつきません」

「たしか、居合遣いは、やむなき仕儀で刺客なんぞに身をおとしたって言ってたんだよな」

「ええ」

「するってえと、立木又左衛門もその口だな」

「おそらくは」

「おめえさんを斬ろうとしながら、同時にその腕前を利用もしてるってわけかい。いってえ、どこまで悪知恵がまわりやがるんだ」

藤二郎が、心配げな表情をうかべている。

琢馬が訊いた。

「気になることがあるようだな」

「へい。闇が、今度こそ大勢で鷹森さまを襲うんじゃねえのかと思いやして」

「いま、ここで話していることがわかればそうするかもしれねえ。……おめえさん、どう思う」

「証文を配っていることからして、早急に刺客をそろえねばならぬはずです。わたしには、これまでどおり小出しにしてくるかと思います。むしろ、気になるのは」

「わかってる。おいらはたかだか定町廻り、おめえさんはたかだか剣術遣いだ。お奉行にはじゅうぶんに用心するようお願えしてある」

「安堵しました」

「藤二郎、そういうことよ。わかったかい」

「へい」

「肝腎なのは、おいらたちがこういう話をしてるってことを奴らに悟らせねえこった。おめえたちも心してくんな」

琢馬が、半次郎から藤二郎へ視線をながした。

ふたりが力強くうなずいた。

「さて、行くとするか」

琢馬を先頭に、路地から菊次まえの裏通りにでた。

半次郎は、身の丈が五尺五寸（約一六五センチメートル）あまり。修行で鍛えた体軀はひきしまっており、足はこびも颯爽としていた。

陽はだいぶかたむき、西空を茜色にそめつつある。

通りかかった商人が、愛想笑いをうかべて琢馬に会釈した。

横道で、琢馬が斜めうしろにいる半次郎に言った。

「おいらは、この旦那と話がある。今日はもういいぜ」

「では、また明朝。失礼いたします」

一礼して去っていく半次郎を見送り、真九郎は琢馬のよこにならんだ。

「歩きながら聞いてくれ。……おめえさん、おいらが口にするまで、闇の名をださなかったな」

「ええ」

「てえげえのことは半次郎にも話してある。だが、闇の符丁については、当座は黙っとくようにとのお奉行のお言いつけだ。おめえさんも、そのつもりでいてくれるかい」

「わかりました」

「あいつのことをすこし話しておきてえ」

半次郎には、兄と妹がいた。八年まえ、その兄と妹を疱瘡（天然痘）で失った。症状が重いと助かっても顔に痘痕が残るが、半次郎はさいわいにも軽かった。

江戸時代、人々はなによりも疫病を恐れた。疱瘡のほかに、麻疹（はしか）と水疱瘡（水痘）が、その代表である。

流行病は、神仏にたよるか、疫病退治の錦絵を飾るかしか方法がなかった。疱瘡避けの神として描かれたのが、弓矢を持った源為朝である。八丈島に疱瘡がはやらなかったのは、配流された為朝のおかげだと信じられていた。ほかにも、桃太郎や朱で描いた鍾馗などが人気があった。ことに朱は疱瘡避けの色だとされていた。

地震や火事は、うまく逃げられれば助かる。が、子が流行病に罹ると、親はただ祈るしかなかった。庶民だけではない、御殿医のいる江戸城中でさえ加持祈禱にたよった。

「……ふつうは、元服すれば見習にでる。が、半次郎は剣術の修行がしてえと十九の春まで道場にかよってた。とやかく言うのもいたが、おいらは、てめえを病に負けぬよう鍛えたかったのじゃねえかと思ってる。お奉行からご相談があったんで、半次郎のことを話したのよ。闇にゃあ、遣い手が多いからな。あいつは、一昨日まで堅物でとおってる与力のもとにいた。腕がたつばかりでなく、学もある。ほっといても、いずれは定町廻りよ。見ててわかったろうが、あいつは会うめえからおめえさんに心酔してる。めんどうをみてやってもらえねえか」

顔をむけた琢馬に、真九郎はうなずいた。

和泉屋の横道で、琢馬と別れた。

翌十七日は下屋敷道場である。

昼九ツ（正午）で稽古を終えたあと、真九郎は井戸端で汗をぬぐってからきがえ、下屋敷をあとにした。

立花家下屋敷は、浅草はずれの坂本村にある。新吉原からは南西に三町（約三二七メートル）余の距離だ。迎えの猪牙舟が待つ山谷堀の新鳥越橋は、ほぼ真東に位置する。

雑木林を右に迂回している小径を行くと、両側に田畑がひろがる。立花家下屋敷から東へ三町半（約三八二メートル）ほど離れたところに、出羽の国本荘藩二万二十一石六郷家の下屋敷がある。

下屋敷まえの道は、延命院の裏門で丁字路になっている。境内をつっきって浅草寺の寺院がならぶ通りにでて左へ行く。そして、町家の通りを右にまがり、遍照院から西方寺へとぬける。西方寺まえは新吉原にいたる日本堤の起点であり、ちかくには船宿や水茶屋などがある。

立花家下屋敷から山谷堀までの近道であり、往復ともその道筋でかよっている。

真九郎は、振売りや町家の者がゆきかう通りから門前町の奥にある遍照院にはいっていった。昼過ぎで、境内には人の姿がない。

まっすぐに西方寺へむかいかけた歩調をゆるめ、立ちどまる。

前方にそびえる杉の巨木陰から侍がでてきた。

身の丈五尺六寸（約一六八センチメートル）あまりのがっしりとした体格だ。肩が盛りあがり、胸板も厚い。年齢は三十代後半。

浪人が、するどい眼光で睨みすえ、黙って踵を返した。

真九郎は、胸腔いっぱいに息を吸い、鼻孔から静かにはきだした。

挑まれて背をむけるわけにはいかない。剣に生きる者の運命である。歩んできた跡には、屍が累々とよこたわっている。怯懦な生きかたができぬからには、武運がつきるか、闇を斃すまで阿修羅道をゆくしかない。

重い諦念が、南の空からふりそそぐ昼の陽射しさえ暗くした。

刀を帯びるは、死を覚悟することである。つねに死を供にして生きる。であるがゆえにこそ、武士は三民のうえに立つことができる。

西方寺への裏門まえをとおりすぎる。

老木や若い立木のあいだをぬって行くと、六間（約一〇・八メートル）四方ほどの空地があった。

空地のすみで、浪人がふり返った。

「おぬしが、直心影流宗家、団野道場の師範代であるのは知っておる。諏訪大膳、馬庭念流だ。したくしろ」

「承知」

真九郎は、懐から紐をだした。

念流を創始したのは、念阿弥慈恩、俗名相馬四郎義元である。生没は不明で、南北朝時代（一三三六～九二）のころの人だ。父の仇討ちのために早くから剣をこころざし、十歳に京の鞍馬山で、十六歳に鎌倉の寺で、それぞれ妙術や秘伝を受け、筑紫の安楽寺で修行し、奥義を自得して念流と名づけたのが十八歳のときだという。

しかし、流祖伝のつねとして曖昧な点もあり、慈音の名もつたわるが、前後百年ほどのへだたりがある。各流派が、権威づけに伝説と化したはるかいにしえの剣豪に流祖をもとめたための混乱だと思われる。

馬庭念流は、樋口又七郎定次にはじまる。徳川家康が、江戸に幕府を開く以前のことだ。

ちかくの村に滞在していた念流宗家七世の友松清三氏宗に念流を学んだ又七郎は、上州高崎城下から南へ二里（約八キロメートル）ほど離れた多胡郡馬庭村の屋敷にあった道場で教えはじめた。念流八世となった又七郎の剣は、いつしか馬庭念流と呼ばれるようになり、それが流派名となって、同地で連綿とひき継がれている。

襷掛けをした真九郎は、股立をとって草履をぬいだ。

大膳も同様のしたくをしていた。

たがいに抜刀。

防御に主眼をおいた馬庭念流の剣は、構えからして泥臭い。半身となり、多くの流派とは逆に腰をひきぎみにしてうしろ足に重心をかける。ひっきょう、顎がまえにでることになり、流麗さからはおよそ縁遠い構えである。

浮かしぎみの前足で大地を踏みしめ蟇のごとくすすむ。敵が迫れば、極端な半身で前後にひらいた八文字足になる。ひくときは一文字だ。

馬庭念流の名が世に知られるようになったのは、関ヶ原の役があった慶長五年（一六〇〇）である。

晩春三月十五日、樋口又七郎は、天流と号していた天道流の村上権左衛門と、高崎城下を流れる烏川の河原で為合うことになった。村上天流にくり返し誹謗され、激高した門人たちをおさえるためにやむをえずであった。

仕合にさきだち、又七郎は山名八幡に参籠した。そして、神託をえて枇杷で木刀をつくる。

当日、竹矢来ごしに大勢が見物するなかで、又七郎は村上天流の脳天を受けた木刀ごと十文字に打ち砕いた。

この仕合で、剣名が近隣にとどろきわたる。

馬庭念流では、上段からの斬撃を〝切り割る〟と言う。まさに、〝斬る〟のではなく〝割る〟一撃なのだ。

さらに、〝続飯付け〟の技がある。続飯とは、飯粒を練ってつくった糊のことだ。鍔迫合いではなく、相手の刀に、糊でくっつけたかのごとく刀を貼りあわせてしまう。押せば引き、引けば押し、相手の刀捌きに合わせながら、それでいて、茶筒の蓋がすっぽりと嵌まったかのように動きを封じて優位にたつ。

この〝続飯付け〟と、躰から刀が生えたかのごとき〝体中剣〟、そして〝切り割り〟が馬庭念流である。

大膳が、のっそりのっそりと迫ってくる。

真九郎は、新鎌倉を得意の八相にとり、摺り足でよっていった。

二間半（約四・五メートル）にならんとするところで、たがいに動きをとめる。

大膳は、馬庭念流で〝無構〟と呼ぶ右下段から左足をおおきくひいた右半身になった。足は八の字。左腕をややくの字にして、右腕を突きだして刀身を寝かせる。それが、独特の上段の構えだ。

そのまま睨みあい、呼吸をはかる。

春の風に、樹木の葉がそよいだ。

たがいの流派の気合を発する。

「ヤエーッ」

「トオース」

真九郎はとびこんだ。

馬庭念流は後手必勝をむねとしている。七分を敵に打ちださせて、三分に勝機をもとめる。敵の太刀筋をはずし、切り割るのである。

直心影流の八相は、他流派よりも拳の位置が高い。新鎌倉が、大気を裂き、唸りを生じさせて弧を描く。

大膳がひいた刀を立てる。柄をにぎる右拳を狙った新鎌倉が、鍔ちかくを撃つ。

――キーン。

雷神の斬撃にもかかわらず、うしろ足に体重をのせた大膳の躰は大地に根を生やしたかのごとく微動だにしない。

大膳の切っ先が頭上に奔る。

切り割りだ。

避けるまはない。真九郎は、うしろにあった右足を半歩踏みこみ、左拳を突きあげ、右手の掌で柄をささえる。

右手に重い衝撃。左拳から柄頭を奪わんばかりのしたたかな一撃だ。

鎬を刀身が滑りおちていく。

刀身が抜けると同時に、真九郎は右足をひき、新鎌倉に疾風の円弧を描かせ、逆胴にいった。

大膳が、左足を踏みこみ、切っ先を大地にむけて受けた。

そのまま刀身を返す。

刀を合わさんとしている。

真九郎は、後方にとびすさり、青眼にとりながらさらに二歩さがった。

大膳が、切っ先を反転させて天にむけ、柄を顔の右斜めまえにもってきた。

「さすがに遣う。生きていたかいがあったわ」

無表情なままだ。

真九郎は、下段にとり、右に刀身を返した。

大膳は、足幅だけ右足をひいた左半身にとっている。

真九郎は、摺り足で間合をつめていった。ゆっくりと息を吸って、しずかにはき、臍下丹田に気をためる。

二間（約三・六メートル）を割る。

「ヤエーッ」

左足をおおきく踏みこみ、下段からの逆袈裟にいかんとする。

「ドオース」

刀身が叩きつける勢いでおちてくる。

踏みこんだ左足を軸に反転。大膳の刀身が左肩さきをかすめていく。勢いのまま右足を軸に反転しながら腰をおとす。弧を描いた新鎌倉が、大膳の右脾腹を逆胴に薙ぐ。

着衣と肉を裂いて、新鎌倉が奔る。

たちまち血がにじみ、石榴の実となる。

「くっ」

大膳がうめいた。

「消えおった」

「霧月」

「はじめて、見た」

右膝をついた大膳が、刀を大地に突きたてた。

脾腹をふかく断った。もはや助ける術はない。苦しむだけだ。真九郎は、腰をのばして残心から八相にもっていき、呼びかけた。

「諏訪どの」

「無用」

左手で柄をにぎりなおした大膳が、脇差を抜き、左頸の血脈にあてた。左手ですばやく刀身をつかみ、下にひく。

血飛沫が散る。

大膳が、刀をおし倒してつっぷした。

真九郎は、しばし瞑目した。

新鎌倉に血振りをくれ、懐紙でていねいにぬぐう。稽古着を包んだ風呂敷を手にして、猪牙舟の待つ山谷堀へいそいだ。

三

十八日は上屋敷道場だ。

真九郎は、帰りに神田鍛冶町の美濃屋により、新鎌倉をあずけた。七左衛門が、のちほど研ぎのすんだ鎌倉と大和をとどけさせると言った。

つぎの日も、うららかな春日和だった。

昼八ツ半（三時）ごろ、真九郎は雪江とふたりで居間まえの廊下にすわり、陽のあたる南がわから咲きはじめた白梅を見ていた。

ふたりのあいだの盆には、茶と羊羹がある。

表の格子戸が開閉し、亀吉のあかるい声がはずんだ。

厨からでてきた平助が上り口に行き、もどってきて膝をおった。

「旦那さま、藤二郎親分が夕餉がおすみになったじぶんにおたずねしたいそうにございます」

「承知したとつたえてくれ」

「かしこまりました」

真九郎は、平助から雪江に顔をもどした。

「梅見物は来春まで待ってもらうしかなさそうだな」

「まだつづくとお考えなのですか」

「おそらくな」

「またしても多くの者が犠牲になるのですね、可哀想に。それにしましても、それほどの金子をあつめて、いったいどうしようというのでしょう」

「これまでのやりようからして、かの者どもはけっして愚かではない。だからこそ、わからぬのだ」

すでに襲われたのが八箇所。一箇所五千両としても、四万両にもなる。四公六民として、十万石の大名の年貢収入に匹敵する。しかも、考えているとおりならば、闇は押込み強盗をはたらいた四神に分け前を与えるつもりはない。強欲だからではなく、おのれらを秘しておくためだ。

しかし、そのいっぽうで、これまでとはまるで逆のふるまいで公儀の耳目をあつめんと欲しているかのようにみえる。

この矛盾をどう解すればよいのか、真九郎は判断に苦しんでいた。

雪江は、一切れの羊羹を四つにわけて食べていた。残った一切れを食べて、茶を飲んだ。

真九郎は、手をつけていない。

「わたしはいらぬから、雪江が食べなさい」

「でも、あまり甘いものをいただくと、肥（ふと）ってしまいます」

「薙刀（なぎなた）の稽古のおかげではないのかな、国もとにいたころよりも頬がほっそりとしてきたように思える」

雪江の瞳がかがやく。

「まことにござりますか」

「うむ」

「ですが、二の腕は、太くなってしまいました。でも、ほんのわずかです」

雪江が問いたげに見る。

「気にするな。わたしにとって、雪江は、雪江だ」

雪江が、眼もとをそめ、盆の小皿をいれかえた。

真九郎は、傾きつつある陽射しをあつめている白い花びらに眼をやった。

闇の狙いは金子ではあるまいと、真九郎は思っている。

泰平（たいへい）の世、徳川の屋台骨は盤石（ばんじゃく）であり、幕府に牙を剝（む）き、挑むは愚の骨頂である。

歳月をかけてととのえた仕組みを、あえて滅亡の縁に追いこまんとしている。そこに、いまだ判然とせぬなにかがある。そうでなければ、理解できぬやりようだ。

夕七ツ（四時）の鐘が鳴り、さらに陽が西に傾いたころ、盆をかたづけた雪江が、したくをして庭に立った。

短薙刀と小薙刀の稽古を交互にしている。

雪江は、とよと朝餉をつくり、中食は習い事が休みの日だけだ。夕餉も、雨か雪で稽古ができないかぎりはとよにまかせている。

薙刀は、もはや武家の子女のたしなみではない。雪江は、実際に二度も遣っている。一度は無頼の町人どもを相手に、いま一度は浪人を相手にだ。

形の稽古のあと、真九郎は木刀をもって相手をした。

夕餉を終えた暮六ツ半（七時）ごろ、藤二郎がきた。

真九郎は客間に行った。

菊次がちょうど忙しいじぶんにもかかわらず、政次（まさじ）をともなっていた。

真九郎が座につくと、藤二郎が言った。

「鷹森さま、奥さまにもお聞き願（ねげ）えてえことでございやす」

真九郎はうなずき、廊下にでて雪江を呼んだ。

雪江が、躰ひとつぶんあけた右どなりにすわった。

藤二郎が、両手を膝におき、かたちをあらためた。

「鷹森さま、奥さま、政がおとよと夫婦になりてえと申しておりやす。お許しを願えねえかと、ご相談にめえりやした」

予期せぬ申しでであった。

「ほう。政がとよをな」

藤二郎の斜めうしろで、政次が緊張した面持ちで畳に眼をおとし、かしこまっている。

真九郎は、他人の名を略するのを好まない。しかし、政次には、はじめて言葉をかわしたおりに、政と呼んでくれとたのまれた。

真九郎は、藤二郎に顔をもどした。

「こいつも、今年で二十六になりやす。おとよは、お花をお生けになる奥さまのお供で菊次にめえっておりやす。こいつが言うには、年の瀬に永代橋でおとよから弓張提灯をわたされたときに、初めて、てめえがほの字だってことに気づいたそうで。なんとも、どじな話でございやす。四神騒ぎにけりがついてからと思ってやしたが、そわそわしてるこいつを見てると、こっちまでおちつきやせん。いかがでございやしょう」

真九郎は、雪江を見た。

雪江は、瞳をなごませていた。

「おとよも十八にござります」

「政、おとよは承知しておるのか」

とんでもないというふうに政次が首をふり、藤二郎が言った。

「まずは鷹森さまと奥さまのお許しをいただかなくてはなりやせん」

「平助とおとよは親子で、もともとは和泉屋の奉公人だ。明日(あす)は本所(ほんじょ)の道場へゆかねばならぬゆえ、明後日(みょうごにち)にでも宗右衛門に話してみよう。政、それまで待てるか」

「へい。旦那、あっしのような半端者(もん)にお許しいただき、お礼の言葉もごぜえやせん。一生大事(でえじ)にいたしやす」

藤二郎が首をめぐらせた。

「こいつ、もう夫婦(めおと)になれる気でいやがる。おめえはそのつもりでも、肝腎のおとよがうんと言わねえことにはどうにもならねえんだぜ」

「親分、あっしも男でやす。そんときゃあ、きっぱりとあきらめやす」

政次が、面体に悲壮な決意をにじませた。

藤二郎が、顔をもどして笑みを消した。

「鷹森さま、おとよが承知したらでございやすが、めったな者(もん)をこちらへおいれするわけにはめえりやせんから、よほど身元のたしかな者を捜さねえとなりやせん。そんときゃあ、あっしも和泉屋さんと相談させていただきやす」

「そのおりはたのむ」

「へい。きくや七五郎、あっしの手の者の縁者もあたらせやす。夜分にお邪魔いたしやした。あっしらはこれで失礼させていただきやす」

　ふたりが一礼して客間をでていった。

　表の格子戸が開閉するのを待って、雪江が膝をめぐらせた。瞳がかがやいている。

「平助を呼びましょうか」

「ほかに心づもりがあるのなら、わたしが言うては平助も断りづらかろう。ふたりの意向をさりげなくたしかめてもらえぬか」

「かしこまりました」

　雪江が厨へ行った。

　真九郎も、居間にうつった。

　しばらくして、雪江が湯殿のしたくがととのったと報せにきた。

　襷掛けをして糠袋で背中をこすりながら、雪江が平助もとよも喜んでいると告げた。

　とよは、厨から格子ごしにときおりおくられてくる政次の眼差で気づいていたという。

「おなごにはわかるのです」

修行すれば、ひそんでいる者の気配をとらえられる。男女の機微について、女は年頃になればおのずとそなわるのであろう。

「なるほどな」

「はい」

床を延べにきたとよは、挙措に嫁ぐ娘の含羞をとどめ、いっきょに美しくなっていた。

真九郎は、こうも変わるものかと感心した。

最後に湯をつかった平助が戸締りをして、家のなかが静かになった。

寝所でよこになった真九郎は、枕を動かした。

「雪江」

「はい」

雪江が、枕をならべて寝具にはいってきた。雪江の躰は、いつになく火照っていた。

つぎの日、夜五ツ（八時）の捨て鐘を合図に稽古後の酒宴を終えた。

この夜も、話題は四神に終始した。

借金の証文を届けでた大身旗本が四神一味の手にかかったことも、さらに名のりでた幾名かを見まわりをやめた先手組が警固していることも、噂として知っていた。

確認をもとめられた真九郎は、そのように聞いておりますとのみこたえた。

とたんに、朝霞新五郎が晴れやかな顔になった。

小笠原久蔵が、そのように物欲しげな顔でほっつき歩くと夜鷹でさえ逃げだすぞと新五郎をからかい、みなの笑いをさそった。

道場をでた真九郎は、青木淳之助とともに両国橋にむかった。玄関で、淳之助に誘われたのだ。

亀沢町を背にしたところで、淳之助が言った。

「同道してもらったのは、礼を言うためだ。おぬしには感謝している」

「どういうことでしょうか」

淳之助が、まをおいた。

「小笠原さんの剣は豪放で、水野さんの剣には風格がある。喜三郎の剣はすなおで、新五郎の剣には迷いがない。おれの剣は、傲慢であった」

真九郎は、黙って耳をかたむけていた。吉岡喜三郎と淳之助はおなじ三十二歳だ。

「おぬしが道場にくわわったとき、おれは驚いた。そして、弧乱を見せてもらったときには、愕然とした。おぬしのあの疾さは、天賦の才だ。修行で到達できるものではない。ならば、修行とはなんだ。血のにじむ習練をつんでも天稟ある者にはおよばぬということか。おぬしと出会っていらい、おれは考えつづけ、おれなりにくふうしてきた。先生からも、目が覚めたなとのお言葉をいただいた」

前方から御家人らしきふたりづれがやってきた。

真九郎は、淳之助の右よこにいる。ならび歩くときは右よこが不利であり、それが目上の者への礼儀である。

ふたりは左がわによった。ふたりづれの御家人も左により、すれちがっていった。

左によるのは、たがいの鞘があたらぬようにするためだ。が、抜刀と同時に斬りつけることもできる。油断は死に直結している。

淳之助がつづけた。

「今日、道場にでるまえに、先生に呼ばれた。来月の吉日をえらび、目録がいただけることになった」

真九郎は、淳之助に顔をむけた。

「おめでとうございます」

兄弟子である淳之助よりもさきに目録をちょうだいしていただけに、真九郎はうれしかった。

「おぬしのおかげだ」

「そうは思いません」

「おぬしがどう言おうと、おれはそう思っている。それとな、四月朔日から松浦家に剣術指南役として仕官することになった。正式に決まったと、先生からうかがった」

「かさねがさねおめでとうございます」

淳之助は、九州は肥前の国平戸藩六万千七百石松浦家の上屋敷に代稽古でかよっている。藩主は、十代の松浦肥前守熙である。九代の壱岐守清は文化三年（一八〇六）に隠居して静山と号し、のちの文政四年（一八二一）から起稿しはじめた『甲子夜話』によって知られている。

「立花家からの仕官の誘いを断ったそうだな」

師の団野源之進が話したとは思えなかった。

「どなたからそれを」

「案ずるな、松浦家ではない。十左どのが、十一万石の剣術指南役を断るとはなんというもったいないことをとこぼしておられた」

徳田十左は、団野道場の白髪頭の用人だ。

「わたしは、部屋住みの次男でしたが、殿の格別のおぼしめしによって出仕いたしました」

「ご主君への恩義か」

「はい」

「おぬしらしいな。ところで、四月に上府なさる殿にご拝謁し、来年早々には母と妻子をともなって平戸城下へまいることになる。知ってのように、おれのところは祖父の代からの浪々暮らしだ。おぬしの家格は察しがつく。なにかと教えてもらいたいのだ」

「わたしでお役にたつことでしたらよろこんで」

「妻は手習所の師匠の娘でな、ふたりとも生まれてこのかた江戸を離れたことがない。上士の家の暮らしむきや家内についてなども知らねばならぬので、妻もともないたいと思う。ご妻女に、たのんではもらえぬか」

「かしこまりました」

回向院のまえにでて、南本所元町のあいだを両国橋にむかう。

両国橋両岸は、江戸を代表する盛り場のひとつである。本所がわは、両国橋東広小路と呼ばれていた。掛小屋や葦簀張りの出茶屋、屋台などがならんでいる。

このところ春めいた陽気がつづいている。元町も東広小路も人通りがあり、屋台には客がいた。

長さ九十六間（約一七三メートル）の両国橋にかかった。

「昨年らい、おぬしが厄介ごとにまきこまれているらしいことは承知している。おぬしの剣名は、他流派にも聞こえはじめておるようだ。鷹森真九郎を斃せば、いっきょに江戸で知られた剣客となる。腕におぼえがある者ほど、おぬしの噂には血が騒ぐはずだ。ともに稽古をしているおれですら、いや、だからこそなおさらかもしれぬが、真剣で立ち合えばどうなるか、あの疾さに抗する術はあるのか、関心がないとは言わぬ。剣に生きる者の性（さが）だな。用心することだ。天性の疾さをそなえたおぬしの剣の宿命ではないかと、おれは考えている」

「ご助言、いたみいります」

川下からの涼風が、通りすぎていった。

「団野先生の剣友である竹田先生は、今治（いまばり）城下へまいっておぬしと出会った。おれも、そうでありたいと願っている」

「ご嫡男がおられるではありませんか」

淳之助が顔をほころばせた。

「ようやく三つになった。妻とは十歳違いでな、いまの住まいでは狭くてどうにもならぬが、あれもひとりでは心ぼそかろうからな」

真九郎は、淳之助の言いように一抹の寂しさを感取した。

「青木さん、わたしたちもときおり書状のやりとりをいたしましょう。江戸のようすをお報せします」

「それはありがたい」

松浦家上屋敷は、浅草鳥越にある。淳之助は、神田川をわたった浅草福井町二丁目に住んでいる。上屋敷からは五町（約五四五メートル）と離れていない。直線距離なら一町（約一〇九メートル）たらずだ。

橋をわたったところで、柳橋にむかう淳之助と別れた。

両国橋西広小路は、東広小路の数倍もひろく、両脇には料理茶屋や船宿があつまる柳橋と薬研堀があるので、昼夜ともににぎわっている。

真九郎は、大川ぞいを薬研堀へむかいながら、淳之助の忠告について考えた。

これまで、誰かと刀をまじえたいと思ったことなどない。しかし、おのれの技倆が、遣い手を招きよせているという。認めたくはなかったが、ありうる。脳裡に、生きていたかいがあったとの諏訪大膳の言葉がよみがえった。

「オリャーッ」

大気を切り裂く気合よりもさきに、殺気に気づいた。

小田原提灯と風呂敷包みを投げ捨て、抜刀。

――キーン。

疾風の勢いで弾きあげて右足を踏みこみ、袈裟に斬りさげる。敵の左肩から右脾腹へ大和の切っ先が奔る。

切っ先が抜けた瞬間、左足をおおきくひき、膝をおる。背後からの殺気を、左腕一本で一文字に薙ぎはらう。

「ぐえっ」

「ま、まさかッ」

ふたりがあいついで倒れていく。

すばやく立ちあがり、血振りをくれた大和を八相にもっていく。

倒れたふたりが、うめいている。残る敵は六人。博徒の用心棒を生業にしている者のすさんだ殺気を放ちながら迫ってくる。

薬研堀に架かる元柳橋のてまえである。常夜灯に料理茶屋からの灯り。芸者や商人たちが逃げまどう。老職らしき立派な身なりの武士が、さすがに駆けだしこそしないものの、鯉口に左手を添えることすら失念して蒼ざめた顔であとずさっていく。

おのが思念にとらわれすぎていた。

襲われるとしても、武家地にはいってからだと思っていた。雪江と白魚漁を見物に行ったおりの永代橋といい、闇は手段をえらばなくなってきている。

真九郎は、大川を背にしている。正面左にふたりならんでいた浪人のひとりが立ちどまって一歩さがり、踵を返した。

「どけどけ。うろうろしてると、たたっ斬るぞ」

逃げ遅れた老商人が、料理茶屋の壁に背を貼りつけた。

真九郎は愕然となった。浪人の背中が殺気にふくらんでいる。本気で斬るつもりだ。

右手で小柄を抜くなり、打つ。

「もらったあッ」

左斜めうしろからとびこんできた。左肩を剣風が襲う。

右足を、斜めまえにおおきく踏みだす。わずかに左腕が残る。肩下に、刺すような痛みがはしる。かまわず駆ける。

小柄は、老商人を袈裟懸けにせんとした浪人の右肩を突き刺した。いったん刀と右肩をさげた浪人が、低い青眼に構えなおす。突き殺す気だ。

正面の敵が青眼にとり、左右の敵が上段に振りかぶって突っこんでくる。左のほうがわずかに遠い。

「トエーッ」

上段からの斬撃を見切る。遅速をつけ、受けるとみせかけてひらいた左肩に大和をかつぐ。敵の刀身が肩さきをおちていく。すれ違いざま、敵の頸（くび）に大和をあて、駆けぬける。

――まにあわぬ。

刀身を水平に構えた浪人が、いましも老商人にぶつからんとしている。

右手で脇差を抜いて振りかぶり、打つ。

脇差が右脾腹を貫く。

浪人の体勢が崩れる。駆けつけた勢いのまま右足をあげて蹴りとばし、老商人を背にかばって八相にとる。浪人が壁にぶつかってふっとんでいく。

追ってきていた敵が踏みとどまり、残り三人の到着を待つ気配をしめした。

真九郎は、老商人に声をかけた。

「味方だ。眼をあけてもよいぞ」

敵四人は、半弧を描いてかこまんとしている。いずれも、面体に驚愕（きょうがく）と警戒のいろがある。

老商人が震え声をだした。

「あ、あ、ありがとう、ございます」

「怪我はないな」

「は、はい」

「よいか、そこを動くでない」

「わ、わかりまして、ございます」

そのかんも、蹴りとばした浪人が、一間半（約二・七メートル）あまりよこで、うめき、わめいている。

「よいな、動くなよ」

真九郎は、言い残して一歩でた。

四人がさっと身構えた。面体に緊迫が張りつく。

真九郎は、低い声で告げた。

「他の者を疵つけぬと約定し、黙って立ち去るならばよし。違えれば、どこまでも追いかけ、かならず斬る」

数をたのんだのだろうが、すでに半数を失っている。四人がたがいに眼を見かわしてかすかにうなずいた。

「立ち去るなら、刀をおさめてからにしろ」

四人がためらう。自信も自負も殺気も霧消し、いまは負け犬にすぎない。

真九郎は、自然体から左足を半歩だして左半身にとった。眼をほそめ、睨みつける。

「わ、わかりもうした」

四人が、刀にぬぐいをかけることもなく鞘にもどし、両国橋方向に駆けた。遠巻きに見ていた者たちが蜘蛛の子を散らすがごとく道をあける。

真九郎は、四人のうしろ姿を眼で追った。四人が両国橋てまえの掛小屋の陰に消えた。橋の両脇には桟橋がある。

おそらくは、屋根船か猪牙舟が待っている。

真九郎は、壁よこでうめいている浪人のもとに行った。老商人が斜めうしろを離れずについてくる。

浪人の刀は壁にぶつかったあたりの地面におちている。

真九郎は、老商人に首をめぐらした。

「すまぬが、もってもらえぬか」

刃をみずからにむけて切っ先をしたにし、大和をだす。

「かしこまりました」

老商人が、懐から手拭をだし、柄頭ちかくを両手でくるむようにしてにぎった。

浪人が、仰向けにも俯せにもなれずにうめいている。

「き、斬れ」

「おのが身の始末はおのれでつけろ。無腰の町人に刀をむける者への慈悲などもちあわせておらぬ」

真九郎は、かがんで肩に刺さった小柄をひき抜いた。

「うっ」

立ちあがり、懐紙を一枚だして小柄をていねいにぬぐって鞘にもどす。腰をおって、脇差の柄をにぎり、いっきにひき抜いた。

「くそっ。お、おのれ」

「幾名の命を奪ってきた。その者たちの痛みだと知れ」

ふいに、暗澹たる気分になった。おのれ自身が人の命を奪いすぎている。気づかれぬように吐息をつき、懐紙をだして、脇差も鞘にもどした。

浪人から一歩離れ、注意をおこたらずに老商人のほうへわずかに顔をむけた。

「すまなかったな」

大和をうけとり、血振りをかけてから残った懐紙でぬぐった。ついでに、左肘から腕をつたい流れてきている血を、ひそかにふきとる。

真九郎は、薬研堀にむかった。右斜めうしろを老商人がついてくる。

立ちどまり、ふり返った。

「いかがした」

「申しわけございませぬ。いましばらくいっしょにいさせてくださいませ」

和泉屋宗右衛門が最初に襲われたとき、桜井琢馬は藤二郎に何名かつけて送らせた。

おのれは人の弱さにたいする配慮がたりぬと、真九郎は自省した。

「心ないことを申した。御用聞きを呼びにいかせるゆえ、送ってもらうがよい」

「ありがとうございます」

遠巻きにしていた者たちが、甃れている浪人たちと、蠟燭の火が川風に吹き消された
小田原提灯と、風呂敷包みとをよけながらゆきかっている。

真九郎は、桟橋におりる堀端に立ち、猪牙舟の船頭たちに呼びかけた。

「誰か、使いをたのまれてくれぬか」

船頭たちが、たがいの顔を見かわす。

右後方からちかづいてくる気配に、真九郎は顔をむけた。

中年増の芸者だ。あたりがかすんでしまうほどに美しい。鳥色の着物の裾に、色とり

どりの花が鮮やかに咲き誇っている。

芸者が、首をかしげるような会釈をして、桟橋をむいた。

「竹さん、こちらの旦那のおたのみを聞いておくれな」

声もやわらかい。

四十まえくらいの骨太な体軀をした船頭がうなずいた。

「かたじけない」

真九郎は、芸者から船頭に眼を転じた。

「霊岸島塩町に藤二郎と申す御用聞きがおる」

「菊次の親分でございやしょう。ぞんじておりやす」

真九郎は笑みをうかべた。

「鷹森と申す。藤二郎に、浪人たちに襲われたとつたえ、いそぎつれてきてもらえぬか」

「へい。行ってめえりやす」

船頭が棹をつかった。

初春一月の月番は南町奉行所である。ちかくの自身番屋に報せがいったはずだ。

「旦那」

芸者が、柳眉(りゅうび)をひそめかげんにしている。

「お怪我をなさっておられるのでは」

三呼吸に一度のわりで、左手小指から血がしたたっていた。堀端には、柳と常夜灯がならんでいる。灯りのせいで気づかれたようだ。

「かすり疵だ」

老商人が案じ顔になった。

「手前のせいにございましょうか」

「疵をおうたは、未熟さゆえだ。気にせずともよい」

真九郎は、懐から手拭をだして血をふいた。

「旦那、血止めをしませんと」

「よい。着物がよごれる」

「かまいません。あたしにやらせておくんなさいな」

芸者が、裾をもちあげるために左手でつかんでいた褄(つま)をさっとはらうように離した。裾がひろがり、漆黒に花が咲く。

あざやかな手なみだ。

真九郎は、手拭を左手にもちかえ、左袖を肩までめくりあげた。

芸者が、うけとった手拭で残りの血をぬぐう。

真九郎は、老商人に顔をむけた。

「ここで見張ってるゆえ、風呂敷包みをとってきてもらえぬか」

「かしこまりました」

芸者が、真九郎の手拭をたたんで疵口にあて、袂からだした手拭で手早く縛った。

「きつくはございませんか」

「いや。すまぬな」

「旦那は、おやさしゅうございますねえ」

「なんのことかな」

「あたしは、小柄を打つのを見ておりました。疵をおったのはあのおり」

わずかに眉をひそめ、真九郎はちらっと芸者に眼をやった。

「そのほう、心得があるのか」

「ご冗談を。芸者にできるは、踊りと三味くらいなものです。お客には、お武家も多うございますから」

老商人が、手拭で風呂敷包みのよごれをはらいながらもどってきた。

「お侍さま、嵯峨屋治兵衛と申します。浮世小路で草履問屋をいとなんでおりまする。

お礼を申しあげるのが遅くなってしまいました。お許しくださいませ」

神田川に架かる筋違橋御門にいたる通りは、日本橋北から室町一丁目、二丁目、三丁目とつづき、浮世小路は三丁目にある。

真九郎は、姓名だけを告げた。

「かの者どもは、それがしを狙っておった。あやういめに遭わせ、すまぬと思うておる。許せ」

「めっそうもございませぬ。お荷物は、手前がおもちしております」

真九郎が血糊をふいて捨てた懐紙はすでにない。屑屋に売られ、浅草紙に再製される。蠟は屑紙とは比較にならぬほど高く売れる。小田原提灯の燃え残りも、そのうちになくなる。紙、木片、布きれ、釘のたぐい、なんでも屑屋が拾うか、拾った者が屑屋に売る。

江戸の通りは、きれいであった。

やがて、脱兎のごときいきおいで、弓張提灯をもった亀吉が元柳橋をわたって駆けてきた。

左手を膝につき、二度、三度とおおきく肩で息をして、腰をのばす。

「旦那、親分は桜井の旦那をお迎えして、まもなくめえりやす。南御番所のほうが早くお見えになったら、理由をお話しするよう、親分に申しつかりやした」

亀吉が、袂から手拭をだして顔をぬぐった。

「ご苦労であったな」

「いいえ。あれッ」

亀吉が頓狂な声をだした。

「染吉姐さん。……なんでまた、薬研堀なんぞに」

「ちょいとやぼ用でね」

真九郎は亀吉に訊いた。

「ぞんじておるのか」

「むろんでさ」

亀吉が得意げな表情になった。説明する気はなさそうであった。

真九郎は染吉に眼をやった。

「辰巳芸者の染吉と申します。ごひいきに」

染吉が嫣然とほほえむ。

真九郎は曖昧にうなずいた。

深川が千代田城から辰巳の方角にあるので深川芸者を辰巳芸者ともいう。

「それで、船頭は藤二郎を知っておったわけだな」

ほどなく、猪牙舟がもどってきた。桜井琢馬と藤二郎、手先が四名のっている。

桟橋からあがってきた琢馬が、染吉を見て眉をひそめた。

「染吉じゃねえか。なんでおめえがここにいるんだ」

「そこのお茶屋さんまで、お客をお送りしただけです」

「そういうことかい。猪牙舟をまわしてくれたんはおめえだな。ありがとよ。おいらでできることがあればいつでも言ってくれ。深川一の売れっ子をひきとめておくわけにもいかねえ。おめえは、もういいぜ。なんかあれば、おいらのほうで訊きに行く」

「あい」

染吉が、琢馬にかるく首をかしげ、顔をむけた。

「旦那も、嵯峨屋の旦那も、これをご縁に」

笑みをうかべて会釈し、桟橋へおりていった。

琢馬が、斃れている浪人へ眼をやってから手先たちに命じた。

「おめえら、広小路の自身番へ行って戸板を借りてきな」

四人が両国橋のほうへ駆けていった。

「桜井さん、お話があります」

「あい」

　琢馬が藤二郎をふり返った。

「藤二郎。おめえは、その旦那から話を聞いてな」

「へい」

「行こうか」

　常夜灯のあいだにある柳の元柳橋よりにうつった。

　真九郎は、あったことと推測を述べた。

「おめえさんが言うとおりだろうよ。手疵でもおわすことができりゃ、奴らにとっちゃあ御の字だ。大勢の見てるめえで町人を殺る。浪人だけならおいらの手で始末がつけられるが、商人がまきこまれて殺されたとなると、いちおうの詮議はしなくちゃあならねえ。月番は南だしな、厄介なことになるところだったぜ。南の定町廻りがきたら、逃げた四名が死骸で見つかるかもしれねえと伝えておくよ。四神にも遣い手はいるが、奴ら、おめえさんの腕を知ってる。二十七日にやるつもりだな」

「そのように思います。お奉行さまは、なんと」

　琢馬が首をふった。

「おいら、あれほど苦渋のお顔をなさったお奉行は見たことがねえ」

　沈黙がおちた。

ややあって、真九郎は言った。

「ところで、嵯峨屋はあやうく殺されかけて怯(おび)えております。送ってやってはもらえませんか」

琢馬が、着衣に眼をやった。

「おめえさんも返り血をあびてるな。亀に送らせるよ。嵯峨屋には藤二郎をつける。おいらは、ここの始末だ。もどろうか」

四

翌二十一日。

下屋敷道場からの帰りに、真九郎は深川佐賀町の船橋屋(ふなばし)によった。

左腕の疵は一寸(約三センチメートル)たらずだった。血がしたたったのは、切っ先が肉を裂いたからだ。用心のため、道場では竹刀をにぎらなかった。

雪江は、稽古を終えたらとよをともなって手拭を三本もとめに行くことになっている。それに船橋屋の羊羹をつけて、亀吉に染吉へとどけさせるつもりだった。手代の与助(よすけ)からなにか聞けるかもしれないとの期待もあった。

与助がにこやかな顔で出迎えた。

「鷹森さま、本日はいかほどご用意いたしましょうか」

「一箱包んでくれぬか」

真九郎は、袱紗（ふくさ）をわたした。

「かしこまりました。お見えになられましたら、主がご挨拶がしたいと申しておりました。よろしいでしょうか」

「ゆっくりはできぬが、それでよければかまわぬ」

「お待ちくださいませ。お報せしてまいります」

与助が草履をぬぎ、奥に消えた。

真九郎は、上り框（あがりかまち）に腰をおろした。

すぐに、福耳が眼につく五十前後の主がきて、膝をおって畳に両手をついた。

「利右衛門（りえもん）と申します。鷹森さま、どうぞおあがりくださいませ」

見知ってはいるが口をきいたことはない。真九郎はうなずき、手拭で足袋の埃（ほこり）をはらってから腰の刀を左手にもった。

客間の上座に案内した利右衛門が、下座についた。

「おいそぎとのことですので、茶も申しつけておりません。お許しください。さっそくではございますが、昨日、和泉屋さんがおたずねくださりました」

「ほう」

「はい。奥さまが、三月からは生花で、十月から二月までは茶の作法をご教授になられるとうかがいました。和泉屋さんに、茶菓子のご用命をいただきました。ありがとうございます。羊羹のほかにもいろいろそろえてございます。来月のなかばにでもご都合をおたずねし、品書きともども与助にとどけさせます。奥さまによろしくおつたえ願えますでしょうか」

「あいわかった」

「ごひいきくださり、お礼を申します」

利右衛門が、膝に両手をおいて低頭し、なおった。

「鷹森さまは阿波屋さんをごぞんじでしたとのこと。阿波屋さんはお気の毒にございました。このようなことがお役にたつとは思えませんが……」

「聞かせてはもらえぬか」

「かしこまりました」

襲われる三日まえのことだ。得意さきへ正月の挨拶に行った帰路、船橋屋の倅が永代橋で阿波屋の婿といっしょになった。一昨年の秋に婿入りしてきていらい、近所であり、年齢がおなじということもあって親しくしていた。

阿波屋の婿が思案顔でいるので心配事かと訊くと、いましがた幼馴染に出会ったのだが、いつ江戸にもどってきたのかと首をかしげていたという。

「……それだけのことにございます。商い一筋で、阿波屋さんもいい婿がきてくれたと喜んでおられました」

「さようか」

「倅にも訊きましたが、ほかにはこれといって想いだせることもございません。お役にたてなくて申しわけなくぞんじます」

「気にせずともよい。いそぐのでな、これにて失礼する」

利右衛門と与助に店さきで見送られ、真九郎は永代橋よこの河岸にむかった。

和泉屋まえの桟橋から帰ると、雪江ももどっていた。

中食のあとで茶を喫し、真九郎は平助を使いにやって宗右衛門にきてもらった。

客間で対座した宗右衛門に、真九郎はとよの縁談を語った。宗右衛門は、満面に笑みをうかべて聞いていた。

「めでたきことにございます」

宗右衛門が指をおった。

「とよも十八になります。ずいぶんと娘らしくなってきたと思うておりました」

「では、かまわぬのだな」

「はい、むろんにございます」

宗右衛門が真顔になった。

「とよが嫁ぐとなると、つぎを見つけねばなりません」

「藤二郎が、和泉屋さんと相談すると申しておった」

「わかりましてございます。鷹森さま、手前のほうからもご相談がございます。いささかこまったことになりました。手前ごとで恐縮にございますが、みねが生花とお茶をお教えいただけるのでしたら習いたいと申しております」

「ほかの弟子の母親たちもということになりかねぬわけか」

「はい。みねには、娘と倅のことで心労をかけましたのでかなえてやりたいとは思うのですが、思案いたしかねております」

みねは後添えで、亡くなった前妻の子である娘と倅が宗右衛門の命を狙い、刑死した。

宗右衛門が考えている腹案が、真九郎は読めた。みずからのことなので言いだしかねているのだ。

「こうしたらよかろう。弟子たちの母親はいずれも雪江より年上だし、あらたに教えることになる内儀たちもそうであろう。ご内儀を世話役ということにしたらどうかな。雪江にはあとで話しておこう。不都合があるようならすぐに報せる」

「それでしたら、言いわけがたちます。ありがとうございます。奥さまによろしくおつたえください」

宗右衛門が、膝に手をおいて低頭し、なおった。

安堵した表情をうかべている。

「鷹森さま、朝のうちに浮世小路の嵯峨屋さんがお見えでした。藤二郎親分が、手前に相談するようにとおっしゃったそうにございます」

「嵯峨屋は、わたしの巻き添えになったのだ。礼なら無用だと申してくれぬか」

「それは酷うございます」

「酷いか」

「はい。鷹森さまにすれば、助けたは当然のことにございましょう。しかしながら、鷹森さまがしかけたわけではございません。手前のおりもそうでしたが、命をお救いいただいたのです。せめて、お礼に参上するくらいはお許しくださいませ」

真九郎は、鼻孔から息をはいた。

「そうか、嵯峨屋の立場としてはそういうことになるのか。あいわかった。だが、明日はたのんであることで暇がない。明後日(みょうごにち)ならよかろう」

「嵯峨屋さんに使いをたてます」

「ところで、帰りに深川佐賀町の船橋屋によって主と会った。羊羹を一箱もとめたのだが、盆暮れでまとめることになったからと代金をうけとってもらえなかった」

「ご内儀がたの生花には、茶菓子もいるかと思います。奥さまは謝礼をお受けになってはくださいませんので、その代わりにございます。みねが首を長くしていることでございましょう。失礼させていただきます」

廊下で六畳間のかどへ去っていく宗右衛門を見送り、真九郎は苦笑をうかべた。宗右衛門はぬけめがない。さきざきのことを考えて策(て)を打っている。

真九郎は、眉をひそめた。

その場にすわる。

すこしして、雪江がやってきて半歩ほどうしろよこに膝をおった。

「あと二日もすれば満開にござります」

真九郎は、梅に眼をやった。

「そうだな。手拭と羊羹は包んであるか」

「はい。金子も小紙に用意してござります」

「和泉屋も喜んでおった。平助を呼んでくれ」

真九郎は居間にはいった。刀袋にいれて風呂敷でくるんだ大和と脇差のよこに、袱紗包みとおりたたんだ小紙があった。

平助が廊下にかしこまった。

菊次に行って政次に会う。亀吉がいたら、手拭の礼だと芸者の染吉に袱紗包みをとどけさせる。藤二郎の供をしているのであれば、もどったらとどけさせるようきくにたのみ、桜井琢馬にも会いたいと言付ける。小紙は亀吉の手間賃。それから、神田鍛冶町の美濃屋へ行き、小柄も見るようにとつたえる。

「……菊次が混んでおらぬようなら、政次としばらく話してから行くがよい」

「ありがとうございます」

平助が、大小と袱紗包みをもって厨に去った。

真九郎は、客間にうつり、押入から書見台をだした。読むためではなく、考えるためだ。書見をしているあいだは、雪江も遠慮する。

夕餉の食膳をはさみ、真九郎は宗右衛門がみねのことをたのんでいたと雪江に話した。

雪江がほほえんだ。

「おみねの年齢で習い事は無理でしょうかと相談にきておりました」

「いつのことだ」

「一昨日のちょうど朝四ツ（十時）にございます。弟子たちがいれかわっておるあいだ、そこで話しました」

雪江が居間前の廊下に眼をやった。真九郎は、心中でうなずいた。

「それで」

「だいじなのは、心構えにござります」

「たしかにそのとおりだな」

夕餉を終えてほどなく、桜井琢馬と藤二郎がたずねてきた。

雪江に酒肴を用意するように言い、真九郎は客間に行った。

上座で膝をおると、琢馬が口をひらいた。

「まずは、おいらのほうから話しておきてえ。南から報せがあった。昨夜の四名は山谷堀のさきにある寄洲で見つかった。今戸町の者が、寄洲に灯りがあるのを見てる。二名は抜くこともなく、背中をみごとな一太刀で斬られてたそうだ」

「やはり」

「ああ、殺ったのは二名だな。四神の遣い手たちかもしれねえ」

「あらたにあつめた者たちはわたしにむけているはずですから、おっしゃるとおりだと思います。ところで、半次郎どのはごいっしょではないのですか」

「お奉行のごようすを見てると、ほっとけねえ。半次郎には、夕餉のあとで、両国橋から芝あたりまでお先手組が警固してる屋敷をさがさせてるとこよ。袴姿で、髷も小銀杏をなおさせ浪人ふうの恰好でな。いざとなりゃあ、おいらの一存ってことで、あいつの親父どのの許しもえてある。おいらの腹ひとつで始末をつけさせてもらう」

真九郎は口をひらきかけたが、ちょうど厨の板戸がひかれた。

八丁堀同心は、紋付きの黒羽織に着流しという遠くからでもすぐさまそれとわかる恰好であった。〝御成先着流し御免〟といい、将軍家が上野の寛永寺や芝の増上寺にお成りになるさいの警固でさえ袴をはくことはない。見方をかえれば、袴を許されないのである。

与力同心は、町奉行所だけでなく、多くの番方（武官）に配属されている。侍身分としては、幕府における最下級の役人であり、諸藩における士分扱いの足軽に相当する。戦になれば、弓や槍、鉄炮をかつぐ雑兵である。

ほかの幕臣からは不浄役人とさげすまれながらも、おのが役目に一命を賭している。真九郎は頭がさがる思いだった。

雪江ととよが食膳をはこんできた。

琢馬が、食膳をおいたとよに声をかけた。

「政次とのこと、聞いたぜ。おめでとうよ」

「ありがとうございます」

とよが、うなじまでそめて辞儀をした。

藤二郎の食膳をもってきたとよは、いまだに桜色の頰をしていた。それが、羞恥なのか、嬉しさなのか、真九郎には判然としなかった。

とよがでていった。

真九郎は、杯をおいた。

「桜井さん、阿波屋の件で気になることを耳にしました」

船橋屋から聞いたことを語った。

琢馬が顎をなでる。

「押込みの三日めえか。臭えな。……よし。藤二郎、座頭んとこからいなくなった下女と下男捜しはうちきりだ。明日からは、手下のすべてを阿波屋の婿にあてろ。おめえと半次郎もな。その幼馴染についてさぐるんだ。おいらには、誰か手のあいてる者でかまわねえ。めどがついたらすぐさま亀を走らせろ。お奉行におたのみして、江戸じゅうの御用聞きにそいつを捜させる」

「承知しやした」

「ありがとよ。これで、なんかわかるかもしれねえ」

「もうひとつ、話しておきたいことがあります」

「なんでえ」

「闇のやりようは、あまりにぬけめがありません」

「おいらもそう思うぜ」

「頭目は、おそらくは武士で、その者が策を考えているのと思っておりました。しかし、御前と呼ばれるほどの武家にしては、こまかなことまでてくばりがいきとどきすぎており、町家についてもくわしすぎます。腹心に遣り手の商人がおるとすれば、得心がいきます。もしそうであるなら、黄艮、もしくは黄坤が、その者の符丁のような気がします」

「鬼門に、裏鬼門かい。ありうるな。いや、そうかもしれねえ、懐刀にふさわしい符丁だ」

　琢馬が、杯の諸白を飲みほして、あらたに注いだ。

「頭目が御前。その腹心が黄艮か黄坤。それに、殺された黒子に、浪人どもが赤未。四神もそうじゃねえかと思うんだが、盗人どもが白酉だ。わずかにはちげえねえ。だが、ついこねえだまでは、闇という名しか知らなかった」

ほそめられていた琢馬の眼が、なごむ。

「またなにか思いついたら、教えてくれるかい」

「わかりました」

ほかにも考えていることはあった。しかし、琢馬は切腹を覚悟でのぞんでいる。二十七日がどうなるかが判明してからだ。

翌日、真九郎はいそぎ足で上屋敷道場から帰ってきた。

土間に迎えの手代たちがいた。挨拶に笑みを返し、とよに風呂敷包みをわたした。

居間の障子をあけた真九郎に、とよがささやいた。

「お客さまは、さきほどお見えになられました」

真九郎はうなずいた。

「茶をたのむ」

「かしこまりました」

大小を寝所の刀掛けにおいて袴をぬぎ、小脇差をさした。

戸田小四郎は客間の下座で待っていた。

障子をしめ、真九郎は言った。

「小四郎、そこでは話が遠い。座をうつしてくれ」

上座ちかくの戸口がわをしめした。

「失礼します」

小四郎は、今治松平家の大目付戸田左内の次男で、歳は二十四。

昨年の晩夏六月の参勤交代で上府し、主君の命で算勘の塾にかよう俊英である。六月に帰国し、秋には十九になった雪江の妹の小夜と祝言をあげ、脇坂小四郎になる。

国もとの竹田道場の門弟であり、剣もそこそこに遣う。しかしそれよりも、算勘に秀でていることで知られていた。それが、殿のお耳に達したのであろうと、真九郎は思っている。

それだけに、小四郎の身にも危難がおよぶおそれがある。帰国するまえに、話しあわねばならない。

「小四郎、塾のほうはどうだ、順調か」

「あと四月しかありませんので、いささか焦っております。ご無沙汰して申しわけございません」

小四郎は、主君の使いで二度おとずれたほかに一度きただけである。

「お役目のほうがだいじだ。無理をして躰をこわしたりするなよ。寝込んで帰国にまにあわぬようなことにでもなったら、小夜が泣くぞ」

「ありがとうございます。次男のただ飯喰い。道場で鍛（きた）えていただきましたので、躰だけは頑健でございます」

「おたがいにな」

顔を見合わせ、笑みをこぼした。

このとき、とよが断りをいれて障子をあけた。

とよの気配が廊下を去っていくまで、真九郎は待った。

「帰国まえに、今一度きてもらえぬか」

「はい、ご挨拶に参上いたします」

「おぬしたちへの祝儀をふくめ、脇坂の父上へ金子をとどけてもらいたいのだ」

「承知しました。お預かりし、まちがいなくおとどけします」

真九郎は、声をひそめた。

「そのまえに、ふたりだけで会いたい。都合をつけてくれ」

小四郎も身をのりだした。

「よほどの理由（わけ）がおありなのだと思っておりました。文をさしあげます」

「たのむ」

真九郎は、姿勢をなおした。

「小四郎に見てもらいたいものがある」

真九郎は、立って押入をあけ、刀簞笥（たんす）から刀袋にいれてしまっておいた鎌倉をだした。

そして、小四郎のまえにおき、座にもどった。

「拝見します」

小四郎が、鎌倉を刀袋からだし、作法どおりに見て、もどした。

「眼福（がんぷく）をいたしました。よほどの業物（わざもの）にございますね」

「鎌倉の刀工の作だ」

庭にめんしたてまえの六畳間からにわかなざわめきがつたわってきた。障子のあく音がして、客間の障子を娘たちの影がとおりすぎていく。

真九郎は茶を喫した。

ほどなく、土間が静かになり、雪江が廊下に膝をおった。

「旦那さま、よろしゅうございますか」

「ああ」

雪江が、障子をあけてはいってきて、下座にすわった。

「小四郎どの、お久しゅう」

「姉上もお変わりなく」

小四郎と小夜とは主君が認めた許嫁であり、祝言はまだでも夫婦同然であった。小四郎が江戸で客死することがあれば、小夜はいかず後家となる。

雪江が顔をむけた。

「旦那さま、おとよを行かせました。もどりしだい膳をおだしします」

真九郎はほほえんだ。

「そうか、おとよをやったのか」

「はい」

雪江が、小四郎に会釈をしてから廊下にでて、障子をしめた。

以前にきたおりに、和泉屋の離れに住まうようになった事情は話してある。

「小四郎、和泉屋の一件いらい、北町奉行所の定町廻りに助勢をたのまれ、江戸に巣くう不逞な浪人どもの一味とたびたび刀をまじえている。そのつど研ぎにだしているのだが、わたしがもちつづけていると、その刀はあと二年ほどとのことだ。小四郎の差料にしてもらいたい。切れ味は保証する」

小四郎が、眉をひそめぎみにして眼で問いかけた。

真九郎は首肯した。

顔面に覚悟と決意をみなぎらせた小四郎が、力づよくうなずいた。

「ありがたくちょうだいいたします」

竹田道場の門弟や国もとの知己たちの消息を聞いていると、雪江ととよが食膳をはこんできた。

庶民は、朝で一日ぶんの飯を炊く。日本橋長谷川町の裏長屋に住んでいたころは、雪江もたねに教わり、そのとおりにしていた。いまは、朝と夕に炊いている。この日は、小四郎を招いたので昼も温かなご飯であった。

「小四郎、その揚げ物は天麩羅という。わたしも、江戸へきて、はじめて食した」

「いただきます」

珍しげに魚の天麩羅をだし汁にひたしてはんぶんほど食べた小四郎が、眼をまるくした。

「これは美味です」

「あとでさらにとどく。みなで食べてくれ」

小四郎が、笑顔を消し、顎をひいた。

中食を終えて茶を喫したあと、真九郎は着流しの腰に大小をさし、三段重ねの重箱とだし汁のはいった徳利とを包んだ風呂敷をもって小四郎とともに家をでた。小四郎は、左手で刀袋をにぎっている。

桟橋で、角樽をおいた猪牙舟と、九樽の四斗樽と人足六名を乗せた荷舟が待っていた。今治松平家の上屋敷は神田川の水道橋からすぐである。宗右衛門に相談したら、人足二名で一樽を担ぎ、三往復ではこべるとのことなのでたのんだ。

真九郎は、風呂敷包みを小四郎にわたした。右手でうけとった小四郎が、左手にもちかえる。

「小四郎、それではたのんだぞ」

「かしこまりました。五月の中旬までには、かならず文をさしあげます」

一揖した小四郎が、桟橋へおりていった。

主君への年賀の挨拶と雪江との婚儀を許していただいた御礼だと言上するように、小四郎にはたのんである。それだけなら、四斗樽の二樽か、三樽でよい。あえて九樽にしたのは、おのれの名にひっかけてだ。

小四郎が暮らす長屋に住んでいるのは一年在勤の上士だけだ。今宵、角樽と天麩羅で酒宴をひらき、殿への四斗樽をふくめ、鷹森真九郎からの挨拶だとつたえる。

帰国すれば、かならずや噂になる。

晩夏六月で、雪江とともに国もとを出奔してまる二年だ。それも、雪江を嫁にほしいとの横槍からやむをえずであり、それについてはすでに殿が許している。賛否をふくめ、真九郎の帰参がとりざたされる。

国家老の鮫島兵庫がどうでるか。さらに焦りをさそうため、小四郎には仲夏五月に会ったおりに帰国してからの策をつたえるつもりでいる。

二日、三日、四日とすぎていったが、亀吉さえもが姿を見せなかった。

そして、二十七日になった。

第五章　死闘

一

夜五ツ（八時）を告げる鐘が、遠くでしのびやかに鳴っていた。

市ヶ谷御門外から御堀（外堀）にそった通りに、八幡町、市ヶ谷田町一丁目、二丁目、三丁目、船河原町が、牛込御門にむかって細長くのびている。

二丁目裏通りには愛敬稲荷がある。

稲荷にほどちかい旗本七百五十石永井栄之丞の屋敷を、先手組がものものしくかためていた。あけはなった門前両脇に篝火を焚き、鉢巻に襷掛け、股立取りといういまにも抜刀しかねない厳めしさであった。

五ツの鐘が鳴り終わるまえに、愛敬稲荷のほうに去った商家の主と手代が背後をふり返りながら小走りにもどってきた。

門前をかためている先手組が見逃すはずもない。

「待てッ。いかがしたのだ」

主が顔面をこわばらせてこたえた。

「そこの稲荷に、なにやら怪しげな者どもが」

「なにっ、怪しげな者とな。たしかか」

「覆面をして……」

「なんだとッ」

面体に緊迫をはしらせて叫び、門に顔をむける。

「おのおのがた、曲者でござるッ」

門内からつぎつぎと先手組の面々がとびだしてきた。

「稲荷の境内に覆面をした者どもがひそんでおるとのことにござりまする」

「あらわれおったか。よいな、ひとりも逃がすでないぞ」

「心得ました」

たちまち、十数人が稲荷にむかって駆けた。騒ぎを聞きつけて門からでてきた者たちがあとを追う。

稲荷まで十間（約一八メートル）あまりになったとき、二本差し四人につづいて五人の町人がとびだしてきた。いずれも面体を隠している。

二本差しのひとりが叫んだ。

「退けッ」

町人たちをさきにして四名が駆ける。

「四神に相違ない。逃すなッ、追えッ」

賊どもが二丁目のかどを御堀のほうにまがった。

先手組が追う。

ひろい表通りにでた四神一味が二手に別れた。

見えなくなった一味に追いつかんと、先手組がさきを争って駆ける。表通りにとびださんとしたとき、足もとに麻縄が浮きあがった。

ひとたまりもなかった。つぎつぎと脚をひっかける。三人、四人、五人。麻縄がおちる。

あやうく踏みとどまり、憤怒の形相で抜刀し、麻縄を張った者を斬りつけんと左右にとびだしたふたりが、袈裟懸けをあび、一文字に胴を薙がれ、絶叫を放つ。

後続の先手組が抜刀して身構える。

最初に倒れた者がわめいた。

「ええいっ、どかぬか。なにをしておる、逃げたぞ。追えッ、追うのだッ」

先手組が表通りに達すると同時に、左右斜め前方の土手むこうに人影が消えた。

再度の待ち伏せを警戒し、展開しながら土手に迫る。

じゅうぶんに用心しながら土手のうえにでた。

眼下の御堀を、船頭のほかに六名と五名をのせた二艘の猪牙舟が、星明かりを映した水面を揺らしながら牛込御門のほうへ船足を速めて去りつつあった。

先手組の顔に、敗北に直面した無念さがにじんだ。

そのすこしまえ――。

玄関あたりの騒ぎを耳にした主の永井栄之丞が、居室の障子をあけて廊下にでてきた。

三歩めを踏みださんとした栄之丞は、喉に一本、左胸に三本の棒手裏剣をうけ、うめき声さえ発することなくくずおれた。

庭はすみずみまで見まわっていた。しかし、いつのまにしのびこんだのか、忍装束のふたりが庭さきの茂みからとなり屋敷との塀にむかって駆けだした。

「曲者でござるッ。出合えッ」

庭の要所にいた者が駆けつけてくる。

塗り塀の壁に直刀を立てかけた忍ふたりが、ふりむきざまに棒手裏剣を打った。まっさきに追ってきた先手組が、喉と右眼に棒手裏剣をうけ、突っ伏す。

下緒の先端を噛んだ忍ふたりが、鍔に足をかけて屋根にのぼる。刀をたぐりよせると、となり屋敷に消えた。

残っていた先手組が、すぐさまとなり屋敷へ走った。主の許しをえて、屋敷内をくまなく探索する。が、すでに消えうせたあとであった。

市ヶ谷は、江戸城の西にあたる。おなじく夜五ツの鐘が鳴っているころ、南方向の麻布でも似たようなことがあった。

陸奥の国仙台藩六十二万五千六百石伊達家下屋敷ちかくに、旗本千二百石本多助左衛門の屋敷がある。

商家の主と手代が駆けもどってきて、門前を警固していた先手組を同様の手口で誘いだした。

場所は、ほどちかい寺社地にある称名寺。抜刀した先手組が境内に踏みこむと、四名の町人をさきにした二本差し二名がとなりの福泉寺に逃げるところだった。

追いかけた先手組の先頭二名が、ふいに横合いからあらわれたふたりに一刀のもとに斬られた。ふたりは、返す刀で後続の者に横薙ぎをみまって牽制し、身をひるがえして逃げた。

激昂した先手組が追う。

逃げるふたりが福泉寺にとびこんだ。

先手組がつづく。が、またしても待ち伏せていた二名によこからの斬撃をあびてふたりが倒れた。

さすがの先手組も慎重にならざるをえなかった。前方と左右に注意をくばりながらあとを追う。

先手組が門前町をぬけ、新堀川にめんした通りにでたときには、八名の曲者は二之橋をわたって円徳寺ぞいを下流にむかって駆けていた。

待ち伏せのおそれはない。

先手組がいっせいに追う。が、二之橋をわたるまえに、円徳寺よこの桟橋から二艘の猪牙舟に分乗して去っていくのが見えた。

本多家では、門前の騒動を報告にきた用人が居室まえの廊下に膝をおった。主は奥女中に酌をさせて酒を飲んでいるはずであった。が、声をかけても返事がない。それどころか、座敷内からしわぶきひとつ聞こえない。

用人は、断りをいれて障子をあけ、叫んだ。

残っていた先手組の面々が駆けつけてきた。助左衛門と奥女中の喉笛によこから棒手裏剣がくいこみ、さらに心の臓にも棒手裏剣が突きたてられていた。

隣室の襖があけられ、天井からむすびめのある麻縄がたれさがっていた。

「……というわけよ。みごとにしてやられたぜ。しかも二箇所だ」

琢馬が、悔しげに言った。

二十八日の夕七ツ（四時）の鐘を聞いて半刻（一時間）あまりがたっていた。

路地にめんした客間には、真九郎と藤二郎のほかに成尾半次郎もいた。亀吉が呼びにきたのは、鐘が鳴ってほどなくであった。

真九郎がもっとも懸念していた事態である。

「桜井さん、かの者どもは、十五日にまたやります」

琢馬が、眉間をよせて見つめる。

「理由を聞かせちゃもらえねえか」

「教えてもらえませんか。両方とも、ちかくに座頭の住まいがあったのでは」

「わからねえ。あとでたしかめておく」

「麻布の町人は四人だけだったのでしょうか」

「四町（約四三六メートル）ばかし上流に行ったとこにある三之橋ちかくの辻番が、尻っぱしょりに股引（ももひき）、草鞋（わらじ）をはいた無宿人（むしゅくにん）ふうの二名が芝（しば）のほうにいそぎ足で行くのを見てる。そのあとしばらくして、提灯（ちょうちん）をもった商家の手代と主（めえ）がとおっていったそうだ」

「わたしはこのように思います。麻布は、一味の二名が座頭宅のようすをたしかめに行っているさなかにお先手組に見つかった」

「つまり……」

「一味の無宿人どもは、昨夜の真の狙いを知らぬはずです。ご公儀は、お旗本おふたりが殺害されたのはむろんのこと、お先手組にも犠牲がでたのを秘匿（ひとく）するのではございませんか」

琢馬が腕をくんだ。

ややあった。

「おめえさんの言いてえことがわかったぜ。四神一味が市ヶ谷と麻布の座頭を狙った。が、お先手組に見つかって逃げた。四神一味がはじめてしくじった。町家の者（もん）ばかりでなく、一味の盗人（ぬすっと）どももそう思う。いや、闇は一味の盗人どもにあえてそう思わせるために手のこんだやりかたをした。盗人はしょせん盗人よ。狙いがお旗本ではなく、座頭金だと信じこませておいたほうが都合がいいってわけだ」

「ええ」

「なんて奴らだ。一晩に二箇所もやられた。口に戸はたてられねえ。これで、もう名のりでる者はいなくなる。が、四神がしくじったままにしておくわけにはいかねえってわけか」

「今度が最後のしかけかと」

琢馬が、一重の眼を刃にする。

「おめえさん、どうやらおいらとおんなしことを考えてるな。一味にゃあ、遣い手が八名に忍がすくなくとも四名はいる。盗人どもは用済みだ。生かしておくわけがねえ」

「桜井の旦那……」

藤二郎が絶句した。

琢馬が、藤二郎に顔をむける。

「考えてもみな。どれほど口止めしたって、盗人仲間にてめえがお江戸を騒がせた四神一味だったたって吹聴するとは思わねえかい」

「おっしゃるとおりでやす。ですが……」

「街道筋の盗人は二十名くれえじゃねえかと思うんだが、それを皆殺しにする。虫けらじゃねえんだ、ふつうならたしかにできることじゃねえ。だがな、藤二郎。奴ら、昨夜のお旗本とお先手組をくわえると、六十六名も殺してやがる。奴らに始末された浪人五名をのぞいてだぞ」

藤二郎が呆然となった。

しかも、わずかふた月たらずでである。あまりの数に圧倒されまいと、真九郎は胸腔いっぱいに息を吸った。

琢馬が顔をもどした。

「あとで、おめえさんの考えをお奉行にご報告する。市ヶ谷と麻布で、お先手組が七名も殺られてる。十四日の夜は、また総出だな」

「桜井さん、わたしは、十四日の夜より十五日の朝があやういように思います」

琢馬が眉をひそめた。

「どういうこってえ」

「夜に襲っても、町家の者はもはや驚きますまい。諸侯がご城中にあるあいだに、近隣の者にさとられることなく襲い、立ち去る」

琢馬が、諸白を注ぎたしていっきに飲んだ。

「おいらたちが警戒してる夜ではなく、十五日の朝ってわけかい。おいらが驚くくれえだ。しかも、奴らにゃあ、遣い手ばかりでなく、忍までいやがる。ありうるな。どうしたらいいか、こいつはよくよく考え(かんげ)ねえとならねえ」

琢馬が、諸白を注ぎ、ちらっと半次郎に眼をやった。

「半次郎、どうしてえ」

「おふたりのやりとりを拝聴しておりました。闇には知恵者がいるとうかがいましたが、おふたりも負けておりません」

琢馬が、片頬で笑った。

「ありがとよ。だが、四神についちゃあ、やられっぱなしよ」

真九郎は、諸白で喉をうるおした。

「桜井さん、思いついたことは話すようにとおっしゃっておられました」

琢馬がうなずいた。

「遠慮しねえで、なんでも言ってくんねえか」

「闇の頭目のことです。御前との呼び名があのおりの芝居ではないとすると、ご公儀にふかい遺恨(いこん)があり、金子(きんす)が目当てではなくお膝元を揺るがすために四神騒動をしかけているような気がいたします」

「おめえさんは、どっちだと思う。隠居した三百諸侯のどなたか、あるいはご大身お旗本」

「無理やり出家させられたか、家督を譲らざるをえなかったおかた」

「それもあるな。で、どっちだと思うんだい」

「以前は、お大名ではあるまいと考えておりました」

「知恵袋の町人かい」

「ええ」

「おめえさんが遠慮して言わねえでいるのは知ってた。おいらもな、ご大身お旗本じゃねえかと思ってたよ。十年から二十五年くれえめえまでってことでいいかい」

真九郎は、首肯した。

「さかのぼれば、限りがありません」

半次郎が杯をもった。真九郎が飲むと、それからすこしして半次郎が杯に手をのばす。

真九郎は、内心でほほえんだ。

琢馬が、たくあんを食べ、諸白を飲んだ。そして、ぽつりと言った。

「ただ、お旗本じゃねえとするとだな、気になることがある」

「わかります」

半次郎が顔色を変える。

「桜井さん、まさか」

琢馬がするどい口調でさえぎった。

「半次郎。……おいらのまちげえであってくれって願ってる。だがな、これだけの騒ぎをおこしてる。なにをなさろうが手出しできねえおかただってことも、いちおう頭にいれておかなきゃあならねえ。お江戸にゃあ、そういうご身分のお歴々がおいでになる。このお役目、命がけだぜ。おめえもそのつもりでいてくんな」

半次郎が、面体に緊張をはりつかせてうなずいた。

琢馬が、表情をやわらげ、半次郎から顔をもどした。

「二十七日が迫ってたんで、おめえさんに話す暇がなかったんだが、阿波屋の件でわかったことがある」

婿の名は徳三郎といい、三男で歳は二十五だった。実家は、内神田紺屋町にある阿波屋とおなじ藍玉問屋の桑名屋である。

手先に紺屋町の噂をあつめるように指示し、半次郎と藤二郎は桑名屋に行った。しかし、そのような幼馴染には心あたりがないという。跡取りの嫡男にもたしかめたが、首をひねるばかりであった。

ふたりは、町役人のところに行った。町役人も記憶になく、古い人別帳をあらためさせても該当しそうな者はいなかった。

町内に素行のよくない者がいたら、身内の依頼などで人別帳に札を貼っておく。いつでも勘当し、人別外にできるようにだ。そうすれば、身内に類がおよぶことはない。悪党などを指す〝札付〟との表現はそこからきている。

探索は頓挫（とんざ）したかに思えた。

藤二郎が、もう一度桑名屋まで同行するよう半次郎にたのんだ。

徳三郎は桑名屋でずっと暮らしていたのかとの藤二郎の問いに、主が十六から二十歳（はたち）までの五年間は娘の嫁ぎさきで商い（あきない）の修業をさせておりましたとこたえた。

ふたりは、その足で神田明神（みょうじん）まえの湯島（ゆしま）一丁目にむかった。

三十路（みそじ）の内儀は、顔色を変えた。

「親分、銀造（ぎんぞう）が徳三郎をあんな酷（ひど）いめに遭わせたのですか」

「そいつはなんとも言えねえ。いま調べてるとこよ。銀造のことを聞かしちゃもらえねえか」

銀造は、裏長屋に住む出入りの鳶（とび）だった。

主が見るところ、義理の弟である徳三郎はきまじめすぎた。堅物のまま歳をかさねて女にひっかかったりすると、とりかえしのつかぬことになりかねない。それで、銀造にたのみ、ときには吉原につれていってもらったりしていた。

酒も教えられたようだが、根がきまじめなだけに、羽目をはずすことはなかった。そんな徳三郎を、銀造もひどく気にいったようで、祭や縁日などにも案内していた。

ある日、徳三郎が、ふたりに頭をさげて、一生かかってもかならずお返しするのでなにも訊かずに十両貸してほしいとたのんだ。

主は、女かなと思った。ならば、おのれにも責任がある。望みどおりになにも言わずに、徳三郎に十両をわたした。

銀造が長屋から消えたのは、その直後である。徳三郎は十八、銀造は二十五であった。

半次郎が、お調べの最中であるから他言せぬよう主と内儀に命じ、つまらぬことをしゃべってるのがわかったら町役人ともども御番所にきてもらうことになると脅した。

ふたりは、町火消の頭をたずねた。

町火消は、組の頭のしたに、纏持と梯子持と平人足とがいる。

平人足の銀造は、博奕好きだった。店賃もとどこおりがちであり、どう意見してもあらためようとしない。たまりかねた頭は、このままじゃあ組においとくわけにはいかない。博奕か組かをえらべと迫った。

銀造は、お世話になりやしたと組の印半纏をとどけにきた。頭は、それいらい、銀造を見ていない。

藤二郎が背恰好（せかっこう）と人相をくわしく訊き、半次郎が口止めをした。

「……銀造は、七年めえから行（ゆ）くかた知れずだ。ところが、徳三郎は江戸にゃあいねえと知ってた。つまり、江戸を離れるって徳三郎に話したってことよ。十両は、餞別（せんべつ）だったにちげえねえ。徳三郎は堅物だ。銀造にゃあ、吉原で男にしてもらったりと世話になってる。だから、ほんとのことが言えずに、幼馴染ってごまかしたんじゃねえかと思う」

「徳三郎が銀造に会ったは三日。阿波屋が襲われたのが六日。銀造は、徳三郎の後を尾（つ）けた。だが、顔見知りにでくわしたのを一味にすぐにはあかさなかった」

「ああ。銀造がしゃべったんなら、三日の夜にも押込みを働いたろうよ。月番は南だが、四神のしわざなら北町の扱いだ。おめえさんが言ってたようにおいらの持ち場だしな」

「十両もの大金をくれた徳三郎への恩義と、一味やおのれをあやうくすることへのはざまで揺れた。おっしゃるとおりだと思います」

真九郎はうなずいた。

「だからな、用心のうえにも用心をしなくちゃあならねえ」

はじめてえた四神の手掛りである。

小田切土佐守は慎重であった。

南町奉行と相談して南北両町奉行所でつかっている御用聞きのなかでも信用のおける者を厳選し、背恰好と人相だけを教え、けっして訊いたりせずに捜せと命じていた。むろん、銀造の名は告げさせなかった。似た者がいたら、気づかれぬように尾行して見張り、報告する。

苦渋の決断であったろうと、真九郎は思う。おおっぴらに探索を命ずれば、二十七日の襲撃はさけられたかもしれない。

が、同時に四神も消える。

火附盗賊改は先手組の加役であり、町奉行所与力や同心のように親代々の本役ではない。番方なだけに、手柄をたてんとはでに動くおそれがある。

なによりも、四神一味には同役が七人も殺害されており、復仇でもある。

闇のこれまでのやり口からして、府内と府外との曖昧な境界あたりから近郊の村に塒をかまえているであろうことは明白である。四宿は道中奉行の支配であり、村は勘定奉行配下の代官が領している。

土佐守は、老中の裁可をえて南町奉行に助勢をもとめ、四人しかいない南北の隠密廻りを町人に変装させ、品川宿、内藤新宿、板橋宿、千住宿の四宿に配した。

隠密廻りは、いずれも熟練の探索方である。

府内だけでなく、四宿の周辺も、隠密廻りの手の者がひそやかな輪をひろげつつあった。

二

文化七年（一八一〇）の初春一月は小の月で、二十九日が晦日（みそか）である。

琢馬たちと会った翌々日の仲春二月朔日（ついたち）の朝、雪江（ゆきえ）が使いにやったとよとともにたねがやってきた。

真九郎は客間にうつり、書見台をだして漢籍をひらいた。

月末（つきずえ）ちかくになると、出入りの貸本屋がやってくる。

この時代で、江戸には六百六十軒ほどの貸本屋があった。おおよそ、二つか三つの町家に一軒の割合である。しかし、多くが絵双紙（えぞうし）のたぐいなどであり、漢籍などの書物をあつかう貸本屋はかぎられていた。

雪江が、とよの縁組がととのったことを告げると、たねはひどく興奮した。

真九郎は、首をかしげ、書見をやめた。

たねととよは顔見知りにすぎない。だいいち、祝言の日取りさえまだきまっていない。雪江も、とよの縁談には顔をかがやかせていた。

真九郎は、雪江との祝言を想いだした。

家士や女中たちにも知られぬように固めの杯だけですませ、雪江は父親の脇坂彦左衛門と妹の小夜とともに実家に帰った。

いま思うと、あっけない祝言であった。

しかしあのときは、主君の許しをえずの婚儀であり、追っ手がかかるかもしれない道中を思って緊張の極にあった。

翌未明、実家で待っていた雪江とともに背後を警戒しながら城下をあとにした。

雪江と夫婦になったのを実感したのは、その夜、旅籠で肌を合わせてひとつになったときだ。

眼を閉じ、ほそい眉をひそめぎみにしてこらえている雪江のようすに、ふいに脳裡と胸腔とが張り裂けんばかりの愛おしさにみたされた。雪江は、もはや手や頬に触れることさえかなわぬ面影ではなく、肌のぬくもりであり、息づかいであり、あまやかな香りであった。

居間では、とよがこのごろいちだんと娘らしくなってきたことや、日取りはいつごろがよくて、それまでに用意しなければならないのがあれこれと、たねがとぎれることなくしゃべりつづけている。

雪江までもが、とよの縁組になにゆえ夢中になれるのか、真九郎には理解の埒外(らちがい)であった。

たねといるときの雪江は、武家の妻女ではなく、町家の娘のごとく若やぐ。それも、真九郎が理解しかねている雪江の一面であった。

ひとしきり縁談の話をしたあとで、雪江がきてもらったのはとよのつぎを見つけなければならないからだと言った。

たねは、三十四歳で、子が三人ある。十五になった嫡男は、父親の留七(とめしち)のもとでこの春から見習をしている。次男は十三で、長女は十歳である。

長男と長女が逆であったらと、たねは残念がった。

「男は図体ばかりでかくて、家のことになると、ほんとうになんの役にもたたないんだから」

雪江がたしなめたようだ。たねが、あっと声をだした。

「旦那さまっ、聞こえました」

「いや」

「聞こえてるんじゃありませんか。ぎゃははは……」

たねが、けたたましい笑い声をあげた。

雪江が、こらえかねたように噴きだした。

真九郎は、ゆっくりと首をふった。

「あーあ、おかしい。涙がでちゃいました。旦那さまっ、うちの子どもたちのことですからね」

「気にせずともよい」

「そうだ」

たねが頓狂（とんきょう）な声をだした。言わずもがなであった。たねはまるで気にしていない。

「奥さま、おうめちゃんがいます」

「…………」

「ほら、長谷川町（はせがわちょう）の長屋で、いちばん奥に住んでる左官の娘ですよ」

「想いだしました」

真九郎も、記憶にある。明るくはきはきとしていて、真九郎にたいしても、初対面のときからものおじすることなく挨拶（あいさつ）した。

「うちのとおない歳ですから、十五になります。奥さま、どうですか」

「あの娘（こ）でしたら、申しぶんありません」

「あたし、これから行ってきます」

どたどたとやってきたたねが、廊下で膝をおった。

「旦那さま、お邪魔しました」

真九郎は、笑みをうかべてうなずいた。

たねを送っていった雪江が、神妙な顔で客間にはいってきてすわった。

「あなた、さきほどは、はしたないふるまいをしてしまいました。申しわけございませぬ」

「気にするな」

雪江がほほえんだ。

「おうめのこと、憶（おぼ）えておられますか」

「ああ、もう十五になるのか。よく笑う、明るい娘であったな、あれなら臆することもあるまい」

「わたくしもそのように思います。むこうにさしつかえがないようでしたら、おうめにきめます」

「わかった」

雪江が、中食のしたくをしに厨に行った。

うめには、両親と弟がいる。奉公が決まれば、藤二郎に手の者をときおり見まわらせるようたのまねばなるまいと、真九郎は思った。

昼八ツ（二時）の鐘が鳴ってほどなく、表の格子戸が開閉し、おとないをいれる者があった。

「おたのみ申す」

真九郎は、廊下にでて平助を制してから、寝所に行って小脇差を脇差にかえて表にむかった。

土間に旅じたく姿の四十ちかい武士が立っていた。

身の丈、五尺五寸（約一六五センチメートル）あまり。いくらか瘦身である。草鞋に袴、背の下部が割れた打裂羽織のうえに網製の打飼（旅囊）を袈裟にむすんでいる。

「鷹森どのにござりまするな」

「ご貴殿は」

「滝川鉄之進と申しまする。唐突な申しでで恐縮ではござるが、お立合いいただきたい」

「なにゆえに」

「訊いてくださるな、浮世の義理でござる。深川寺町の海福寺うらでお待ちしておりまする。したくをして、おいでくださらぬか」

　真九郎は、鉄之進を見つめた。

　澄んだ眼で見つめかえしてきた。立木又左衛門もおなじような眼をしていた。思わず、鼻孔から吐息がもれた。

　鉄之進が、顎をかすかにひく。

「申しわけござらぬ」

「いや、失礼をいたしました。やむをえませぬ。お相手つかまつりまする」

「かたじけない。では、のちほど」

　鉄之進が背をむけた。

　よほどの習練をつんでなければ、立合を挑んだ相手に背をむけられるものではない。格子戸をあけて表にでてふり返り一揖し、しめて去っていった。

　真九郎は、おおきく息を吸ってはき、居間にもどった。

　雪江が、表情をこわばらせて見あげた。

「伊賀袴と着替えを用意してくれ」

「はい」

　雪江が立ちあがった。

「つらい思いばかりさせて、すまぬ」

「わたくしは、あなたの妻にございます。どこまでも、ごいっしょいたします」

だしてきた古着の布子（木綿の綿入り）を肩にかけた雪江の両手が、離しかねてとどまった。

「かならずもどってまいるゆえ、案ずるな」

真九郎は、袖に腕をとおして左肩におかれた雪江の手に右手をかさねた。

「申しわけございませぬ」

帯をむすんで伊賀袴をはく。裾をしぼって脚絆をまいた。

寝所に行って刀掛けに眼をやり、脇差を腰にして鎌倉を手にした。古い鎌倉を戸田小四郎に進呈したので、重厚な造りとなったあらたな一振りを鎌倉と呼ぶことにした。

上り框に腰かけて草鞋の紐をしっかりとむすび、立ちあがって鎌倉を腰にさす。

「では、行ってくる」

「行ってらっしゃいませ」

真九郎は、格子戸をあけ、うしろ手にしめた。

深川寺町は、油堀と仙台堀とのあいだで寺社がならぶ一帯をいう。

江戸湊の空で、春のやわらかな陽が、南から西へとうつりつつあった。霊岸島新堀を背にする。陽射しをあびた大川の水面がきらめいている。

永代橋をわたる。

挑まれれば、受けて立つ。闇をつぶさぬかぎり、戦いの日々が絶えることはない。ゆっくりと息を吸って、はく。雪江が帰りを待っている。ふたりで生きていこうと約束した。

――独りにするわけにはゆかぬ。

真九郎は、おのれを鼓舞した。

永代橋まえの表通りを大川上流にむかう。佐賀町は仙台堀までつづいている。その途中に、幅十五間（約二七メートル）の油堀がある。名の由来は、堀ちかくに油問屋の会所があり、油船が多くあつまったことによる。

大川に背をむけ、油堀ぞいの通りをすすむ。油堀と交差している枝川に架かる緑橋をわたる。

逆くの字にまがったさきにある富岡橋で、油堀をこえる。富岡橋から仙台堀の海辺橋までの通りが深川寺町だ。

門前町のある海福寺は、油堀よりもいくらか仙台堀にちかい。

永寿山海福寺は、武田信玄のものだったとつたわる石塔によって知られていた。

境内（けいだい）にはいった左よこにある池のそばに鳥居があり、そのちかくに九層の石塔がある。高さは、およそ一丈（じょう）（約三メートル）ほどだ。

真九郎は、石塔とは反対がわの池の畔（ほとり）にそって行き、裏手にまわった。一段高い仏殿の石垣に腰かけていた鉄之進が立ちあがり、墓地よこにひろがる林のなかへはいっていく。

雑木林が切れた。

鉄之進が、ふり返る。

「このあたりでよろしかろう」

真九郎は、首肯し、懐（ふところ）から紐をだした。襷をかけ、手拭（てぬぐい）をおって額に汗止めをする。

打飼をはずして打裂羽織をぬいだ鉄之進が、襷掛けをして股立（ももだち）をとった。

鉄之進が、たがいのままよこから陽がそそぐ位置に行く。

距離、五間（約九メートル）。

真九郎は、抜刀して名のった。

「直心影（じきしんかげ）流、鷹森真九郎」

「滝川鉄之進、一刀流でござる」

たがいに青眼（せいがん）にとる。

一刀流の流祖は、伊東（もしくは伊藤）一刀斎景久である。

江戸期をつうじての一大流派であるにもかかわらず、一刀斎の生没は不明であり、出生の地からして諸説ある。

一刀斎の跡を継いだのが、神子上典膳こと小野次郎右衛門忠明だ。

徳川家に仕官した忠明は、二代将軍秀忠の剣術指南役となる。柳生新陰流とともに、将軍家御家流である。

忠明の次代から、一刀流は、小野派一刀流、伊東派（伊藤派もしくは忠也派）一刀流、神子上派一刀流などへ枝分かれしていく。この時代は、いち早く竹刀防具をとりいれた中西派一刀流が隆盛であった。そして、中西派から、幕末期に千葉周作茂政の北辰一刀流ができる。

たがいに摺り足で迫っていく。

一刀流の技では、〝切落し〟や多勢を相手にした〝払捨刀〟が知られている。

二間（約三・六メートル）。

同時に、ぴたりと足を止める。

鉄之進が、青眼から柄頭を喉のすぐしたにもっていって水平に構えた。

刀身が刃幅だけの縦線になる。両肩と刀は丁の字だが、右足が足裏ぶんだけまえにでている。本覚の構えだ。刀身を見せず、腕と刀を水平にとる。それだけ、体軀は敵から遠のくことになる。

鉄之進は、いささかも剣気を発することなく、泰然自若としている。

真九郎は、足裏はんぶんだけの左半身になり、得意の八相にとった。

そのまま微動だにしない。

鉄之進は瞼をおとしぎみにしている。瞳のうごきと表情を読ませないためだ。

真九郎もまた、眼から心底を悟られぬために、顔のむこうを見ていた。五感のすべてで鉄之進をとらえる。

陽が雲にかかった。林のほうから影がよってくる。足もとから影が躰をのぼる。鉄之進の刀身が影になる。

瞬間、切っ先が疾風の矢となって襲来した。

「ヤエーッ」

直心影流の気合を発して右足をおおきく踏みこむ。雷神の疾さで喉に襲いきた刀身を弾きあげ、左足を踏みこんで逆胴にいく。

鉄之進が、切っ先を大地にむけて右手を棟にそえて受ける。

――キーン。

甲高い音が大気に余韻を曳くまえに、鎌倉が巻きあげられる。鉄之進の右手が柄にもどるよりも早く、真九郎は後方におおきくとんだ。

鎬(しのぎ)で敵の太刀筋をはずして小手(こて)を断つ。もっとも警戒せねばならない切落しだ。江戸も二百余年。各流派とも、他流派のおもな技へのくふうと返し技を研鑽してきた。一刀流とは、まっ向上段からの斬りあいはさける。

真九郎は、わずかに左半身となった青眼にとり、ゆっくりと息を吸って、はいた。

鉄之進が、左肩をこちらにむけ、両手を交差させた上段霞(かすみ)にとった。棟が大地にむけられ、頭上からの切っ先が、喉に擬せられている。

彼我(ひが)の距離、二間半（約四・五メートル）。

ふたたび摺り足で詰める。

抜刀していらい、鉄之進はいかなる表情もしめしていない。斬撃(ざんげき)の瞬間すら殺気を放たず、さながら生死の彼岸にあるかのごときたたずまいである。風格であり、剣士としての境地だ。

真九郎は、額に汗をにじませていた。

これまでいくたびとなく刀をまじえ、手疵(てきず)もおってきた。古里の叢林(そうりん)における修行のおかげで深手をおったことはない。しかし、生死の境は紙一重である。

二間（約三・六メートル）を割る。

そのまま摺り足で迫る。

鉄之進が、右足をおおきく踏みこみ、まっ向上段から面にきた。

左足を踏みこみ、左に振った刀身に反動をつけて弾き、袈裟にいく。鉄之進が、右手を柄から離して両腕をひろげると同時に左足をひく。鎌倉の切っ先がとどかずにながれる。

すばやく右手をそえた鉄之進が逆袈裟にくる。鎌倉の刀身を返し、雷神の疾さで弾きあげる。

たがいにとびすさり、青眼にとる。

鉄之進が右足を半歩だし、刀を上段にもっていく。柄を額の前方に立て、切っ先が天を刺す。

真九郎は、右半身下段にとり、刀身を返した。

鉄之進が迫ってくる。五尺五寸（約一六五センチメートル）余の削ぎおとされた体軀が、仁王のごとくに思える。

殺気を発してはいない。しかし、さらに体軀がふくらむ。圧迫されまいと、真九郎は満腔（まんこう）からの気合を発した。

「ヤエーッ」

左足を踏みこむ。

白刃が大気を斬り裂いておちてくる。

左腕を突きあげ、右の掌（たなごころ）で柄をささえ、上段からのしたたかな斬撃をこらえる。鎬を刀身が滑りおちる。

が、途中で、鉄之進が刀を左肩上にひき立てた。そのまま切っ先に弧を描かせて頸（くび）にくる。

真九郎は、とっさに両膝をおり、鎌倉に神速（しんそく）の弧を描かせた。大気を斬り、唸（うな）る。両膝が地面にぶつかる。その痛みよりもさきに、剣風が頭上を通過する。

鎌倉の切っ先が、鉄之進の脾腹（ひばら）から一文字に薙いでいく。

ながれた刀身を大上段にもっていった鉄之進が、まっ向から面を割りにきた。

着衣と腹を裂いた切っ先が右に抜ける。右よこに上体を投げだす。よこに一回転。すばやく立ちあがって八相に構える。

鉄之進の切っ先が、大地を割っていた。腹からは血がしたたり、柄をにぎる両腕でまえに倒れんとする躰をささえている。

顔を正面にむけたままで、鉄之進が口をひらいた。

「鷹森どの、たのまれてくだされ」

構えを解き、真九郎はこたえた。

「それがしにできることであれば、なんなりと」

「かたじけない。そこの打飼に、金子がある。髷とともに、浜松城下の妙真寺へ、送ってはもらえまいか。妻と、子らの墓がある」

「かしこまりました。かならず届くようにいたしまする」

「いまひとつ。膝をおることも、かなわぬ。このまま、介錯を、たのみたい」

「承知つかまつりました」

真九郎は、鉄之進の左よこにうつり、高八相にとった。

鉄之進が眼をとじ、首をのばしてわずかに前屈みになる。

息を止め、鎌倉を斬りさげる。

刀身が首に達した瞬間、真九郎は瞑目した。鎌倉が、肉と骨を断って奔る。斬りさげたままうなだれ、微動だにしない。

鉄之進の躰が大地を叩いた。

真九郎は、眼をあけ、残心をといた。

技倆では鉄之進が優っていた。彼我を分けたは生への執着である。真九郎はなんとしても生きんとし、鉄之進は生死を達観した剣であった。

立木又左衛門と滝川鉄之進の澄んだ眼差は、厳しい鍛錬のたまものである。たがいに遺恨があるわけでもないのに、刀をまじえざるをえなかった。

真九郎は、今一度瞑目し、おおきく息をした。

鎌倉に血振りをくれ、懐紙でぬぐって鞘にもどす。襷をはずし、額の手拭をほどいて顔をふく。

血溜りのそとに正座し、真九郎は合掌してから脇差を抜いた。髻で髪を切って懐紙でていねいに包み、懐にしまう。残った懐紙で脇差をぬぐって鞘におさめ、立ちあがって着衣のよごれをはらう。

真九郎は、ふたたび手を合わせて瞑目し、背をむけてたたんだ打裂羽織におかれた打飼をとった。

勝ったのではない。死ななかっただけだ。刀をまじえている相手の眼前で両膝をおるなど、ぶざまきわまる体捌きである。しかも、面撃ちをさけるために、さらによこに転がった。

それにひきかえ、鉄之進の剣には、達人の風格があった。上段からの一刀はすさまじいばかりの斬撃であった。それでも、鎬で受け流した刀身をひきもどせたのは、体重のすべてをのせるのではなく残してあったからだ。

真九郎は、おのれの未熟を嚙みしめた。

来た道をもどり、永代橋にさしかかったところで、雲に隠れていた陽が顔をのぞかせた。春のあかるいおだやかな陽射しがまぶしかった。

御船手番所うらの豊海橋で霊岸島新堀をわたり、塩町の菊次によった。

真九郎の着衣を見たきくが、亀吉を走らせた。

四日市町にもどると、雪江が安堵の笑みをうかべた。

真九郎は、ほほえみを返した。

留守のあいだに、たねがきていた。母親のたかもうめも喜んでいたが、父親の伝六と相談して、明日返事をするとのことであった。

「それから、わたくしがおたねと話しているときに、霊巌島町の茂造が厨にまいっておったそうにございます。よろしければお使いをいただきたいとのことです」

「そうか」

きがえた真九郎は、平助を呼び、茂造のもとへ使いにやった。

そして、妙真寺住職への文をしたため、包みなおした遺髪や打飼とともに風呂敷でくるんでむすんだ。打飼のなかに、闇の手掛りとなるものがあるかもしれない。しかし、真九郎はあたらめなかった。剣に生きる者として、滝川鉄之進への敬意であった。

やがて、庭をまわって茂造がやってきた。

真九郎は、雪江に茶をたのんで廊下にでた。

「あがるがよい」

「ありがとうございやす」

客間の障子も両側にあけてある。

真九郎は上座についた。

庭を背にした茂造が、膝に両手をおいた。

「旦那、めどがつきやした」

「かたじけない」

「とんでもございやせん。そこの裏通りの横道とのかどに蕎麦(そば)屋がございやす」

真九郎はうなずいた。

大晦日に年越し蕎麦をとった。夫婦と嫡男に娘の四人でやっている見世だ。

蕎麦屋の嫡男の名は松吉(まつきち)、年が明けて十九になった。昨年の暮れから、吉原遊びをおぼえた。

松吉は、友達が金回りがよくなってひとりで行ってもつまらないからつきあえって誘われているだけだと言っている。たしかに、黙って金子をもちだしたり、親に無心しているわけではなかった。

「……初会のときにゃあ三十なかばくれえの商人ふうのがつれてきておったそうにございやすが、いまはひとりでかよっておりやす。散茶に馴染ができたようで。ばれねえようにさぐっておりやしたんで、手間がかかってしまいやした。お許しくだせえ」

雪江ととよが茶をはこんできた。

白魚漁を見物に行った永代橋で襲われたのが、暮れの二十二日である。

茂造が、茶を喫して茶碗をもどした。

「旦那、よほどの正直者でもねえかぎり、てえげえは小判の二、三枚も見せられりゃあ迷いやす。ましてや、二十歳にもならねえ若えのが女郎遊びを教えられちゃあ、色香に溺れるなってほうが無理で。まだ世間のこたあなんも知らねえ堅気の若え衆に、質が悪うございやす」

「たしかにな。よく調べてくれた。礼を申す。そのうちに使いをやるゆえきてくれ。一献かたむけるとしよう」

「旦那」

茂造が、驚いた顔で真九郎を見つめ、あわてて眼を伏せた。

「ありがとうございやす。あっしでお役にたつことがごぜえやしたら、いつなりと申しつけておくんなせえ。失礼させていただきやす。ごめんなすって」

膝に両手をおいたままふかぶかと辞儀をした。

闇にかかわった者には、容赦ない詮議と過酷な処断が待っている。そうではないことを願ってはいた。が、やはりおなじ裏通りに住む顔見知りが闇の網にかかってしまった。

廊下にでて、平助を呼んだ。

平助が膝をおった。

「旦那さま、ご用でしょうか」

「すまぬが、菊次へまいり、桜井どのにお目にかかりたいとつたえてきてくれ」

「かしこまりました」

空はまた曇っていた。

真九郎は、しばらく雲の濃淡を見ていた。

暮六ツ半（七時）ごろ、琢馬と藤二郎がたずねてきた。雪江に酒肴のしたくを告げ、真九郎は客間でふたりに対した。

琢馬が言った。

「寺社方に話をつけ、死骸の始末はついたぜ。おめえさん、介錯と遺髪をたのまれたようだな」

真九郎は、ありのままを語った。

ややあって、琢馬が言った。

「おめえさんをそこまで追いつめる遣い手だったたってわけかい」

「かわしえたのは、いくたびとなく刀をまじえてきたからです」

「しかし、わからねえ。だとすると、そいつがたとえおめえさんを斬ったとしても、闇の刺客をひきうけるとは思えねえんだがな」

「わたしもそれを考えておりました」

「するってえと、いってえどういうことになるんだい。おいらにゃ、奴らのやりかたが読めねえ」

「わたしもです。なにか意図があるはずですが、どう考えても、釈然としません」

厨の板戸があき、廊下を衣擦れがちかづいてくる。

いったんさがって藤二郎の食膳をもってきたとよが、廊下に消えた。

眉をひそめかげんにして諸白を飲んだ琢馬が、杯をもどして笑みをうかべる。

「わからねえことは、いくら考えったってどうにかなるもんじゃねえ。なにか思いついたら教えてくんな。ところで、会いてえってことだったが」

「ええ。昼間、霊巌島町の茂造がきておりました」

「なんかつかんだのかい」

真九郎は、茂造から聞いたことを語った。

琢馬が嘆息（たんそく）をもらした。

「蕎麦屋の倅（せがれ）かい。明日（あす）の朝にでも、自身番に呼ぶ」

「大晦日の夜に、蕎麦をとどけにきておりました」

「気持ちはわからなくはねえが、永代橋のことは読売（かわら版）になってた。てめえがなにをやったか、わかったはずだ。にもかかわらず、つづけてる。お奉行におたのみしてはみるが、どうにもならねえと思うぜ」

「読売には、喧嘩（けんか）としか書かれておりませんでした」

「奴の返答しでえだな」

真九郎は、内心で吐息をつき、諸白を飲んだ。

「半次郎どのには、またべつのお役目を申しつけてあるのですか」

琢馬が笑みをこぼした。

「おいらが言ったわけじゃねえ。あいつは熱心でな。まだ顔が知られてねえだろう。で、浪人のなりをして、おいらやほかの定町廻りから聞いた縄暖簾（のれん）をまわって噂をあつめてる。二月になっちまった。火盗改が、臑に疵もつ者やちっとでも怪しげなところがある者をかたっぱしからしょっぴいてる。おいらたちは、銀造に的をしぼってるがな」

しばらくして、銚子がからになった。

琢馬と藤二郎を、真九郎は上り口まで送った。

三

つぎの日、中食が終わるのを待ってたかのようにたねがたずねてきた。

左官の伝六も、たいへんな喜びようだという。

「お給金がいただけるばかりじゃなく、お武家さまの行儀作法のほかに、お花まで習えるんですから。どこのお屋敷にご奉公したって、教えてもらえるもんじゃありません。奥さま、うちのちかが年頃になったらお願いしますよ。約束ですからね」

たねは、何度も念をおし、小半刻（三十分）ほどで帰った。

見送ってもどってきた雪江に、真九郎は平助を使いにやって宗右衛門にきてもらうように言った。

ほどなく、宗右衛門がやってきた。

「鷹森さま、ご用だとうかがいました」

「うむ。とよのつぎが見つかった」

真九郎は、昨日からの経緯を話した。

「それはよろしゅうございました。手前からも、お報せしたきことがございます」

宗右衛門が、満面の笑みをうかべた。

「よほどによきことがあったようだな」

「はい。丸屋のおなつの相手が見つかりました」

真九郎も顔をほころばせた。

「それはよかった。めでたい」

「縁結びの神は、鷹森さまにございます」

真九郎は眉をつりあげた。

「わたしがか。はて、いっこうに心あたりはないが」

「四日まえに、丸屋さんと清水屋さんがそろってお見えでした。そうそう、鷹森さま、浮世小路の嵯峨屋さんも、あれから二度もおいでになっておられます」

「いましばらくは無理だ」

「はい、承知しております。鷹森さまは、丸屋のおなつに、神仏が邪魔したのだとおっしゃったようにうかがいました」

「力づけようと思ってな」

「そのとおりでございました。清水屋さんが申しますには、甥御さんが十八の歳から商いの修業でおるそうにございます。京橋三十間堀(さんじっけんぼり)二丁目の茶問屋に嫁いだ姉の次男で、歳は二十三。清水屋さんも、丸屋さんもおなじ素麺(そうめん)問屋。おふたりにたのまれ、今朝、手前がさきさまへおたずねし、縁組をまとめてまいりました」

「そうか、和泉(いずみ)屋さんもなにかとたいへんだな。めんどうをかける」

「いいえ、めでたきことにございます。秋だと響きがよろしくありません。皐月(さつき)(仲夏五月)か、遅くとも水無月(みなづき)(晩夏六月)までには祝言をとのことにございます」

〝秋〟は〝厭き〟につうじる。葦を〝あし〟ではなく〝よし〟と読ませるのと同様の発想である。いまだに、葦簀は〝あしず〟ではなく〝よしず〟と呼称している。武家から庶民まで、神仏をたより、縁起をかついだ。

ほどなく、宗右衛門が去った。

真九郎は、しばらくぶりに春の青空のごとき晴れやかな気分になった。雪江が瞳をかがやかせたのはむろんである。

夕七ツ(四時)の鐘が鳴ってほどなく、表の格子戸が開閉した。

「ごめんよ」

琢馬だ。声に元気がない。

真九郎は、平助を制して表に行った。

土間に、琢馬がひとりで立っていた。

客間にはいった琢馬は、下座のいつもの位置にすわった。

「桜井さん、おいそぎでなければ、酒を用意させます」

琢馬が、首をめぐらして見あげた。

「すまねえな。飲みてえ気分なんだ」

居間からでてきた雪江が、うなずいて厨へ行った。

真九郎は、客間の上座についた。

「今朝、自身番に松吉を呼んでな、ちょいと脅しをかけたら、ぺらぺら吐いたよ」

出前からの帰り、松吉は呼びとめられた。相手は、このところ何度か見世に蕎麦を食べにきている三十代なかばのきちんとした身なりの商人だった。

内密にたのみたいことがあるので、豊海橋をわたったすぐのところにある北新堀町(きたしんぼりちょう)の桟橋に屋根船をつけて待っているから、誰にも言わずにきてもらえないかとのことだった。商人は、お礼はじゅうぶんにするし、けっして悪い話ではないとつけ加えた。

暮六ツ（冬至時間、五時）がすぎていちだんらくしたころ、松吉はきがえた。父親には、友達に呼ばれていると断ってあった。

商人は、約束どおりに屋根船で待っていた。松吉が座敷におちつくと、屋根船が桟橋を離れた。

松吉が不安げなようすをしめすと、商人は伊勢屋と名のり、安心させるように人のよさそうな笑顔をうかべた。まずはおちかづきのしるしに一献差しあげてから帰りに話はすると言った。

伊勢屋は、江戸でもっとも多い屋号である。ありふれすぎていて、松吉は疑いもしなかったはずだ。

いまさらながら、闇のしたたかさに、真九郎は舌をまく思いだった。

屋根船がついたのは山谷堀だった。

まさかと、松吉は思った。土手八丁を行けば吉原だ。行ったことはない。が、見世にくる客から自慢話はいくどとなく耳にしている。

駕籠にのせられてたときは、心の臓の鼓動が聞こえたほどだ。

はじめて足を踏みいれた吉原は、宵とは思えぬ明るさだった。喉が渇き、脚は震え、左右に眼をうばわれては、はぐれはせぬかと伊勢屋の背中をたしかめた。

伊勢屋は、表通りからおれたところにある小見世にはいった。

濃厚な女の匂いに、松吉は気もそぞろだった。顔合せがすむと、すぐに女郎の部屋につれていかれた。

搗きたての餅のような女体のやわらかさに、松吉は陶然となった。弁天のごとき遊女は、初めての松吉をやさしくみちびいた。ほんのしばらくのあいだに、松吉は二度も果てた。一度めはたちまち、二度めはいささかこらえることができた。

まさに、夢心地のできごとであった。

帰りの屋根船には酒が用意されていた。吉原でも飲んだはずだが、松吉は憶えてなかった。行きと帰りがおなじ屋根船であったかもだ。

松吉の杯に諸白を注いだ伊勢屋が、和泉屋の離れに住む鷹森真九郎のことをどのていど知ってるかと訊いた。

浪人たちに何度も命を狙われた和泉屋宗右衛門を、真九郎が護りぬいたのを裏通りで知らぬ者はいない。

ご新造さまも天女かと思わんばかりの美しさである。下女をともなってでかけるじぶんをみはからって蕎麦を食べにくる者がいるほどだ。

笑顔の伊勢屋は、そうであろうとばかりにうなずいて聞いていた。

さるご大家のお大名が、真九郎を剣術指南役に召し抱えたいと考えている。ほかからも話がきてないか、当人の人柄はどうか、知られずに調べるようたのまれた。

それで、ご新造さまをともなってでかけるか、遠方へ行くようすがあれば、北新堀町の桟橋に伊勢屋の提灯をかけた屋根船を待たせておくのでいそぎ報せにきてほしいとのことであった。

たしかに悪い話ではない。

伊勢屋が、これは当座の手間賃と財布から三両もの大枚をだして懐紙で包んだ。

松吉は唾を飲みこんだ。脳裡いっぱいに、遊女の顔が、そして白い女体がうかびあがった。

真九郎と雪江とが下女を供にしてでかけるのを見たので、松吉は横道から浜町の表通りにでて、北新堀町の桟橋に走った。

巨漢の船頭をしたがえて脇道に消えるのも、たまたま見かけた。そのときも、松吉は走った。そのたびに、旦那さまからですと手代から半紙に包まれた一両をもらった。

松吉は口実をもうけては吉原にかよった。猪牙舟にのるのはもったいないので徒(かち)である。

琢馬が、永代橋でなにがあったか知らねえのかと怒鳴ると、あれは浪人たちが喧嘩をうったのだと読売（かわら版）にでておりましたとこたえた。

　伊勢屋の言をまるで疑っていなかった。

「……おいらが訊いているあいだに藤二郎にあたらせたんだが、ここの裏通りに若え者（わけえもん）が二名（めえ）いる。が、片方はくそまじめだ。松吉にしたって、今度のことがなけりゃあ、嬶（かかあ）もらってまっとうな蕎麦屋で生きていったはずだ。こういうのは、やりきれねえぜ」

「まったくです」

「明日（あす）からは、吟味方の詮議よ。伊勢屋、船頭、二十四、五くれえの手代。人相風体（ふうてえ）のこまかいことまで、あらいざらいしゃべらすはずだ。無駄足とは思うが、いちおう調べなけりゃあならねえから、藤二郎は吉原へやった。それと、お奉行には、おめえさんのたのみをお伝（つて）えしておいたよ」

「ご雑作（ぞうさ）をおかけしました」

「だがな、おめえさんも知ってるように、闇にかかわった者（もん）は理由のいかんを問わず死罪と決まってる。遠島くれえですんだら、御の字だと思ってくんねえか」

「承知しております」

　琢馬が、杯の諸白を飲みほし、あらたに注いだ。

闇のやり口は卑劣きわまりないが、みごとである。いっぽうで、真九郎は琢馬のうかない表情の理由も察していた。

「おめえさんのこった、もうわかったろう」

「ええ。桟橋に伊勢屋の掛け提灯をした屋根船はなかった」

琢馬が舌打ちした。

「おいらもどじを踏んだもんだぜ。自身番じゃなく、わからねえようにどっかに松吉だけ呼びだすべきだった」

「桜井さん、屋根船ではなかったかもしれません。屋台、あるいは永代橋よこの床見世だってありえます」

琢馬が片頬に苦笑をきざんだ。

「けどよ、奴らはまちげえなく船宿をもってる。それに、身内さえ見張らせてる。そいつをまっさきに考えなかったんは、おいらの落度よ。お奉行にも、気にするなとおっしゃってはいただいたがな。おいらがどじらなけりゃあ、奴らの船宿をおさえられたかもしれねえんだ」

真九郎は首肯した。

「そのとおりです。しかしながら、人は完璧ではありません。わたしも、おのれの剣の未熟さを知ったばかりです」

琢馬が、笑みをうかべる。

「ありがとよ。胸のつかえがとれたぜ」

「よろしければ、もう一本燗をつけさせます」

「ああ、おめえさんもつきあってくんな」

真九郎はうなずき、廊下にでて雪江を呼んだ。


翌日、なつが雪江にうながされて居間にはいってきた。

廊下ちかくに膝をおると、ほんのり頬をそめ、畳に三つ指をついて辞儀をした。

真九郎はなおるまで待った。

「和泉屋さんから聞いた。おめでとう、よかったな」

頬を桃色にしたなつが、口もとに恥ずかしげな笑みをうかべた。

「はい」

消えいらんばかりのちいさな声だった。

「おなつの花嫁姿を、わたしも楽しみにしている」

桃色から紅(べに)色になったなつが、ふたたび三つ指をついて、雪江に見送られていった。

雪江が手習いをはじめたころは、大店(おおだな)の娘たちの若やいだきらびやかさにどぎまぎしたものだった。しかし、毎日のように見かけるうちに、しだいに気にならなくなった。

慣れとはそういうものなのだなと、真九郎は思う。

四日は、土間に川仙の徳助がいた。

黙って懐から文をだす。

甚五郎が、よろしければあとで徳助を迎えにいかせるとしたためてあった。

「承知したとつたえてくれ」

徳助が顎をひく。

昼八ツ半（三時）になろうとするじぶんに、迎えにきた徳助の猪牙舟で、真九郎は大川をのぼった。

甚五郎は、離れの十五畳で待っていた。

真九郎がそばにおいた風呂敷包みに眼をやった甚五郎が、挨拶をしてかるく低頭した。

「桜井どのから火盗改のことをお聞きしたが、盛り場のようすはどうかな」

甚五郎がため息をもらした。

「旦那、火盗改ばかりじゃござんせん。昨日からはお先手組も見まわりをしておりやす。浅草寺の仲見世と奥山、上野山下、両国橋の東西広小路、どこも火が消えたようでござんす」

「そうか。十日前後からではないかと思うておったのだがな」

「お先手組が七名(めえ)も奴らの手にかかったと聞きやした。旦那、お旗本のおふたり、お先手組を斬らずとも殺(や)れたんじゃございやせんか」

「おそらくはな。わたしもそう思う」

「やっぱり、そうでござんすかい」

渡り廊下を衣擦れの音がちかづいてきた。

女中ふたりに茶をもたせた内儀のみつがはいってきた。

挨拶をしたみつが去った。

ゆっくりと茶を喫した甚五郎が、茶碗をおいた。

「立木又左衛門のことがわかりやした」

「ほう。早かったな」

「箱根(はこね)の湯本村(ゆもとむら)に住んでおりやした。ちかくの尼寺に、又左衛門の姉っておかたが出家なさっておいでだってことがわかりやしたんで、お上に知れたらことでやすが、墓をあけさせ、遺髪をとどけさせやした」

「そうか。そのほうであれば、埋葬した者に問えばわかるわけか」

「そのとおりでござんす。相手は、出家したとはいえ、もとお武家でございやす。ほかの者ではらちがあきやせんので、松造にもたせやした」

松造は甚五郎の一の子分である。

尼寺をたずねた松造は、遺髪をさしだし、なにがあったかと又左衛門の最期の言葉をつたえた。そして、果し合いを挑まれた相手が、立木又左衛門ほどの剣客がなにゆえにそのような仕儀にいたったのかを知りたがっているのだと話した。

尼僧は、おおよそ半刻（一時間）ほども黙って庭に眼をやっていた。松造があきらめかけたとき、尼僧がぽつりと言った。

——あるいはそうかと思うておりました。又左衛門どのは、死に場所をもとめておりましたゆえ。

それから、また小半刻（三十分）あまりがながれた。

峻険な箱根の山脈に眼をやったまま、尼僧が想い出をつむぎだすのを、松造は一言も聞きもらすまいと耳をかたむけた。

立木家は、信濃の国のさるご家中の上士であった。尼僧自身は、嫁いだのだが子ができぬので、三年めにみずから願って実家にもどった。

妹が嫁ぎ、父母が亡くなり、五年がたって、又左衛門が城下でも評判の縹緻よしを嫁にもらった。翌年の春に長女が生まれた。

その年、帰国した主君が、野駆けの帰りにたちよった。

又左衛門は非番であった。主君の来駕は家の名誉である。いそいで裃にきがえて、玄関に出迎えた。

主君は、庭さきにまわると、縁側に腰かけた。

そして、又左衛門に、妻女の茶を所望したいと言った。

主命である。又左衛門は、拝伏してから妻の居室へいそぎ、茶のしたくを申しつけた。

ほどなく、妻が茶を捧げはこんできた。

一服した主君は、馳走になったと去っていった。

主君の予期せぬ来駕に感きわまった又左衛門は、門前で十騎ほどの蹄の音が聞こえなくなるまでふかく腰をおっていた。

数日後、城中からの使いがきた。今一度茶を所望したいので、妻女をお城によこすようにとのことであった。

翌朝、妻は迎えの乗物（武家駕籠）にのり、そのまま帰ってこなかった。

上に立つ者の命は絶対である。であるがゆえにこそ、上に立つ者はおのれを律しなければならない。

主君のお召しとあらば、おのが妻をもさしだす。それが、武家の奉公であった。

五代将軍綱吉も、八代将軍吉宗も、臣下の妻を奪っている。

側用人である牧野成貞の正室阿久里は、美人の誉れが高かった。しかも、上野の国館林城主であったころに、綱吉自身がめあわせた仲である。

成貞の屋敷をおとずれた綱吉は驚いた。阿久里の美貌はいっそうの磨きがかかり、まさに羞花閉月、花は恥じらい月さえも隠れてしまうほどであった。

綱吉はしばしば牧野の屋敷をおとずれ、ついには口実をもうけて阿久里を城中に呼び、そのまま大奥にいれた。

吉宗は、湯殿にはいるさいに、ひかえている女中に眼をとめた。しかし、女中には夫がいた。代官の手代である。生活のために、しばしの大奥奉公にでているのであった。手代に離縁状を書かせ、吉宗は人妻を我がものとした。

成貞も手代も、忍従するしかなかった。成貞と阿久里の悲運はそれだけにとどまらなかった。生類憐みの令で犬公方と江戸庶民に蔑称された綱吉は、まさに畜生なみの所行をなした。

阿久里の長女は他家へ嫁ぎ、次女の安が婿養子をもらった。歳月をへて、ふたたび牧野邸をおとずれるようになった綱吉は、屋敷内で安の貞操をも奪ったのである。婿養子の成時は、悲憤のあまり、割腹して果てた。二十五歳であった。三年後、安も死んだ。

二十一歳である。

手代は、二十両五人扶持から二百石の与力になった。成貞は、三千石から一万三千石の大名となり、さらにたびたび加増されて七万三千石を領するにまでいたる。

君君(きみ)たらずとも、臣臣(しん)たらざるべからず、という。主君に徳がなかろうが臣下は忠義をつくさねばならぬと教えている。成貞は、どのような心境で将軍家へ仕えていたのであろうか。

真九郎が、雪江をともなって国もとを出奔(しゅっぽん)せざるをえなかったのも、嫁にほしいとの老職嫡男による強引な横槍に抗しかねたからだ。背後で糸をひいたのが国老の鮫島(さめじま)兵庫(ひょうご)であったろうと、真九郎は思っている。

尼僧がさみしげな笑みをもらした。

――又左衛門どのは無骨者でしたゆえ、家中にはおもしろからず思うておいでのかたもおられるようでした。

もともと無口であった又左衛門が、いっそう口を閉ざすようになった。

娘は貰(もら)い乳(ぢ)で育てた。

翌年の上府まえに、報せがあり、妻がもどってきた。

娘は、母親によりつこうとしなかった。

中食を終えた妻は、又左衛門に許しをもとめ、女中を供に墓参りに行った。しかし、半刻（約一時間）もしないうちに女中だけがもどってきた。しばらく独りになりたいのであとで迎えにくるように言われたのだという。

尼僧は胸騒ぎがした。又左衛門に告げると、顔色を変えてとびだしていった。

妻は、用意した紐で着物ごと足首をむすび、墓前で自害していた。

又左衛門は、寺にたのみ、亡骸を屋敷にはこんだ。

妻の居室に行くと、又左衛門宛の短い遺書があった。

――懐妊などせぬよう朝な夕なに神仏へお祈りしておりました。わたくしをお許しください。

又左衛門は、声こそたてなかったものの肩を震わせて慟哭した。

妻の実家のほかは親戚さえ弔問をはばかった。しかし、陽がおちてから、老職がおとずれた。主君は、たいそうなご立腹とのことであった。

家臣への慈愛のつもりであったのやもしれぬと、真九郎は思う。妻女を奪ったことへのやましさもあったろう。参勤交代での上府は口実となる。が、酷いやりようである。

そのまま奥御殿にとどめおけば、主君のご寵愛をうけているのだと、みずからを慰め、あきらめることもできる。

切腹はけっしてならぬと、老職は厳命した。万が一にも、主君への面当てがましい所行におよべば、親類縁者をも容赦せぬとのきつい達しであった。

妻の葬儀を終えた又左衛門は、平生どおりに登城した。侮蔑と同情の眼にかこまれ、声をかけてくる者はいなかった。

主君が出立した数日後、又左衛門は、姉と娘とをともなっての諸国剣術修行の旅にでたいむねを理由に、上役に致仕を願いでた。

日をおかずして、又左衛門の願いは認められた。嫁いだ妹に二子がある。次男の元服を待って立木の家を継がせるとのことであった。

又左衛門は、畳に額をこすりつけんばかりに平伏し、感謝した。

いったん話を切った甚五郎が、残った茶を喫してつぶやいた。

「旦那、お武家とは辛えもんでござんすね」

真九郎はこたえなかった。

ややあって、甚五郎がつづけた。

又左衛門は江戸にむかった。旅の途中から、二歳の娘が微熱を発し、咳こむようになった。旅籠に逗留し、熱がさがれば旅をつづけた。二十余年も奉公していた下働きの夫婦が、おちつきさきがきまるまでお供しますとついてきていた。

娘のためにはすこしでも暖かいほうがよかろうと、又左衛門は江戸を素通りして東海道をのぼった。

小田原城下でまたしても咳を発するようになった娘が、湯本村につくと、咳もやみ、いくらか顔色もよくなったように思えた。

又左衛門は、しばらく湯本村に滞在することにした。荒れかけた百姓家を借りうけて大工に手をいれさせ、うつり住めるまで湯治場に逗留した。

下男がわずかな土地に鍬をいれて開墾するのを、又左衛門はてつだった。

湯本村は、湯治のほかに寄せ木細工の土産物で知られていた。箱根でもっとも古く、伝承では奈良時代に温泉が見つかっているが、鎌倉時代にはいって湯治場としてひろく利用されるようになった。

箱根の関所のてまえであり、江戸からもさほどの距離ではない。土産物屋や水茶屋なども多く、春から秋までは東海道をゆきかう旅の者や湯治客でにぎわっていた。

百姓家に住むようになってひと月ほどがたったころ、又左衛門は四名の雲助にからまれて難儀している夫婦を救った。いきなり殴りかかってきた雲助の息杖を奪い、たちまち残り三名も叩きふせた。

それいらい、村の者は、又左衛門を先生と呼んで親しみ、たよるようになった。

半年ほどたったころ、見知らぬ担売りが駆けこんできた。

――先生のお噂はお聞きしております。じつは、懐にお預りした大金をもっておりま す。さきほどらい、数人の怪しげな者たちに尾けられております。どうか、お願いにご ざいます、小田原のご城下まで手前といっしょに行ってはいただけませんでしょうか。 お願いにございます、お願いにございます。

担売りが必死の形相で何度も頭をさげた。

又左衛門は承知した。

東海道を小田原にむかうと、たしかに風体のよくない三人が間隔をおいてついてきた。 担売りは、江戸の古着屋の奉公人だった。

城下まで送り、娘の土産に菓子を買って湯本村へ帰った。

翌月、担売りがたずねてきて、五両もの大金をさしだした。あのおりに所持していた 五十両の一割で、主からの謝礼だという。通常の礼金であり、又左衛門は遠慮なくもら った。そうでなくとも金子に不安をおぼえつつあったからだ。

娘は、ときおり体調を崩した。熱がなかなかさがらなければ、小田原城下まで医者を 呼びにやった。

諸国をひろく歩いているという担売りに、又左衛門はふと国もとのことを訊いてみた。

担売りはよく知っていた。

又左衛門は、菩提寺と妹の嫁ぎさきとを話して、ついでのおりでよいからなにかわかったら教えてくれとたのんだ。

担売りは、春と秋とにたずねてくるようになった。そして、そのたびに五両ずつをおいていった。

言いぶんはこうであった。

主にも、病がちの娘がいた。京に古着の仕入れに行って帰ってくると、火事で妻子とも亡くなっていた。これも娘のひき合わせだと思う。さしあげるわけではない。あるとき払いの催促なしということで、出世したおりにでもお返し願いたい。

又左衛門は、ありがたくうけとった。

甚五郎が、うかがうように真九郎を見た。

真九郎は首肯した。

「本芝で古着屋をしておった信濃屋総左衛門に相違あるまい。担売りが助けをもとめたも、芝居であろう」

火事は、総左衛門が日光参拝に行っているあいだのできごとである。闇の符丁が黒子であった総左衛門は、昔世話になった北町奉行所の隠密廻りに闇のことを洩らしそうになって、一味の手の者によって奉公人ともども殺害された。

二年まえ、血色もよくなり、めったに咳や熱もでなくなっていた娘が、流行病に罹ってあっけなく他界した。わずか七歳の命であった。村の者たちは、わがことのように悲しんだ。

尼僧は、不憫な義理の妹と姪との冥福を祈って余生をすごすべく出家した。又左衛門の表情からは、心底をうかがい知ることはできなかった。

昨年の暮れ、担売りがたずねてきた。秋にもきて、いつものように一両の線香代をおいていったばかりである。

数日後、残っていた金子のほとんどを下男夫婦に託して、仲春二月になってももどらぬようなら国もとに帰るなり好きにするがよいと言い残し、又左衛門はどこへとも告げずにでていった。

「……旦那、闇の奴らは、外道でござんす」

甚五郎が吐きすてた。

「たしかにな」

真九郎は吐息をもらした。

「甚五郎、いま一度たのまれてはくれぬか」

滝川鉄之進のことを話した。

「旦那、四神騒ぎがおさまってからでもようござんすかい」

「それでかまわぬ。今度の十五日が最後であろうと、わたしは考えておる」

「でしたら、わっちがおとどけしやす」

「無理をせずともよい。誰かたしかな者に託してもらいたいのだ」

「旦那、聞いておくんなせえ。いずれ、松造に甚五郎の名を継がせやす。わっちは、松造と何名か子分をつれて、ふた月ほど旅にでるつもりでござんす。東海道からお伊勢まで行き、京見物をして、帰りは中山道をとりやす。各地のおもな親分衆にご挨拶し、つぎの甚五郎を披露してめえりやす。その行きがけに、浜松でその寺によることにいたしやす」

「そうか。では、たのまれてくれ」

「まかせておくなせえ。帰ってめえりやしたら、東仲町でのてえげえのことは松造にまかせ、わっちはここで闇の奴らをさぐらせやす。このままのさばらせておくわけにゃあめえりやせん」

「ふかいりせぬほうがよい」

甚五郎が、片頬に不敵な笑みをうかべた。

「旦那、浅草の甚五郎に手えだすほどむこうみずなら、闇の奴らもてえしたこたあござんせん」

そうであればよいがと思い、真九郎は甚五郎の自信にあやうさをおぼえた。甚五郎ではなく仁兵衛(じんべえ)には、妻とおさない娘とがある。

ほどなく、真九郎は甚五郎に見送られて徳助の猪牙舟にのった。

大川の水面で、西陽が春風に揺れていた。

四

十日をすぎると、空から鼠(ねずみ)色の雨雲がのしかかるかのように町家は重苦しい緊迫につつまれた。

通りをゆきかう者は、誰もが足早であった。昼間から、殺気ばしった先手組が見まわっているからだ。

真九郎もまた、つねよりもいそぎ足で上屋敷から帰っていた。仲春二月になってからの山谷堀への迎えは、すべて浪平(なみひら)の船頭でもっとも腕のよい多吉(たきち)であった。訊かずとも、琢馬が藤二郎なりを浪平に行かせたであろうことはわかった。

十二日、昼八ツ半（三時）の鐘からほどなく、亀吉がきた。

亀吉の顔を見た瞬間、真九郎は察した。

「見つけたのだな」

「へい。桜井の旦那と親分はさきに行っておりやす。桜井の旦那が、草鞋できていただきてえってことで」

「わかった。したくをする」

「あっしは駕籠を呼んでめえりやす」

雪江に布子と伊賀袴をださせ、真九郎はきがえた。雪江がかいがいしくてつだった。

脇差を腰にして、肥後と呼んでいる胴太貫を左手でとる。刀身が二尺五寸（約七五センチメートル）の業物である。所持している刀のなかでは、もっとも長い。

格子戸の表で、亀吉と駕籠が待っていた。駕籠は一挺だが、駕籠舁が四人いる。

草鞋をはいてむすぶ。立ちあがって沓脱石から土間におり、雪江を見た。

「遅くなるやもしれぬ」

「お待ちしております」

真九郎は、ほほえんだ。

格子戸をあけて表にでて、うしろ手でしめる。

駕籠のなかに腰をいれてあぐらをかく。そして、胴太貫の柄を左肩にあずけた。覆いがおろされ、駕籠がかつがれた。

真九郎は眼をとじた。

滝川鉄之進との立合を反芻する。

かたわらを亀吉が駆けている。なだらかにのぼり、おなじようにくだれば、そこは橋である。いくつか橋をわたり、やがて上り坂にかかった。

それからしばらくして、駕籠がおろされ、駕籠舁が交代した。

夕七ツ（四時）の鐘が鳴り、小半刻（三十分）ほどがすぎたと思えるころ、駕籠が止まった。

覆いがあげられた。

真九郎は、駕籠からでた。

「旦那、ちょいと待っておくんなさい」

亀吉が、両手を膝につき、肩でぜいぜい息をしている。うつむきかげんの額が朱にそまり、鼻さきから汗がしたたった。

駕籠が去っていく。左は鬱蒼と茂る樹木のあいだに寺社の屋根が見え、右は途中にある屋根つき門をはさんで二町（約二一八メートル）ほども生垣がつづいている。そのむこうにも、おおきな寺社地がある。あとは田畑だけだ。

夕陽が、色が淡くなりだした西空にかたむきつつあった。

真九郎は、顔をもどした。背筋を伸ばした亀吉が、懐から手拭をだして汗をぬぐっていた。

「旦那、申しわけございやせん。こっちでございやす」

亀吉が、駕籠が去った反対がわに足をむけた。

「ここはどこかな」

「内藤新宿から甲州街道を半里（約二キロメートル）ほどきたところでやす。ここいらは幡ヶ谷村、うしろの街道のむこうが代々木村でございやす。ここは」

亀吉が左の生垣をしめした。

「松平出羽守さまのお屋敷で、桜井の旦那と親分はなかでお待ちしておりやす」

「そうか」

享保元年（一七一六）、幕府は五街道の名称をさだめた。正式には〝甲州〟も〝日光〟も〝奥州〟も〝道中〟だが、庶民は〝街道〟と呼んだ。

松平出羽守は、出雲の国松江藩十八万六千石の大名である。幡ヶ谷村に八千七百八十坪の抱屋敷があった。

大名家が町奉行所に屋敷の使用を許すなど、通常はありえない。それだけに、出入りにさえ気をつければ、露顕しにくい。ちかくに四神の塒があるならなおさらだ。

四神は公儀の威厳をいちじるしくそこなった。月番でもある北町奉行の小田切土佐守が願い、老中が松平家に下知したのであろうと、真九郎は推察した。

生垣が切れ、門番小屋の壁につづいてくぐり戸と門がある。表門は甲州道中にめんしている。いくつかある通用門のひとつだ。

亀吉が、くぐり戸のまえでいくぶん背をかがめて声をかけた。

「おたのみ申しやす」

「誰だ」

「北御番所の桜井さまより御用を仰せつかっておりやす藤二郎が手の者で、亀吉と申しやす」

すぐにくぐり戸があいた。

亀吉が脇により、さきに真九郎をとおした。

ひろい屋敷地のちょうどなかほどあたりに、町奉行所の者たちがいた。屋敷と土蔵、竹垣、庭木や築山などにさえぎられ、道からは見えず、よほどおおきな物音でもたてないかぎり、聞かれる気づかいもない。

小者たちは庭に敷いた筵に、同心たちは廊下や座敷内だ。いずれも捕物じたくをしていた。ざっと見ただけでも、百二、三十人はいる。

筵のひとつに、藤二郎がいた。いつもの羽織姿ではなく、襷掛けである。

庭にいる多くの者が顔をむけている。

ふり返った藤二郎が、腰をあげ、草履をはいた。

縁側に腰かけて同心たちと話していた琢馬が、同役たちに断って立ちあがる。

琢馬も、捕物じたくだった。鎖帷子のうえに黒の半切れ胴衣。股引に草鞋、襷掛け、額でむすんだ白い鉢巻、腰の刀も一本である。捕物では、町奉行所に備えてある刃引をした刀をさす。殺さずに捕らえるためだ。

縁側ばかりでなく座敷にいる同心たちも、こちらに眼をやりながらささやきあっている。

琢馬がほほえんだ。

「遠くまですまなかったな」

「いいえ」

「そこにかけねえか」

琢馬がちかくの縁側をしめした。

腰をおろした琢馬の右よこに、真九郎は腰の胴太貫をはずしてすわった。

琢馬が、かたわらの沓脱石に顎をやった。

「おめえたちも、そこにすわんな」

「へい」

藤二郎が、亀吉をうながした。

琢馬が顔をもどす。

「銀造を見つけたのは、五日めえよ」

四宿の旅籠には、飯盛りという名の女郎たちがいる。隠密廻り四人は、探索の輪をひろげると同時に、四宿へ出入りする者を厳重に見張らせた。

夕暮れ、青梅（おうめ）街道を銀造と思（おぼ）しき者が三人のつれとともにやってきて、内藤新宿の旅籠にあがった。まをおいて、隠密廻りの手の者も客となった。

四人は、酒肴ののち、それぞれ飯盛り女と同衾（どうきん）した。

翌朝（よくちょう）、あらかじめ青梅街道に配しておいた手先たちが尾行をひき継いでいった。四人は、青梅街道からはずれた田畑のなかの一軒家にはいった。藁葺（わらぶ）きのおおきな家で、正面の斜めよこと裏の反対がわに納屋があった。

家からでてきた侍を見て、手先は四神の塒に相違ないと確信した。

小田切土佐守は、周到であった。

塒のある本郷村と、幡ヶ谷村にある松平出羽守の抱屋敷とは、内藤新宿からほぼ等距離にある。抱屋敷からは北に十五町（約一六三五メートル）ほど離れている。

四神一味には忍もいる。青梅街道には一味の眼が光っているであろうことを警戒してだ。

三日まえから、松平出羽守の抱屋敷に、捕物道具や御用提灯などがすこしずつひそかにはこびこまれた。捕方も数人ずつ町人や百姓に扮装して目だたないようにやってきた。

両町奉行所合同での大捕物である。

「……三日めえから泊まりこんでるのも、ずいぶんいる。捕方のほかに、南からは定町廻りと臨時廻りが二名ずつ、北からはおいらのほかにも定町廻りが二名と臨時廻りが三名きてる。昼すぎにご到着なすったお奉行が、できうるならおめえさんを呼んでもらいてえっとおっしゃったんで亀を走らせたってわけよ」

真九郎は、うなずき、訊いた。

「村の者はその家のことをなんと」

「奴らにぬかりはねえ。四年ほどめえに火事に遭った商家が、百姓家を買いとってあらたにおおきな家を造らせている。火事はたしかだが、そんな商家はねえ。下働きの夫婦者がみてたんだが、十一月のなかばから四十くれえの学問の師が弟子たちと住むようになったそうだ」

「なるほど、うまい口実です。当然、村の者はなんの学問だか知らない」

「そういうことよ。敷地ぶんの年貢と村入用さえちゃんと納めてくれりゃあ、ご府内まで商家があるかどうかたしかめに行くようなもの好きはいねえ」

「ここでも、やはり老夫婦ですか」

「ああ。おいら、四神よりもその夫婦者をあてにしてる」

半次郎が、おおきな角盆をもって廊下をやってきた。

「桜井さん、腹ごしらえをしておくようにとのことです」

琢馬が顔をよこにむけた。

「藤二郎、おめえたちも食いな」

「へい」

雪江が夕餉をとらずに待っている。真九郎は、茶と浅草海苔でくるんだにぎりを一個もらった。

暮六ツ（六時）の鐘の音が消えると、あたりは急速に宵闇に沈んでいった。暗くなるにしたがい、星がかがやき、雲間からでてきたまるい月が夜空を蒼くそめた。

庭にいる者が、わずかずつ減っていく。

琢馬が顔をよせた。

「おいらたちは最後で、お奉行とごいっしょだ」

真九郎はうなずいた。

小半刻（三十分）あまりで、庭の小者たちも縁側にいた同心たちもすべていなくなった。

それからすこしして、もどっていた半次郎が廊下にあらわれた。

半次郎が懐から草鞋をだした。真九郎は、懐から紐をだして襷をかけ、おった手拭で額に汗止めをした。

琢馬の左右に半次郎と真九郎がならび、通用門へむかう。

半次郎が言った。

「桜井さん、一味の者が三名、夕刻に内藤新宿の旅籠にあがったそうです。南の隠密廻りどのが、手の者とともに寝こんだら抑えるとのことです」

琢馬がうなずいた。

御用提灯をもった同心ふたりを先頭に、騎馬の小田切土佐守がやってきた。

通用門があく。

同心二名。馬の口取りと草履取り、槍持ちをしたがえた小田切土佐守は、陣笠、胸当のうえに打裂羽織、野袴のいでたちだった。刀は〝天神指し〟と呼ばれる普段とは逆に刃を下にむけた上反りだ。鐺で馬の尻を叩かないための騎馬でのさしかたである。

真九郎は、馬上の土佐守にかるく会釈した。

土佐守がかすかに顎をひく。

あとに、おなじく陣笠に打裂羽織と野袴の与力、その槍持ち、同心二名がつづいた。同心二名のうしろに、琢馬をなかにして半次郎と真九郎がならび、最後が藤二郎と亀吉だ。

二間（約三・六メートル）幅ほどの防風林や雑木林、なだらかな杣山などにそった小径をすすむ。神田上水に架かる二つの橋をわたり、青梅街道にでることなく迂回して本郷村に達した。

途中の二つめの橋で、遠くで鳴る夜五ツ（八時）の鐘が聞こえた。

こんもりとした雑木林がきれた。

畑地のなかに一軒だけある戸締りされたおおきな家が、夜の底にうずくまっていた。

星と月明かりに小径がほの白くういている。

二十間（約三六メートル）ほどさきで、小径は三つ又になり、左におれたさきに一軒家がある。

先頭の同心ふたりが、小径を離れた。一軒家の正面が斜め前方に見える位置で雑木林を背に陣取った。

同心ふたりが、御用提灯をかかげて左右にゆっくりとふる。

四周の物陰から捕方の者たちがでてきた。腰を低くし、一軒家をかこむべく左右にひらきながらちかづいていく。いまだ提灯に火はいれてない。

真九郎は、いぶかしんだ。

四神には遣い手と忍がいる。どれほど足音を殺そうが、夜は虫やその他の発する息づかいがある。酒宴でもひらいて油断しきっていないかぎり、それらが途絶えた気配に気づかぬはずがない。

陣形がととのうまえに一角を破る。寄せ手は、当然それをもっとも警戒している。あるいは、まずは手勢をたしかめるつもりなのか。

御用提灯につぎつぎと火がいれられ、小者たちが竿を立てる。一軒家の四周に、御用提灯の輪ができていく。

槍持ちをしたがえた与力が四方に一名ずつ。与力たちの合図で、捕方が一軒家に迫っていく。捕方の道具は、刺股(さすまた)、袖搦(そでがらみ)、突棒(つくぼう)だけだ。

一軒家から六間（約一〇・八メートル）ほどまで捕方が詰めた。

突然、轟音（ごうおん）とともに二箇所の納屋がばらばらになってふきとんだ。板きれや火の粉が夜空に舞いあがる。

伏せそこねた捕方を、爆風にのった板きれが襲う。

数名がくずおれる。

火の粉が、はやくも屋根の藁を燃やしはじめている。

一軒家の雨戸が蹴破られ、四神一味がとびだしてきた。

「加藤（かとう）ッ」

土佐守がするどい声を発した。

「はッ」

与力がふりむく。

「ここはよい。街道を抑えにまいれ。誰もちかづけてはならぬ」

「かしこまりました」

加藤が、御用提灯をもった同心一名を先頭に槍持ちと同心ふたりをしたがえ、小径を青梅街道のほうへ駆けていく。

捕方が態勢をととのえなおすまえに、四神一味が四組にかたまった。抜刀した八名の浪人、忍装束の五人、そして尻っぱしょりに頰っ被りをして匕首（あいくち）をにぎった無宿者たちが二組だ。

　無宿人二組が裏の青梅街道のほうへ別れて駆けだし、忍組と浪人組が正面にむかった。忍はむろんのこと、浪人たちも面体を隠し、脚絆で袴をしぼっている。

　駆けながらつぎつぎと打つ忍たちの手裏剣に、捕方の一角が崩れる。そこへ十三名が鏃となって突っこむ。

　刺股、袖搦、突棒が弾きあげられ、腕がとび、頸から血飛沫が散る。気合と絶叫と怒号が交錯する。

　捕方のかこみを突き破った忍組と浪人組が、左右に割れた。

　方向を転じた浪人組が、まっしぐらにむかってくる。

　土佐守への進路を槍で阻まんとした与力と刃引の刀を構えた同心二名が、三合とまじえることなく斬りふせられた。

「お奉行をお護りしろッ」

　与力のひとりが叫ぶ。

　命ずるまでもない。すでに、同心や小者が浪人を追い、あるいは左右からまっしぐらに土佐守をめざしている。

「槍をもて」

土佐守の声は沈着であった。

「桜井さん、半次郎どの、お奉行さまをたのみます」

真九郎は、抜刀した胴太貫を右肩にかついで刃を斜め外にむけ、左手で大小の鞘をおさえて駆けだした。

夜空を舐める紅蓮の炎に全身をさらしている。炎と御用提灯とを背にした浪人たちの前面は陰だ。陰からの斬撃は見切りがつけにくい。が、左右のいずれかに転ずれば、多くを土佐守へむかわせることになる。

十間（約一八メートル）余の距離がたちまち縮まっていく。

半開きにした扇子状にひろがり、八人が迫ってくる。先頭のつぎが右、そして左だ。

四間（約七・二メートル）。

先頭が、眦をけっし、左手をそえた刀を上段に振りかぶって突っこんでくる。

真九郎は、八相にとった。

駆ける勢いを減じ、左に行くとみせかける。

「オリャーッ」

まっ向上段からの白刃が大気を斬り裂く。

踏みこんだ左足で地面を蹴り、右斜め前方に二尺（約六〇センチメートル）あまり跳ぶ。

敵の白刃が、左肩をかすめておちていく。

空中で弧を描かせた肥後を、着地と同時に左から右に水平に奔らせて頸を薙ぐ。噴きだす血飛沫を、真九郎は見ていない。

二番手が上段から面にくる。三番手も間合に踏みこまんとしている。

薙いだ肥後を雷（いかずち）にして二番手の上段を弾き、胴にきた三番手の刀身に叩きつける。

――キ、キーン。

連続した音が耳朶（じだ）を打つ。

撥（は）ねた肥後をひき、左腕一本で三番手を薙ぎにいく。

三番手が後方にとびすさってよける。

真九郎は、左後方におおきく跳んだ。右脾腹ちかくを、剣風を曳いた二番手の切っ先がかすめる。

両足が地面を踏む。左足を軸に反転。駆け抜けんとしている四番手の背に袈裟を見舞う。切っ先が、右肩から左脾腹へと奔る。

「ぐえっ」

すぐさま右足をもとの位置にもどし、敵に対する。右斜め下にすばやく刀身を振りおろして血振りをかけた肥後を、八相に構える。

背後と左右から捕方が迫りつつある。残る六名はよりあつまっていた。ふたりが背後の捕方に、ふたりが左右に、刀をむけている。

青眼の切っ先を真九郎に擬しているふたりのうちの大柄が言った。

「その背恰好。きさま、鷹森真九郎だな」

真九郎はこたえなかった。

「おのれ、邪魔をしおって。……おのおのがた、無念だが、町奉行はあきらめる。こやつを始末し、いっきに駆けるぞ」

「心得た」

捕方が遠巻きにかこみ、御用提灯も追いついた。高く掲げられた八方からの灯(あか)りに、影が消える。

「御用だッ」

「神妙にしろッ」

またたくまに数人が斬りふせられたさきほどの一撃で、浪人たちの腕は身にしみている。よせつけぬよう捕物道具を構え、大声は発するが、挑む捕方はいない。

かこみが破られたときに、同心のひとりが頸の血脈を刎ねられた。重い鎖帷子に刃引の刀では、よほどの技倆がないかぎり、浪人たちの敵ではない。頸からうえ、腹からした、小手。狙う箇所はいくらもある。

前方のふたりが、わずかずつ左右にひらく。

彼我の距離、三間半（約六・三メートル）。

ふたりが、青眼に構えたまま、さらにひらいていく。

真九郎は、ふいに右の大柄との間合にとびこんだ。

大柄が、額のうえに切っ先をあげ、そのまま面にくる。鎬で摺りあげ、左小手にいく。大柄がよこっとびによけた。

真九郎は駆け抜けた。

大柄が、右腕で片手薙ぎにくる。

が、真九郎が右端で捕方に刀をむけている者の間合にとびこむほうが速い。

敵が青眼の刀身を返して逆胴にきた。

右足を斜め後方にひくと同時に、左足をもってくる。敵の切っ先が奔っていく。右足を踏みこみ、左小手を撃つ。

「おのれッ」

右腕一本で薙ぎにきた。

弾きあげ、逆胴を見舞う。肥後の切っ先が、布子と白い肌着、そして腹を裂く。弾きあげた敵の刀が面にくる。左後方からも殺気が襲いかかる。

左足を右足のうしろにおおきくひく。

八相にもっていった肥後を疾風の勢いで斜めに奔らせ、敵の右手親指をかすめるように鍔(つば)を撃った。

刀がとび、まっ向上段から斬撃を見舞わんとしていた大柄の水月(みぞおち)に切っ先からめりこむ。

「ぐえっ」

倒れた味方に足をひっかけ、大柄がつっぷす。

「ぎゃあーッ」

胴を貫いた刀身が、着衣を腰のほうへ切り裂きながら斜めに突きでた。

残り四人が、たがいの背中が触れあわんばかりにより、四方に刀をむける。

捕方の包囲がいくらか縮まった。

真九郎は、肥後に血振りをくれ、重なりあって呻吟(しんぎん)しているふたりをおおきく迂回(うかい)し、土佐守を背にして四人に対した。

青眼から八相にとる。

四人おれば、まだ捕方の包囲を突破できるかもしれない。真九郎をうかがうふたりの眼が、ためらいに揺れている。

敵のひるみを、真九郎は見逃さなかった。

「ヤエーッ」

大気を裂かんばかりに直心影流の気合を発して駆ける。

ふたりが左右にひらきながら突っこんでくる。残りふたりが、前方に駆けると見せかけて捕方を牽制し、反転する。

「トリャーッ」

「死ねえーッ」

右の敵が、にぎり拳のぶんだけ躰がまえにある。左に転じる。間合を割る。まっ向上段から面にきた。柄を突きあげ、鎬で受け流しながら駆ける。

刀身が抜ける。踏みとどまり、肥後に神速の弧を描かせて右腕一本で背後を薙ぐ。切っ先に手応え――。

まえのふたりが間合を割らんとしている。

左よこに跳ぶ。

転じた敵が、踏みこむなり、袈裟にきた。

霧月――。

反転、さらに反転。

夜空を突き刺した肥後で、敵の右肩から脇腹へ斬りさげる。

「トウーッ」

味方の背中をかすめて、とびこんだ敵が面にくる。渾身の力で弾きあげ、右足をひらいて腰をおとし、逆胴に薙ぐ。

龍尾――。

さっと腰をのばし、左足を右足よこにもってくる。敵の刀身と躰が左脇をながれていく。

顔を右にむける。

とびこまんとしていた最後の敵が、青眼にとりなおした。

真九郎は、残心から青眼に構えながら対した。

敵が眦をけっした。躰が殺気でふくらむ。

「オリャアーッ」

とびこみながら伸びあがるように振りかぶり、面にくる。

決死の一撃だ。

寸毫のまをおいて、雷のごとくおちてくる白刃を鎬で摺りあげ、二尺五寸（約七五センチメートル）もある胴太貫の刀身で斬りさげる。

左腕を断ち、肋を裂き、斬り口を石榴の実となしながら腹へとまっすぐに刀身が奔る。

躰に体重を残しての斬撃。一刀流の滝川鉄之進から学んだ。いまだつねにとはいかないが、会得しつつある。

敵の眼がゆがみ、生気を失う。

真九郎は、すばやく左足をおおきくうしろにひいた。

最後の敵が、どさりと斃れた。

真九郎は、口をすぼめて内奥に沈殿せんとする鬱屈をはきだした。不安を胸に、雪江が帰りを待っている。

月と星と御用提灯に照らされた耕すまえの畑地に、すでに絶命している者、苦悶の呻きを発している者が七名倒れている。ひとりだけ、右膝をつき、血まみれの右手で右脾腹のうしろを押さえていた。

肥後に血振りをくれ、懐紙でていねいにぬぐう。剣に生きるおのが運命とはいえ、心底の虚しさはぬぐいようがなかった。

刀を鞘にもどし、土佐守のもとへむかう。

いちょうに畏怖の念をうかべている捕方が、道をあけた。幾名もが、とおりすぎるときに頭（こうべ）をたれた。


内藤新宿はずれから三日めの宵。

弓張提灯をもった藤二郎につづいて、桜井琢馬と真九郎、そして亀吉の順で北町奉行所をでた。

北町奉行所は、呉服（ごふく）橋御門の左斜めまえにある。

内堀と外堀と道三（どうさん）堀とにかこまれた一帯を大名小路という。御堀（外堀）にめんして道三堀にちかい北にあるのが北町奉行所で、南の数寄屋（すきや）橋御門正面にあるのが南町奉行所である。

呉服橋をわたったところで、亀吉があかるい声をだした。

「桜井の旦那、おっことしゃあしやせんが、まさか割れるようなものがへえってるんじゃございやせんよね」

亀吉は、紫縮緬（ちりめん）の風呂敷で包んだ広蓋（ひろぶた）（角盆状の衣服載せ）を両手で捧げもっている。

「ああ。それ以上は聞かねえほうがいいぜ、腰をぬかすからな」

「脅かしっこなしにしておくんなさい」

琢馬が、満月がほほえんでいる夜空にとどけとばかりに上機嫌な高笑いを発した。

仲春二月十五日の暮六ツ半（七時）、真九郎は北町奉行の役宅に呼ばれた。琢馬が、藤二郎と亀吉を供にして迎えにきた。

十二日の夜、真九郎は御用提灯をもった亀吉に内藤新宿まで送られ、駕籠で帰った。そして、雪江とふたりで、すっかり冷めてしまった食膳をはさんだ。

昨日の夕刻、琢馬と藤二郎がきた。

十三日の朝から、吟味方が容赦のない詮議をしているとのことであった。

与力がひとり、同心が三人、小者が八人犠牲になっている。このほかに、爆風や手裏剣、刀や匕首で疵をおった同心や小者が十一人もいる。

四神一味の無宿者は、全員が捕縛された。けっきょく、逃げおおせたのは忍の五人だけだ。獅子、熊、猿、狼、狐が忍の符丁である。総髪の狐が学問の師に扮していたが、一味の頭は獅子で、残りが四神それぞれを差配していた。深川佐賀町の阿波屋を襲ったのは、忍のみでのしわざだった。

一味が奪った千両箱は、五十六箱である。一箇所から七千両の換算になる。五万六千両は、十四万石の大名の年貢収入にあたる。

真九郎は、どこかに山積みされているであろう千両箱を思い描くことさえできなかった。

奪った金子のはんぶんが、浪人八名と無宿者十七名とで山分けにすることになっていた。江戸でではなく、大坂でだ。

あの日、かこまれたことを知った獅子が、指示をだした。

手はずどおり、晩春三月の晦日に大坂の四天王寺にあつまる。忍五人は、隠した千両箱をたしかめ、大坂へ回漕するてくばりをする。浪人八名は、ひとり千両で小田切土佐守を斬ってからおちのびるのをひきうけた。

老夫婦は忍が刺し殺した。

下っ端の幾名かが口を割って判明したことだ。

琢馬が上機嫌なのには理由がある。土佐守より、三人扶持の加増と金一枚の報償の内示があった。迎えにきた琢馬が、北町奉行所へむかう道すがらに語った。

三十俵二人扶持が五人扶持となる。金は、大判のことである。額面は十両だが、実際の価値は七両二分だ。報償や贈答用であって、両替えでもしないかぎり大判そのものが使われることはない。

銀造の洗いだしが四神一味の捕縛につながった。第一の手柄だと認められたのである。

奉行所の建物の一部が、町奉行の役宅だ。

土佐守は人払いをして待っていた。

門よこの控所に藤二郎と亀吉を残して、琢馬と羽織袴姿の真九郎は内与力に座敷へ案内された。

あの夜、真九郎は土佐守と声をかわしていない。もどってきた真九郎に、土佐守はなごんだ眼でかるくうなずいただけであった。

土佐守は、十二日の礼を述べたあと、十三日から三日連続で上様のお召しがあったと告げた。

江戸徳川家は、武門の棟梁である。中奥御座の間で、十一代将軍家斉は、月番の老中や若年寄とともに身をのりだすようにして真九郎と浪人八名との対決を聞いた。

翌日も、土佐守は御座の間に呼ばれた。このときは、微に入り細にわたったご下問があった。

そして、月次登城日であるこの日、柳河藩八代目の立花左近将監鑑寿と、今治藩七代目の松平壱岐守定剛とが、黒書院にて将軍家からお褒めの言葉をたまわった。

その後、御座の間に召された土佐守は、その者に下賜するようにと、羽織と小脇差を託された。いずれも葵の御紋入りであり、将軍家が腕をとおし、佩用していた品である。

真九郎は、直臣どころか陪臣ですらない。たいへんな栄誉である。大名の月次登城日を狙った四神の跳梁を、将軍家がいかに憂慮していたかをしめしている。

亀吉が捧げもつ広蓋の中身が、拝領した羽織と小脇差であった。

真九郎は、わがことよりも、主君の壱岐守が将軍家に拝謁してお言葉をたまわったことのほうが嬉しかった。

しかも、思わぬ効果が期待できる。これで、江戸屋敷で真九郎の帰参にあえて異を唱える者はいなくなる。主君には、昨年の晩夏六月に拝謁したおりに、帰参する意思がないのを言上している。英邁な壱岐守は、なんらかの事情があると察するはずだ。

楓川に架かる海賊橋をわたると八丁堀島である。

亀島川までのなかばほどに達したところの丁字路で、藤二郎が立ちどまった。

「鷹森さま、申しわけございやせん、お持ち願いやす」

藤二郎がさしだす弓張提灯を、真九郎はうけとった。

腰にさしていた小田原提灯に、藤二郎が弓張提灯から火をうつし、琢馬にわたした。

小田原提灯をもった琢馬が、笑顔をむけた。

「吟味方が、奴らの知ってることを残らず吐かせる。そしたら、藤二郎んとこで一杯やろうぜ」

「かしこまりました」

「じゃあな」

琢馬が去っていく。

真九郎は、うしろ姿を見送った。

直臣でありながら不浄役人とさげすまれる町奉行所同心が、将軍家から着衣や佩刀をたまわることはない。町奉行所の与力と同心は、蔑視を甘受し、江戸庶民とともに生きている。

藤二郎のもつ弓張提灯に先導され、真九郎は雪江が待つ霊岸島へ帰った。

本書は、徳間文庫より刊行された『四神跳梁　闇を斬る』（二〇〇六年二月刊）、その後加筆修正され朝日文庫より刊行された『四神跳梁　闇を斬る　三』（二〇一一年五月刊）に加筆修正を加えたものです。

実業之日本社文庫　最新刊

安達瑶
転生刑事
殺されたはずが転生して、一年前の自分に戻った不良刑事・如月。犯人を捜査するうちに迷宮入り事件の真実が明らかに――。タイムトラベル・警察ミステリー！
あ89

荒崎一海
四神跳梁　闇を斬る　三
残忍な「闇」が幕府に牙をむく！　江戸城の東西南北で座頭の金貸しが襲われた。現場には青竜、白虎、朱雀、玄武の張り紙が――。大好評長編時代小説第三弾。
あ283

井上真偽
ムシカ　鎮虫譜
音大生たちが夏休みに訪れた無人島で襲い来る虫の大群。迫る危機と戦う術は私たちの音楽（ムシカ）だけ。超弩級パニックホラーサスペンス！（解説・若林踏）
い201

恩田陸
いのちのパレード　新装版
壮大で、芳醇で、クレイジー。小説のあらゆるジャンルに〝越境〟し、読者を幻惑する十五篇。めくるめく奇想短編の世界へようこそ。（解説・杉江松恋）
お12

沢里裕二
極道刑事　消えた情婦
組長の情婦・喜多川景子が消えた!?　景子は高速道路で玉突き事故に巻き込まれた直後、連絡が途絶える。隠された真実とは。作家デビュー10周年記念作品！
さ319

知念実希人
天久鷹央の推理カルテ　完全版
河童を目撃した少年。人魂に怯える看護師。その「謎」に秘められた「病」とは。本格医療ミステリー、ここに開幕！　書き下ろし掌編「蜜柑と真鶴」収録。
ち1101

知念実希人
吸血鬼の原罪　天久鷹央の事件カルテ
二つの傷跡。抜き取られた血液。犯人は…吸血鬼？　天才医師・天久鷹央は、事件解明に動き出す。現役医師による本格医療ミステリー、書き下ろし最新作！
ち1208

実業之日本社文庫　最新刊

堂場瞬一
チームIII　堂場瞬一スポーツ小説コレクション
スランプに陥った若きエースを救え！　箱根駅伝「学連選抜」の伝説のランナーによる規格外の特訓が始まった——名手が放つマラソン小説の新たな傑作！
と118

西村京太郎
愛の伊予灘ものがたり　紫電改が飛んだ日
幻の戦闘機の謎を追った男はなぜ殺されたのか？　四国松山で十津川警部が解き明かす、戦争が生んだ悲劇と事件の驚きの真相とは——!?（解説・山前 譲）
に129

東野圭吾
白銀ジャック　新装版
ゲレンデに爆弾が仕掛けられた。人質はスキー場にいるすべての人々。犯人の目的は金目当てか、それとも復讐か。雪山タイムリミットサスペンス第1弾!!
ひ16

東野圭吾
疾風ロンド　新装版
生物兵器が盗まれた。手がかりは、スキー場らしき場所で撮られた写真だけ。回収を命じられた研究員の運命は？　雪山タイムリミットサスペンス第2弾!!
ひ17

東野圭吾
雪煙チェイス　新装版
殺人容疑をかけられた大学生の竜実。アリバイ証人を探すため日本屈指のスキー場へ向かうが、追跡者が迫り——。雪山タイムリミットサスペンス第3弾!!
ひ18

南 英男
異常手口　捜査前線
猟奇殺人犯の正体は!?——警視庁町田署の女刑事・保科志帆は相棒になった元マル暴の有働力哉の強引な捜査に翻弄されて…。傑作警察ハードサスペンス。
み731

遊歩新夢
神様がくれた最後の7日間
人生が嫌になり、この世から消えようとする僕の前に現れたのは神様と名乗る少女。彼女は誰!?　絶望の果て——世界の終わりに、僕は君と一生分の恋をする！
ゆ33

実業之日本社文庫　好評既刊

荒崎一海
闇を斬る　龍尾一閃
ひとたび刀を抜けば、生か死か、それしかない——。国元をひそかに脱し、妻と江戸の裏店で暮らす武士の矜持を端正な筆致で描く、長編時代小説。
あ28 1

荒崎一海
刺客変幻　闇を斬る　二
「闇」の邪剣を撃つ孤高の剣！　直心影流団野道場の師範代で妻・雪江と暮らす鷹森真九郎は闇に命を狙われている——。大好評長編時代小説第二弾。
あ28 2

風野真知雄
月の光のために　大奥同心・村雨広の純心　新装版
大奥に渦巻く陰謀を剣豪同心が秘剣で斬る——新井白石の家臣・村雨広は、剣の腕を見込まれ大奥の警護役に。紀州藩主・徳川吉宗の黒い陰謀が襲い掛かる…！
か1 10

風野真知雄
消えた将軍　大奥同心・村雨広の純心　新装版
紀州藩主・徳川吉宗の策謀により同じ御三家尾張藩の異形の忍者たちが大奥に忍び込む。命を狙われた将軍・徳川家継を大奥同心は守れるのか…シリーズ第2弾。
か1 11

風野真知雄
江戸城仰天　大奥同心・村雨広の純心　新装版
御三家の野望に必殺の一撃——尾張藩に続き水戸藩も忍びを江戸城に潜入させ、城内を大混乱に陥れる。同心と謎の能面忍者の対決の行方は？　シリーズ第3弾。
か1 12

実業之日本社文庫　好評既刊

倉阪鬼一郎
開運わん市　新・人情料理わん屋

わん屋の常連たちは、新年に相応しい縁起物を揃えて開運市を開くことに。その最中、同様に縁起物を売る旅籠の噂を聞き覗いてみると……。江戸人情物語。

く4 11

倉阪鬼一郎
えん結び　新・人情料理わん屋

「わん屋」の姉妹店「えん屋」が見世びらきすることに。準備のさなか、里親探しの刷物を配る僧を見かけた易者は、妙なものを感じる。その正体とは……。

く4 12

倉阪鬼一郎
お江戸晴れ　新・人情料理わん屋

江戸の町で辻斬りが起きた。手掛かりなく難儀している御用組に助太刀したいと剣士が現れた。その気配に疑念を抱いた千之助が、正体を探ってみると――。

く4 13

鳥羽 亮
三狼鬼剣　剣客旗本奮闘記

深川佐賀町で、御小人目付が喉を突き刺された。連続殺人と強請り。非役の旗本・青井市之介は、悪党たちを追いかけ、死闘に挑む。シリーズ第一幕、最終巻！

と2 12

鳥羽 亮
剣客旗本春秋譚

朋友・糸川の妹・おみつを妻に迎えた非役の旗本・青井市之介のもとに事件が舞い込む。殺し人たちの元締「闇の日那」と対決!! 人気シリーズ新章開幕、第一弾！

と2 13

実業之日本社文庫　好評既刊

鳥羽 亮
剣客旗本春秋譚　武士にあらず
両替屋に夜盗が押し入り、手代が斬られ、千両箱ふたつが奪われた。奴らは何者で、何が狙いなのか。市之介が必殺の剣・霞袈裟に挑む。人気シリーズ第二弾!!
と2 14

鳥羽 亮
剣客旗本春秋譚　剣友とともに
老舗の呉服屋の主人と手代が殺された。探索を続ける中、今度は糸川の配下の御小人目付が惨殺された。糸川らは敵を討つと誓う。人気シリーズ新章第三弾!!
と2 15

鳥羽 亮
剣客旗本春秋譚　虎狼斬り
北町奉行所の定廻り同心と岡っ引きが、大川端で斬殺された。その後も、殺しが続く。辻斬り一味の目的とは。市之介らは事件を追う。奴らの正体を暴き出せ！
と2 16

吉田雄亮
騙し花　草同心江戸鏡
旗本屋敷に奉公に出て行方がわからなくなった娘たちはどこに消えたのか？　草同心の秋月半九郎が江戸下町の闇に戦いを挑むが……痛快時代人情サスペンス。
よ5 5

吉田雄亮
雷神　草同心江戸鏡
穏やかな空模様の浅草の町になぜか連夜雷鳴が響く。雷門の雷神像が抜けだしたとの騒ぎの裏に黒い陰謀の匂いが……人情熱き草同心が江戸の正義を守る！
よ5 6

実業之日本社文庫　好評既刊

吉田雄亮
北町奉行所前腰掛け茶屋
北町奉行所の前で腰掛茶屋を開く老主人・弥兵衛は元与力。不埒な悪事を一件落着するため今日も探索へ繰り出し…名物料理と人情裁きが心に沁みる新捕物帳。
よ5 7

吉田雄亮
北町奉行所前腰掛け茶屋　片時雨
名物甘味に名裁き？　貧乏人から薬代を強引に取り立てる医者町仲間と呼ばれる集まりが。彼らの本当の狙いとは？　元奉行所与力の老主人が騒動解決に挑む！
よ5 8

吉田雄亮
北町奉行所前腰掛け茶屋　朝月夜
茶屋の看板娘お加代の幼馴染みの女が助けを求めてきた。駆け落ちした男に捨てられ行き場のなくなった女は店の手伝いを始めるが、やがて悪事の影が……!?
よ5 9

吉田雄亮
北町奉行所前腰掛け茶屋　夕影草
旗本に借金を棒引きにしろと脅されている呉服問屋の相談を受け、元奉行所与力の弥兵衛が調べを始めるが、探索仲間の啓太郎と呉服問屋にはある因縁が……。
よ5 10

吉田雄亮
北町奉行所前腰掛け茶屋　迷い恋
捨て子の親は、今どこに？　茶屋の裏手から赤子の泣き声が。自ら子守役を買って出た弥兵衛だが、息子の紀一郎には赤子に関わる隠し事があるようで……。
よ5 11

文日実
庫本業 あ28 3
　社之

四神跳梁　闇を斬る　三

2023年10月15日　初版第1刷発行

著　者　荒崎一海

発行者　岩野裕一
発行所　株式会社実業之日本社
〒107-0062　東京都港区南青山6-6-22 emergence 2
電話 [編集]03(6809)0473 [販売]03(6809)0495
ホームページ　https://www.j-n.co.jp/
ＤＴＰ　株式会社千秋社
印刷所　大日本印刷株式会社
製本所　大日本印刷株式会社

フォーマットデザイン　鈴木正道(Suzuki Design)

＊本書の一部あるいは全部を無断で複写・複製（コピー、スキャン、デジタル化等）・転載することは、法律で認められた場合を除き、禁じられています。
また、購入者以外の第三者による本書のいかなる電子複製も一切認められておりません。
＊落丁・乱丁（ページ順序の間違いや抜け落ち）の場合は、ご面倒でも購入された書店名を明記して、小社販売部あてにお送りください。送料小社負担でお取り替えいたします。
ただし、古書店等で購入したものについてはお取り替えできません。
＊定価はカバーに表示してあります。
＊小社のプライバシーポリシー（個人情報の取り扱い）は上記ホームページをご覧ください。

©Kazumi Arasaki 2023　Printed in Japan
ISBN978-4-408-55830-1（第二文芸）